图书 影视

九鹭非香 著

江苏凤凰文艺出版社
JIANGSU PHOENIX LITERATURE AND
ART PUBLISHING, LTD

第九章·若水	141
第十章·阿林	159
第十一章·琴杳	175
第十二章·觞昊	193
第十三章·麒麟	209
第十四章·陆昭林	227
第十五章·胡露	245
第十六章·百界	261
番外·《百界歌》特别篇	307

目录

- 第一章 · 亓天　001
- 第二章 · 苏台　023
- 第三章 · 末画　039
- 第四章 · 朝澈　055
- 第五章 · 叶倾安　071
- 第六章 · 芊芊　087
- 第七章 · 桃妖　103
- 第八章 · 忍冬　123

第一章·亓天

【引】

　　李员外家美名远扬的嫡女要嫁人了，夫君是沈家的公子，沈家特意为这场婚礼准备了十里红装，羡红了无数看客的眼。众人皆道这是一桩门当户对的美好姻缘。

　　两家都在喜气洋洋地准备着婚事，忙得不可开交，没人会注意到某个清晨李元宝偷偷溜出了府。

　　李元宝是沈员外的第二个女儿，庶出的。这个身份注定了她会过上与姐姐截然不同的生活，一个身份将她的一生死死绑住，挣脱不开，反抗不了。

　　元宝喜欢沈家公子，缘于那日午后，她在阁楼上绣花，丝巾被风一吹，晃晃悠悠地飘出窗户，她起身张望，却见阁楼之下穿着天青色锦袍的英俊公子抓着丝巾望着她，唇含浅笑："是你绣的？"

　　"是……"

　　"很漂亮。"

　　简单的对白，一眼的时间，她便无可救药地喜欢上了这位儒雅的公子。

　　然而，沈家来提亲，父亲却偏心地把机会给了姐姐。从小到大，最好的东西都是姐姐的。她一直安心过着自己的生活，但是在纱帐背后听到父亲与沈家老爷的对话之后，在看见姐姐羞红的笑脸之时，她感到忌妒，忌妒着这个同父异母的姐姐。

　　为什么有的人总是交好运？

　　她曾听打扫马厩的小厮与人谈论过，在镇外的迷雾森林中住着一个会下蛊的巫师，只要给他钱，他就会卖出蛊虫。

　　李元宝没多少钱，但是她有一些金银首饰，她全都收罗起来装在包袱里。她想买两条蛊虫，一条下给自己的父亲，让他别再那么偏心，一条下给沈家公子……

　　以后她就可以和他一起好好过日子了。

【一】

"亓天"这个名字是早逝的父母为他留下的唯一一件遗物。只是外面的人都称呼他为鬼巫,他也便渐渐忘了自己的名字。毕竟一个名字没人称呼,自然也就没了意义。

他自幼养蛊。俗世中的人总有许许多多的烦恼和永远也无法满足的欲望,他养的蛊恰好能满足某些人的需求。所以,尽管他独居在迷雾森林,仍旧有许多不怕死的人越过密林、沼泽,只为求一条蛊虫。

亓天有自己的规矩,一条蛊虫十个金元宝,没有二价,无一例外。

只是,这世界之大,总会有一个人成为例外。

那日清晨,他在沼泽地中看见了李元宝,她已经在淤泥中挣扎了一晚,下半身陷入了沼泽中,披头散发,满脸狼狈。她抱着一根残破的树枝勉强挂住上半身,眼中全是悔恨和绝望的泪。

亓天大概能了解她的绝望,却不知她在悔恨些什么。

听到有脚步声缓慢而沉稳地走近,李元宝用力撑起脑袋,嗓音沙哑地唤道:"救救……"

"救救我。"第三个字在她看见了亓天的脸之后说不出来了。

应该这样。亓天明白,他体内天生带有蛊虫,蛊已经成为他身体的一部分,与他同生同息,在他的血液中游走窜动,令他的皮肤凹凸不平,青纹遍布,看起来狰狞可怖。

没人会觉得这样一张脸好看。幼时他被称为"妖",被族人驱赶,父母成日奔波劳累直至丧命,便是因为这张恶心的面容。

亓天看了她好一会儿,漠然地转身离开。

一只手却在这时颤抖着拽住了他黑色大衣的下摆:"救救我……"

求生是本能,即便抓住的浮木可能是她眼中的妖魔鬼怪。

亓天微怔了一下,然后蹲下身去十分平静地将元宝的手指头一根根掰开。他动作缓慢,就像在拍掉粘在衣服上的泥土。元宝惊恐地看着他手背上遍布的青纹,看着他的动作,绝望得一言不发。

"救救我。"亓天离去之时听见她在沼泽地中绝望地啜泣,像只小狗,无助地乞求着想要活下去,"求你,救救我……"

第一章·亓天

他的脚步一顿，回头看见她泪流满面，满眼绝望。他极轻地点了点头："嗯。"

亓天的父母早亡，他小时孤苦，养成孤僻古怪的性格。他不辨善恶，这些年不管是什么样的人来求蛊，只要对方能付钱，他便卖。他不救人也不杀人，他只卖蛊。

但这世间总有意外。

当亓天拿着绳索再找到元宝时，她已经晕了过去。他想了想，走上前去将元宝摇醒。

此时的元宝感觉浑身的骨头像被碾碎一样疼痛，她晕过去是因为真的忍受不了了，现在被叫醒，对于她来说无疑是一种莫大的折磨。

她吃力地睁眼看着去而复返的亓天，虽然此时他的脸仍旧丑陋得让人害怕，元宝眸光却猛地亮了起来："你回来……救我？"

亓天没有答话，在元宝眸光渐渐暗淡之时，他青纹遍布的手突然掐住了她的脸颊。

元宝被掐得心惊胆战，瞪圆了眼睛怔怔地望着他。

亓天掐了一会儿，问道："脸如此肥，吃多少肉才长得出来。"他已经很久没有说话了，声音粗哑难听，像菜刀割瓷盘的声音。所以他自言自语地说了一句，便自觉地闭上了嘴。

元宝愣了一下，见对方问得认真，自己的小命又握在他的手上，便老老实实地回答了："是天生的，夫子说这叫婴儿肥。"

"手感……不错。"

元宝忍着不适，僵硬地笑道："你可以多掐掐。"

亓天老实地多掐了几下，掐得她的脸颊几乎肿了起来，看见元宝满眼委屈的泪，他才恍然回神一般放开了手。他拿出绳子作势要套在元宝的身上，元宝感动得泪光盈盈，而下一刻，当亓天把绳子套到她的脖子上时，元宝吓得面无人色，慌慌张张地一把抓住亓天的手，一边握住套在自己脖子上的绳子，一边惊恐地问："你、你这是做什么？"

亓天想了一会儿："拔出来。"

拔出来？套着她的脖子把她拔出来？

元宝被吓到了："不不，等等等等，猛士……猛士！"

粗井绳一紧，狠狠地勒进元宝细白的脖子里，她原本苍白的脸色登时涨得青紫，十指僵硬地蜷缩为爪，食指不甘心地直直指着亓天，双眼暴突，目光宛如厉鬼一样狠狠地盯在亓天身上。亓天拉住井绳的另一端，用力地拖拽着，努力地想将元宝救出来。

元宝确实被他救出来了，但也因此折腾掉了大半条命。

戳了戳昏迷不醒的女子的肉脸，亓天背起元宝，一步一步地往自己在森林中的木屋走去。

【二】

"元宝。"

有个很难听的声音在唤着她的名字，元宝皱了皱眉，不情愿地睁开了眼。简陋的屋顶，简陋的木板床，盖在她身上的被子潮湿阴冷，她小心地嗅了嗅棉被，登时被一股霉臭味熏得干呕起来。

脖子上浮肿了一圈，她吃力地翻身下床，衣裳上还有干涸的泥土，她浑身乏力，几乎摔倒在地，而最难受的还是脖子。

深呼吸几次，她慢慢冷静下来，转眼打量这间昏暗的小屋子。屋中的摆设一览无余，简单、普通。只是桌上有个格格不入的紫黛色包袱。她走上前去，好奇地将包袱解开一个小口，往里面一看，傻了眼。

一堆元宝摆在里面，金晃晃的耀眼。

"十个。"粗哑的声音从门外传来，元宝听到这个声音浑身一冷，她摸着脖子，有些后怕，而又压不住好奇心地走到门边，悄悄把门推开一个缝隙往外张望。

院子里有两个男子面对面站着，她一眼便认出了那个黑色的身影便是套住自己脖子的男人，此时他将自己裹在一件黑袍子里，几乎连眼睛也没露出来。对面的青衣男子将一个金色的盒子递给黑衣人，黑衣人掂了掂重量，然后伸出手，不知把什么东西给了那青衣男子，骇得对方浑身颤抖，最后抱紧亓天给他的东西，连滚带爬地跑了。

元宝看得出神，黑衣人转过身来的一瞬间，元宝正好在他肥大的黑袍中看见了那双映着朝阳的眼睛。阳光将他脸上凹凸不平的青纹照得更加骇人。

元宝捂住嘴,咽下喉头里的尖叫,"砰"的一声将门关上了。

当初在生死关头没注意这些,现在注意到了,她只觉得心底一阵恶寒,方才她几乎看见了在他脸皮之下蠕动的虫子。她大概知道了,迷雾森林,面相凶恶,收钱卖蛊,这便是她要寻找的鬼巫。

她要和这样的人做交易……

门外的脚步声渐渐靠近,元宝心中十分紧张,急忙躲到了桌子后面,戒备而惶恐地盯着推门进来的男子。

亓天的眼神停留在她肉嘟嘟的脸颊上,直到看得元宝脊梁发寒之后,他才垂了眼眸走到桌子的一边坐下,倒水喝,然后又静静地盯着她。元宝冷汗直流,房间里安静了许久,她才紧张地绞住食指问:"你……还卖蛊吗?"

亓天收敛了眼神,轻轻点头。

李元宝咬了咬牙,心头挣扎了一番,终是豁出去一般道:"我想买两只。"

"二十个元宝。"

李元宝摸了摸贴身藏在怀里的金银首饰:"我只有一些首饰……可以吗?"

"不行。"他有他的规矩。他不喜欢金银首饰,只喜欢元宝,因为那个东西有相当圆润的手感。

李元宝有些焦急,姐姐与沈家公子的婚期在一个月之后,她没有时间耽搁了:"可是,我真的很需要蛊虫,你……您可以通融下吗?"

亓天无动于衷,指尖在圆润的茶杯口沿来回摩挲,他很喜欢这样圆滚滚的手感。

被无视的元宝心中既失望又难过,圆圆的嘴无意识地嘟了起来。

茶杯中的水倒映出她嘟嘴的模样,亓天的手指情不自禁地探入水中,却只沾了一指湿润,他抬起头,目光定定地落在元宝的嘴上:"来。"他对元宝勾了勾手指。

元宝害怕地往后退了一步,摸着自己的脖子有些戒备:"如、如、如果你真的不通融,便不通融吧,我认……"

亓天站起了身,绕过桌子,径直走向元宝。

元宝又看见了他面皮下在爬动的蛊虫,而这人却似全然没感觉一般，只冷漠地走近自己，元宝吓得连连往后退，最后退无可退地撞在了墙上。亓天向她伸出手，元宝双目瞪得老圆，见一条黑色的蛊虫在他手背的皮肤之下如鱼跃水面一般跳跃了一下，然后又沉入他青纹遍布的皮肉之中，元宝吓白了脸。

他的手越来越靠近她的脸，元宝紧紧地闭上双眼，心里只有认命二字。

一阵沉默之后，带着正常体温的手指轻轻触碰着她的唇，食指与拇指捻动她的唇，像把玩一颗肉肉的珠子一样。

"圆的。"亓天如此定论。

他难听至极的声音在耳边响起，元宝睁开眼睛，他的另一只手又捻上了她的耳朵，在元宝的呆怔之中又道："圆的。"最后他掐住元宝的脸来回揉捏，很是享受这样的感觉，"很圆、很软。"

元宝觉得这个"鬼巫"可能疯了："难不成……您是又硬又方？"

丑陋的脸慢慢靠近，他一口咬在元宝的唇上，一会儿啃一会儿舔。元宝彻底傻了，她甚至能感受到这人舌尖上偶尔游过的蛊虫。

当他离开，元宝只觉胃里一阵反酸，恶心欲呕。

亓天很享受地眯起了眼。"陪我二十天。"他道，"我给你两只蛊。"

元宝只觉得恶寒到骨头里，她终于从惊吓中回过神来，连连摇头，慌张地着贴着墙往旁边挪："不、不，我不要蛊虫了。"

亓天不满地眯起了眼："你要。"

"我不要了！"元宝心底的恐惧此时终于达到了顶峰，她颤抖着往旁边挪，离亓天越来越远，她用力地擦着方才被他触碰过的地方，"我不要了，我只是想过得更好，我只是想过得像姐姐一样好，我只是不想被忽视……但要是和你在一起待二十天，我就是有蛊虫也过不好了。"

见她离自己越来越远，脸上的惧怕与嫌恶也越来越明显，亓天的神色冷了下来。

在他的记忆中，外面的人都是这样一副面孔，让人感到恶心。他向元宝伸出了手："你要走可以，把肉脸留下。"

元宝被这句话吓蒙了，见亓天向她靠近一步，她拔腿就跑。

亓天冷哼一声，手一挥，蛊虫自掌心飞出去，紧紧贴上了元宝的后颈,元宝一声闷哼,随着蛊虫在她皮肉中隐没,她眸中的光也渐渐消失。

【三】

亓天给元宝下蛊之后,面临了一个最棘手的问题——吃饭。

他的体质早被蛊虫改变,每日只饮朝露便能活动自如,但元宝在被饿了两天之后脸色明显难看了许多。她脸上的肉摸起来手感下降了许多,为此亓天很不满。

当天,亓天在迷雾森林中猎了一只野鸡。

他在后院点了一堆火,歪歪斜斜地架了口锅,然后把活生生的野鸡直接丢入锅里,盖上锅盖,听着里面的动静从翻天覆地到寂静如死。他将烧至黑糊状的食物拿盆装了,给元宝端了进去。

这是两天以来元宝吃到的第一顿饭,焦糊的食物抹黑了她的嘴,野鸡的味道闻起来就刺鼻,但元宝没有一句抱怨,亓天喂,她便张嘴吃,听话地嚼两下,然后咽下去。

亓天早已被蛊虫折磨得没了味觉,见她吃得这么乖,他觉得兴许他做的东西只是卖相差了点,想到以后能这样养活"肉脸",他觉得很有成就感。

"以后我们在一起。"他舀了一勺黑色的食物,有点别扭地塞入元宝嘴里,一些"粉末"顺元宝的唇角洒下,他不嫌脏地用自己的衣袖替她擦去,"以后我养你。"

元宝自是不会回答"不好"的,因为她同样也答不出"好"。

但是她的肚子极诚实地回答了"不好"。

"呕!"一声呕吐声惊醒了睡在元宝身边的亓天。不满地放开正捏着元宝耳朵的手,亓天睁开眼看到怀里的人吐得浑身痉挛起来,登时皱了眉头,他起身下床,将她扶起来,元宝还没坐稳,喉头又是一哽,"哇"的一声吐了亓天一脸。

房间里登时恶臭冲天。

亓天的脸色半点没变,十分淡定地抹了一把脸,把脸上黑乎乎的东西擦去,他抬头看着元宝,盯了好一会儿才冷冷地道:"你是故意的。"

元宝的目光只是呆滞地看着前方。

亓天狠狠地戳了戳她的脸："你不乖。"

像是报复似的,他话音未落,元宝又是一声剧烈地呕吐,黏腻的污物沾了他一身。末了她的肚子"叽咕叽咕"的响了几声,亓天表情微妙地眯起了眼。

这个女人……居然在他的床榻上腹泻了!

他头一次有了一种名叫"恶心"的感觉。

亓天花了一整晚的时间把元宝和他自己打理干净。第二天早上他把元宝抬到院子里坐着,自己将房间收拾好了,中午又把她抬回屋子里。刚坐下来歇了一会儿,他摸着元宝的脸,十分不满意现在这种不饱满的感觉,他记起元宝又该吃饭了,刚起身想去生火,却又恍然想起自己是为了什么才会忙成这样。

他总结了一番,恍然大悟,原来,是他做的东西有毒。

意识到这一点,他感到有些颓败的无奈。

要不要解了蛊把她放回去呢,等她把肉养多了再抢回来……这个想法在亓天的脑海里一闪而过,他皱起了眉,沉思一番之后他终是一转身,出了迷雾森林。

这是十年来他头一次走出迷雾森林,只为了——入庖厨。

这或许是他这辈子做得最猥琐的一件事——蹲在烟灰积得老厚的房梁上偷学厨艺。

亓天天资聪慧,记忆力极好,但是一天的偷看仍旧不能让他提高多少,所以今晚他只给元宝带了一些馒头回去。但这些馒头对于中蛊之后的元宝来说已经是极其美味的食物了。

她吃的时候表情没什么波动,只是吞咽的速度比昨日快了许多。

事后,亓天摸了摸元宝被喂得圆滚滚的肚子,满意地弯了弯眉眼:"这里的手感也很好。改天我便让你吃到热腾腾的饭菜,不会上吐下泻了。"他戳了戳她脸上的肉,"我负责喂饱你。你负责努力长肉。"

元宝只是沉默。

明亮的烛火映着元宝的侧脸,阴影投在她弯弯的眉眼上,一时让亓天产生一种她在点头微笑的错觉。他不禁失神,青纹遍布的手掌覆在她的脸颊上,轻轻地摩挲着:"你有酒窝。"他猜测着,然后命令道,"笑。"

元宝听话地勾起了唇角,僵硬的微笑也足以让她甜甜的酒窝展现出来。

丑陋的手指点上她浅浅的酒窝,他上瘾一般轻轻地揉按着:"你身上都很软。"他一边揉按一边疑惑着,"没长骨头吗?"

元宝只是僵硬地微笑着,亓天出神地看了她一会儿:"再笑开心点。"元宝听话地将唇边的弧度拉大,她的眼中依旧没有感情,亓天却跟着她嘴角的弧度也抿起了唇。

他突然想起,好像,确实没人在他面前这样笑过。

外面的人憎恶他、害怕他,却又渴望得到他的帮助。他见过嫌恶和谄笑,见过唾弃和畏惧,却还没有谁在他面前单纯地笑过,哪怕只是这样单纯地勾起唇角。

亓天眸色微微一亮:"我喜欢你这样的笑。以后你便常常笑给我看吧。"他将元宝没吃完的馒头包好,"在以后很长很长的时间里。"

这个声音难听得刺耳,却带着让人无法忽视的期待和幸福。

此后的几天,元宝每天吃的都是馒头,而亓天日日都往镇上跑。五天之后,他又在院子里生起了火,歪歪斜斜地架上了锅,煮了一碗最简单的粥,他一勺一勺地喂元宝吃掉。

这一晚,他很紧张,眼睛也没敢眨地看了她一夜。

此夜安好。

第二天,元宝醒来时脸色依旧红润,亓天揉着她的肚子,平淡的语气中带着些许笑意:"我可以养你了。"他另一只手的指尖摩挲着碗的边沿,"你看,我可以养你了。"

元宝只是木然地坐在床上,没被他的喜悦感染。

亓天也不在意,又命令道:"笑。你应该很开心才是。"

她听话地勾起唇角,笑容依旧僵硬而空洞。

亓天蹲下身子,望着她的笑容也跟着一起勾起了唇角。屋子里安静下来,两个活人待在一起竟然没有半点呼吸的声音。他起身走到屋外,又煮了碗粥给元宝当早饭,并像昨天那样喂她。

对亓天来说,这样便已经足够了。

【四】

夜晚时分，亓天在给元宝擦身。这些天他把元宝养得很好，她的脸又圆润了许多，摸着她肉肉的唇，亓天不自觉地靠近轻轻舔了舔她的唇角，体内的蛊虫也跟着兴奋地跳跃了一下，滑过他的舌尖。

亓天兀自眯眼浅笑，当他擦拭元宝的手臂之时却看见她皮肤上的汗毛倒立，起了一片鸡皮疙瘩。

他微微一怔，有些失神地呢喃："你很讨厌我吗……"

烛火之下，青纹遍布的手与元宝白净的手放在一起，亓天忽然看见自己手背上的蛊虫轻轻跳跃了一下。他的手指微微一瑟缩，连忙把手藏入宽大的衣袖之中。

原来他确实丑陋得让人恶心。

盯着元宝的唇角看了一会儿，他用棉布替她轻轻擦拭了一下，说道："不许讨厌我。"

这个命令到底有没有被元宝执行，谁也不知道。只是从那之后，连亓天自己也没有察觉到，他开始渐渐抑制触碰元宝的欲望，在他内心深处或许在想，不碰便能少感觉到一点厌恶吧。

一日午后，亓天正与元宝并排坐在院子里晒太阳。一个白衣翩翩的公子像散步似的悠闲地走到这里，他一手拎着包袱一手摇着折扇，目光不屑地扫过亓天，却若有所思地停在元宝身上。

亓天微微眯起了眼，对元宝道："进屋去。"元宝便乖乖起身，走回屋里。

白衣公子不甚在意地抿嘴笑了笑，将手中拎着的包袱扔在地上："三只食人蛊。"

亓天看了看散开的包袱里金光闪闪的金元宝，忽然觉得这个东西也没有以前那么好看了。他同样不屑地看了白衣公子一眼，道："不卖。"

白衣公子眯着眼看了他一会儿，笑道："行，我从不强人所难。"他指了指屋子道："只是在下来的路上听闻李家二小姐走失了，我听李家人的描述，仿佛与方才那姑娘有些神似。兄台……"

"那是内子。"

男子若有所思地点了点头："唔，原来如此。"

白衣公子走后几天，亓天还是如往常一般照顾元宝，只是他偶尔会问元宝："你想回家吗？"可又会接着道，"别回答我。"

他其实，是有些害怕听见她的回答。

食材快吃完了，亓天让元宝乖乖地坐在椅子上，他如前几次一般只身出了迷雾森林，只是他不知道，这次在他离开之后，另一道人影悄无声息地潜入了屋子。

"唔，这脸圆得挺可爱。"白衣公子笑着掐了掐元宝的脸，问道，"李家二小姐？"

除了亓天的话，她不听任何人的命令，自然也不会回答别人的话，只是现在她涨红了一张脸，仿佛欣喜若狂的模样。尽管她的眼神依旧僵直，但白衣公子也明白了她的意思："原来竟是被下了蛊。"

"你如此激动，可是因为知道有人可以救你出去了？"他笑道，"我倒是运气好，在此地撞见了你，你可知李家为了寻你开出了多高的价码？我琢磨着，若是光把你救回去便能拿到那么多钱，若是趁此机会做了李家的乘龙快婿，以后岂不是坐着便能享清福了。"

男子的气息喷在元宝耳边："唔，我嗅到了处子香，这个傻巫师竟然还没碰你？"

元宝瞳孔紧缩，面色开始泛白。

"可是，该如何是好呢，若你是完璧之身，李家大概会看不上我这样的江湖之人吧。"他笑了，"看来，我只好……"他的手摸上了元宝的腰，亓天不会帮人穿衣服，是以元宝的腰带每次都系不牢，他手指轻轻一挑，元宝的腰带便落到了地上。

他大笑着将元宝抱了起来，放到一边的床榻上："唔，皮肤软软的。"他伸手抚她，笑容越发愉悦起来。

元宝的嘴唇不由自主地颤抖起来，这副柔弱的模样愈发激起男子的欲望，他皱起了眉头："啧啧，你哭得让我如此心疼。"话音未落，他只觉一股凉凉的气息蹿入他的脊梁，他浑身一震："不可能，我明明吃了退蛊……"话未说完，只见男子的面容霎时变为乌青色，皮肤快速干枯，他颓然摔倒在地，看着冷冷地站在他身后的亓天，不敢置信地道："蛊……蛊王。"

【五】

"肉脸。"亓天踢开枯死在地上的男人,坐到床边。他的目光落在元宝凌乱的衣衫上,眼中杀气掠过,地上本已枯萎的尸体中忽然钻出了许多黑色的小虫,蠕动着将尸体吃了个干净,而后又各自爬走,藏在了屋中阴暗的角落里。

亓天帮元宝重新整理好衣裳,系好腰带。他扶着她坐起来,有些僵硬地拍了拍她的背:"不怕。"

粗哑的声音落入元宝耳朵之中,本来只是微微僵硬的身体却无法自抑地颤抖起来。她僵直的目光注视着前方,眼角滚落出大颗大颗的眼泪。亓天一时有些心慌,他拿衣袖抹了又抹,却始终止不住她的眼泪。

"肉脸,别哭。"

他轻声命令道,却没有被元宝执行。元宝像是崩溃了一般,眼中的泪珠无法控制地簌簌而下,沾湿了亓天的衣袖。他像安慰孩子一样拍着她的背,用沙哑难听的嗓音耐心地哄着。

元宝止不住泪,直哭得眼睛红肿不堪,亓天甚至不敢再帮她拭泪。

"眼睛不痛吗?"他问。元宝像一个失控的玩偶,不再给他任何回应。他握紧拳头,哑声道,"会哭瞎了眼睛。"

"肉脸,别哭了。"

"我心疼,别哭了。"

但是不管他是大声发火还是委屈乞求,元宝都不再听他的话了,她不闹不叫,只是默默地淌着眼泪,不知道是谁折磨了谁。

像是忍无可忍一般,亓天覆上元宝的双唇,挑开她紧咬的牙关,舌尖轻轻往回一勾,黑色的蛊虫轻易地被他收了回去。他在她唇边轻声呢喃:"我放你走好不?我放你走,你不要哭。"

话音一落,元宝身子一软,终于闭上了眼睛晕倒在他怀里。

这一夜,元宝的呼吸比以往都要粗重,像个活人一样。亓天搂着她不知为何却睡得比往日更加安稳。

翌日清晨,亓天是被一脚踹下床榻的。他尚有些初醒的迷糊,揉了揉眼睛,打量着床上瑟缩成一团的女人,看见如此"活生生"的元宝,他有一瞬间的茫然,然后才想起他昨天给她解了蛊。

他站起身来,像往常一般要去牵元宝的手,带她去梳洗,没想到元宝却紧紧抱住自己的双臂急忙往角落躲去,她的眼中带着三分戒备三分害怕,更多的却是隐忍不发地仇视:"别靠近我,你又要给我下蛊吗?"

亓天伸出去的手微微僵住,他垂下头,蜷缩了指尖道:"头发乱了,该梳洗一下了。"

元宝乌黑的眼睛中更添了十分戒备。冷漠、厌恶,她的神色与外面的人没什么两样……

亓天压住心头的隐痛,沉了脸色命令道:"不准怕我。"

可是怎么会不怕,看着他恐怖而恶心的脸慢慢靠近,元宝强装镇定的脸上终于显出了一丝裂缝。她慌张地左右看了看想找个地方逃跑,当亓天的手捏住她的下颌时,元宝终于忍不住心中的害怕,狠狠一脚踹向亓天的心窝,瘦削的男子身影几乎立即弯下腰去。

元宝惨白着脸色道:"你说了放我走的,你说了放过我的……"

心口处被元宝踹得一阵阵抽痛,体内的蛊虫在青纹之下混乱地爬行,叫嚣着要冲出来将元宝啃噬干净。他强硬地压下喉头翻涌的腥气,轻缓地揉了揉太阳穴,平复下体内躁动的气息。

他一抬头,看见元宝在角落之中瑟瑟发抖,头蹭在墙上,发丝狼狈地散落了一脸。他目光微微一软,伸手道:"去梳洗。"他喜欢帮她擦脸,软软的肉被指腹按压下去,一放开就圆滚滚地弹了回去,充满了生命的活力。

元宝不动,亓天眯了眯眼,终是垂下了眼睑:"梳洗后……就放你走。"

元宝不信任地打量着他。两人对视了半晌,元宝无奈地抹了一把脸,深呼吸道:"君子一言……"

亓天不爱照镜子,这梳妆镜是为了元宝特地买的,他细细地为她梳了头,洗了脸,动作轻柔地帮她擦着手。元宝有些别扭地往后缩,他这些动作让她感觉自己像是个没长大的孩子。

"不动。"他强硬地拉住她退缩的手掌,手上的动作越发温柔,如同在对待珍宝。元宝脑海中突然出现一副亓天平日里抱着金元宝一脸痴迷地擦拭着的模样,她只觉自己脊背微微一寒,忍不住又往后缩了缩。

亓天不满地睨了她一眼:"不动!"这一眼看得元宝一呆,霎时忘记了动作。元宝这才发现,原来这个长相丑陋的男子竟然长了一双极漂亮的眼睛。他脸上的青纹在那双澄澈的眼睛的对比下一时竟显得模糊起来。

察觉到她的视线在自己身上停留了许久,亓天抬起头来,不经意地问道:"看什么?"

元宝的心跳蓦地一乱,她瞥开视线,嘟了嘟嘴道:"那个……我又不是小孩,我知道怎么梳洗。"

亓天没在意她的话,仍旧仔细地擦拭着她的指尖:"你叫什么?"

元宝一怔,这才想起他们两个似乎连对方的名字都还不知道,她迟疑地道:"元宝。"

亓天手上的动作一顿,沉默了一会儿道:"元宝很好。"也不知是在说她这个人好还是金光闪闪的"元宝"好。

元宝安静地转开眼神,看着菱花镜中的自己,脸色红润、脸净如玉,这个男人好像真的没让她吃什么苦,一直努力地在照顾她。元宝想,或许这个"鬼巫"并没有传说中那么可怕,或许他只是寂寞得想要个人陪陪,又或者他只是想用另一个人的存在来证明他还活着。

"你……叫什么名字?"问出这句话的同时她就后悔了,不管这个男人叫什么名字,她以后都必定是不会与他有什么交集的,现在问,不过是多此一举。

"亓天。"

她下意识地想叫一叫这个名字,最终却理智地咬住了唇。

他们之间不应该了解那么多。

"我可以离开了吗?"元宝小心翼翼地问道。

亓天沉默地点了点头。元宝心中悬着的石头稍稍放了放,她长长地舒了一口气,眼光亮亮地盯着亓天:"那……之前,谢谢你救了我。"元宝小心地走过亓天的身边,走到门外,见亓天仍旧一个人孤零零地站在那儿,她心头微微不忍,憋了许久才说道:"其实,没事的话可以多去镇子上走走,你比传闻中好很多。"

元宝转身，还未踏出院子一步，忽然又觉得后颈一寒，熟悉的感觉再次传入脑海之中，昏迷前，元宝只想愤怒地指着亓天骂娘。

屋内的男子"啪"的一巴掌狠狠地拍了拍自己的右手，冷冷地道："小人。"

果然，他始终做不成君子，只能做个毁诺的小人罢了。

再次给元宝下蛊之后，亓天发现自己很难像之前那样开心起来了。给她梳洗之时，他渴望看见她微微羞红的脸和不敢直视他的眼神，喂她吃饭之后想听到她关于食物好坏的评价，他想在初醒或者临睡之前听见一声软软的祝福……

当他开始要求得越来越多时，便越来越难以满足。

可是，一个木偶能给他的仅仅只是陪伴。而他更不敢让元宝清醒过来，害怕在越来越喜欢的元宝眼里看到冷漠且嫌恶的神色，那只会让他也跟着嫌弃起自己来。

一日午后，他牵着元宝的手坐在院子里晒太阳，看见阳光铺在她的脸上，亓天左右偏头打量了许久，道："肉脸宝，笑一笑。"

这个命令元宝执行了许多次，她十分娴熟地弯起了唇。亓天却皱了眉："不是这样。"元宝唇边的弧度消去，亓天用指尖压了压她的眼角，"这里笑。"

元宝又僵硬地勾起了唇。

"不是这样。"

他一遍一遍地纠正她，想让她笑出自己想要的感觉，但徒劳一番，只是越来越失望。

亓天有些心急地贴上元宝的唇，想将蛊虫吸出来。可想到之前元宝清醒后的眼神，他紧紧贴了半晌，终是什么也没做，沉默着离开了元宝的唇。他能感受到元宝身体的颤抖，能感受到她的排斥和拒绝，他清楚地明白自己有多么不受待见。他摸着她的头发，像安抚孩子一样："别怕，我只是……"

只是想靠近她，想感受一番人情中的温暖，仅此而已。

不知面对了这样的元宝多少个日夜，亓天还是决定放元宝走。那晚入睡前，他搂着元宝的脑袋埋在她的颈窝轻声道："你笑一笑吧。"他闭上眼，用指腹抚摸她的唇角，感受弯起的弧度，想象她的眼中也满是盈盈的笑意。

亓天也不由自主地勾起了唇。但睁开眼后看见她的眼睛依旧是一片暗淡无光。

他埋头在元宝肩头蹭了蹭："我真的这么惹你讨厌吗……"

三更时分，元宝睁开了眼睛，一扫眼中往日的暗淡，她眼中映着窗外的月光，给人清亮的感觉。她斜眼看了睡得正酣的亓天许久，才敢小心翼翼地往床边挪去，离开了他的怀抱，夜晚的寒冷有些沁人，元宝光着脚踩在地上时打了个寒战。她不敢穿鞋，生怕发出一点动静惊醒了亓天。

走到门口，轻轻拉开屋门，夜风倏地灌入，吹得元宝一个激灵，她慌张地回头打量亓天，后者只是安安静静地睡着。

可是这一回眸，元宝却发现自己竟有点迈不开脚步了。

那个男子像个孩子一样，孤独地蜷缩在床上，月光洒了他一身，明晃晃又冷冰冰的染了一室清冷。他脸上的纹路在晚上平静许多，不再那么狰狞吓人，他本来应当是个英俊的男子，元宝忽然想起上次她无意之中触到的那双澄澈的眼睛……

他……其实只是害怕孤独吧，就像她一个人被关在阁楼上绣花一样，稍稍接触到外面的一点新鲜气息便不由自主地被吸引，一如她遇见阁楼下的沈公子。

他和她不同的处境，却同样的孤独。

若他们不是用这样的方式相处，或许她是会接受他，甚至会喜欢他的吧。毕竟他对她比谁对她都好，但她不能像一个傀儡一样生活。元宝很清楚容貌这种东西不会持久，她怕他不是因为他的相貌，而是自己的生死尽在他一念之间。

元宝扶住门的手紧握成拳，她咬了咬牙，仍是奔逃了出去。

忘记关上的木门在夜风之中"吱呀吱呀"地响个不停，亓天的脸往枕头里埋了埋，沉默了许久。他伸手摸到了摆放在床下的布鞋，眼睛睁开，他眉头微皱："肉脸宝……你忘记穿鞋了。"声音在空荡的屋中飘散，女子温暖的气息早已不在。

半夜的迷雾森林阴冷而骇人，元宝一路疾奔，也不管前面踏上的那块地会不会是沼泽。她听之前那个人说过了，爹花了许多钱来寻她，兴许在爹的心中还是有她这个庶女的，她不想报复姐姐了，也不想爱恋沈公子了，她可以回去，认个错，然后听家里的安排把自己嫁出去，然后……

然后呢？

元宝顿住脚步，然后嫁给一个连面都没见过的人，在一个新的阁楼中绣着花，带着孩子度过下半辈子？这和被人控制着行动的木偶又有什么差别？

她愣了一下，忽然，不远处划过一道火光，在夜晚的迷雾之中显得十分耀眼。元宝的第一个反应是亓天追过来了，她忙找了个草丛藏好身影，但是然后又想到，被找到了似乎也没什么大不了……

正想着，远处的火光越来越近，元宝这才看清原来是两个高大的汉子，他们的面容有些熟悉，元宝一阵琢磨恍然想起，这不是李府的两个打手吗！是爹派他们来救她的？元宝欣喜地想要出声呼唤，忽然听到其中一个汉子说道："咱们找到二小姐，当真要杀掉吗？"

元宝浑身一寒，身体立刻僵住了。

"老爷的话你敢不听？"

"唉，坏就坏在这事出在大小姐成婚之前，二小姐失踪了那么久，怕是早就不干净了……咱们府可不能有这么个污点。"

"你担心这个做什么，你该想想，碰见那鬼巫咱俩该怎么办！"

两人还在絮絮叨叨地说着什么，元宝听到这些话，脑子里嗡鸣一片，随即腿一软摔倒在地。

听见响声，两个打手登时神色一振："谁！"火光往元宝身边越走越近，元宝却失神地望着天上的明月，心底泛起的全是绝望。

两个打手分开草丛，看见坐在里面的元宝，两人皆是一惊："二……二小姐？"

元宝的目光缓缓落在他们手中拎着的大刀之上，一个人戒备地向四周望了望："那鬼巫不在，正好动手！"

元宝点了点头，对的，正好动手，她又在这片沼泽地里陷入了绝境，这次也怨不得别人。此时，她忽然想起了那双清澈眼睛的主人，明天那个人醒来之后看见她不见了会不会难过呢？之后发现她难看地死在沼泽地里，心里又会是怎样的感觉呢？他会不会在一瞬间的解气之后也感到一丝丝更痛苦的寂寞呢……

但这些，她应该都不会知道了

刀刃映着月光飞快地砍下，元宝闭上眼睛，静待死亡的到来。

"叮"的一声脆响。元宝茫然地睁眼那一瞬，正好看见厚背大砍刀被震断成两截，握刀的大汉像脱线的风筝一样轻飘飘地飞了出去。

宽大的黑袍像是一堵墙挡在她面前，隔绝了杀气和月光，带给她夜晚应有的黑暗，也是最好的保护。

两个大汉像看到鬼一般，凄厉地哀号着，连滚带爬地跑了。

元宝抬头仰望着男子挺得笔直的脊背。他轻轻地转过头来，气息有点急促，脸上青纹中的蛊虫来回蠕动得厉害，令他看起来真的宛如地狱来的恶鬼。

元宝垂下眼，心想他一定又要给自己下蛊了吧。

一双绣花鞋被扔到她的怀里。亓天冷冷地道："不穿鞋到处跑，该打。"语气就像在教训一个小孩。

元宝抱着鞋子愣了许久，抬头看他一脸正经的神色，沉默了许久，她忽然莫名地笑出声来。亓天眨了眨眼，冲天的火气顿时被这个笑声带走一大半，而元宝还没笑多久，竟又呜咽着哭了起来。

他浑身一僵，有些手足无措。

"莫哭。"他蹲下身子，本想去摸她的头，却又害怕她厌恶的眼神，一时僵在原地，道，"我不给你下蛊了，我放你走。"

元宝哭得越发厉害，一边抽噎一边控诉："你上次……也这样说。"

"这次是真的。"

元宝哭个不停。

"真的，是真的。"他狠狠地打了自己的右手一下，一脸严肃地道，"真的。"

元宝依旧哭个不停。亓天是真的慌了，他蹲也不是站也不是，连手脚也不知该放在哪儿："肉脸宝，你莫哭，我什么都答应你。"

"你可以……"元宝说了一半，被呛住，咳了好久也没有下文。亓天连忙在旁边点头："什么都可以。"

元宝缓过神来，小声道："你可以不给我下蛊，也不赶我走吗？"

"嗯，可以。"反应过来她话里的意思，亓天一呆，"什么？"

"我已经没地方可去了,如果,我不做你养蛊的标本,你是不是也可以像之前那样收留我?"

亓天喉头干涩:"你……一直以为我拿你当标本?"

元宝双眼湿润:"不是吗?"

亓天沉默了许久,难抑唇边的笑,点头道:"好,以后我不给你下蛊,不拿你当标本……还像以前一样收留你。"

元宝双眼更湿润了:"原来你是大好人。"

"嗯,我会对你很好,穿上鞋回家吧。"

【后记】

"元宝,我娶你好不好。"

正在洗碗的女人手一滑,打碎了一个碗:"什什什……什么?"

"昨日我去李府提亲了,一百个金元宝,你爹很高兴地把你许给我了。"亓天走到元宝身后,抱住她的腰,"我娶你好不好?"

元宝还没答话,忽然听到院子里传来一声银铃的脆响,她奇怪地探头出去张望,只见一个白衣女子静静地站在庭院中。元宝以为她也是来求蛊的人,拉了拉亓天的衣袖,亓天揉了揉元宝的脸,不满地放开了手,走到院中。

女子看见亓天,并未如其他人一般露出害怕或嫌弃的表情,而是淡淡地点了点头道:"我叫百界。"

亓天根本不在意她的名字,只说道:"一条蛊十个金元宝。"

百界自衣袖中拿出一支笔,淡淡地问道:"你喜欢蛊虫吗?"

亓天皱了皱眉:"我喜欢元宝。"

"你还因为孤独而感到愤怒吗?"

亓天看了看元宝,还未答话,百界身影如魅,眨眼间便行至亓天面前。她手中的画笔在亓天心口处轻轻一点,亓天脸色登时剧变,像是承受了巨大的痛苦一般,倏地矮下身去。

元宝看得一惊,提了衣裙急忙跑了出去,扶住亓天。

百界的笔尖有一条苍黑色的蛊虫在拼命地蠕动,她道:"你心中的执念,我收下了。"

元宝心疼亓天，红了一双眼，愤怒地瞪着百界。不承想百界望向她的眼神竟出奇的温和，她将蛊虫与笔一同收进怀里："好好过日子。"

　　清风起，银铃一声脆响，这个女子竟如烟一般消失在眼前。

　　元宝觉得自己大概是真的见"鬼"了，她愣了许久，听见亓天咳嗽的声音才恍然回过神来。

　　"亓天……"元宝怔住，"你的蛊虫呢？"

　　亓天的心口仍在不停地疼痛，他伸出手，看了看自己的手心和手背，这才发现他身上的青纹竟莫名其妙地消失了，陪伴了他数十年的蛊虫竟然都从他的身体中消失了！

　　他，变成正常人了。

　　"元宝，这样，你喜欢吗？"

　　"讨厌！你比我长得还好看！"

第二章 · 苏台

【一】

夜风猎猎地吹响战旗。

"将军！"屯骑校尉张尚掀帘而入，坚硬的铠甲在地上撞出沉重的声响，他高兴得直发抖，抱拳禀道："徐国皇帝捉到了！"

条桌之后身披玄甲的人淡淡地应了一声，对这样的结果并不感到惊讶。他手中不知把玩着什么，正看得出神。

"将军？"

他恍似这才回过神来，斜斜上挑的丹凤眼漫不经心地落在张校尉身上："带我去看看吧。"轻描淡写中带了点蔑视，"徐国皇帝。"

她的主子。

昔日繁华都城今日血水尽染。两行铁骑冰冷地踏过玄武大道，直入皇城。宫门大破，萧条的风卷过太极殿前高高的青石板阶，徐国禁军尸体淌出的血水蜿蜒一路，滴滴答答地顺着阶梯流下。

玄青色镶金边的鞋踩在黏腻的血水上，然后一步一步登上太极宝殿。朝殿门口，他的军士们将大殿团团围住，却不知为何竟没有一人进入殿中。

众军士见他走来都弯腰行礼，恭敬地让出一条路来。

看见殿内情景，饶是性子淡漠如他也不由一怔——数十位死士以身做盾挡在王座之前，每人身上都至少中了数十箭，他们站直了身子，气息已绝，却无一人倒下，肃杀之气依旧围绕在他们身侧，好似若有人胆敢入侵，他们仍会举起手中的长剑一般。

他们像最后的盾牌，守护着徐国最后的尊严。

"徐国人，无愧忠义勇猛之名。"他轻声称赞道，随即从身边的将士身上取下弓箭，凤眸微眯，利箭呼啸而去，直入立于正中那人的右膝。他犹记得之前曾得到过情报，徐国禁军卫长右膝有旧伤。

果然，男子高大的身躯轰然倒下，像主心骨的崩溃，其余死士立成的最后一堵"墙"瞬间分崩离析。

如同他们的徐国彻底坍塌。

霍扬有些惋惜地放下弓。此时忽听众军士一阵低呼，他抬头望去，却见徐国皇帝一身黑红相间的朝服，正襟危坐在龙椅之上，他目光清亮，神色威严，竟然还活着。

而在他的身前，还有一个极为瘦弱的禁军单膝跪于龙椅之前，手执长剑，撑于地面，面朝殿门，发丝凌乱地垂下。那人中的箭与其余人一样多，也一样已经气绝身亡，唯一不同的是她是女子。

霍扬顿时僵住了，眼光直直地凝视在她身上，他失神地一步跨入殿中。

王座之上，徐国皇帝绝望而苍凉的大笑声仿佛近在耳边，又仿佛飘出很远。霍扬脑海里闪过的却是那日日光倾泻之中，女子得意扬扬地拍着他的伤腿道："神医我救你一命，你割块肉给我吃，不为过吧！"

那么张扬又放肆的家伙……

殿外的将士齐齐走进朝殿之中，徐国皇帝终于止住了笑，"国破家亡，朕愧对先祖，愧对山河，愧对徐国百姓！卫国大将军，要杀要剐且随你便，我只求贵军放过徐国的无辜百姓。"

霍扬没有答话。

徐国皇帝掩面而笑："罢罢罢……既然三日前你不肯接受降书，定是存了斩草除根的心思，求你何用，求你何用！"言罢，他一仰头，服毒自尽。

徐卫两国的战争只经历了三个月，卫国迅速攻下了徐国，这场仗赢得又快又漂亮。在场的将士沉默了一会儿之后爆发出惊天动地的欢呼之声。

霍扬的神色沉重，沉默着踏上王座，他踩过四散在地的禁军的尸体，径直走到那女子面前。他伸出手，忽然发现自己的指尖竟有些颤抖，他稳住心神，用手指轻轻挑起她的下颌。

没错，是这张脸，尽管现在血溅了她一脸，污秽染了她满身，他也绝不会认不出这张脸。

只是她现在不能睁眼，不会说话，没有呼吸，什么也没有。

"苏台……"他轻声唤着，有点咬牙切齿的意味。这个背叛他的女人，抑或说，她从来就未忠心于他，她是个狡猾的细作，是徐国的刺客……她只是曾经不慎救过他一命，贼一样偷走了他本就少得可怜的一点真心。

霍扬心中莫名生出一股怒火,他扬手狠狠地给了她一巴掌,苏台僵冷的身子倒在地上。她没发火,没骂人,也没像炸毛的猫一般狠狠地挠他一爪子。

只是静静地躺在那里,像尸体一样……

不,她如今本来就是一具尸体了。

霍扬的脑海中有片刻的空白。

下方欢呼的将士都被他突然的动作惊住,一时安静下来。霍扬目光在苏台周身逡巡了一圈,突然,他的眼神停在她的腹部,见她用没握剑的那只手轻轻捂住腹部,而在软甲之下,竟能看出那微微凸起的弧度。

他脸色一白,心中莫名地慌乱起来。

"军医!"他大喝,"立即把军医给我叫来!"

【二】

"把她的肚子给我剖开。"

这个命令让军医愣了一下:"将军……这,我不是仵作。"

"剖开。"

见霍扬的神色冰冷,军医咬了咬牙,照做了。他检查了一番苏台身上的箭伤,一时神色大为震动,不由颤抖着声音赞扬道:"实乃巾帼英雄……"

霍扬危险地眯起了凤眼:"何意?"

"将军,这女子近日吃的竟全是草根树皮……她身上的箭伤皆没伤到要害,她竟是,竟是被生生饿死的。"

闻言,霍扬浑身一震。

徐国都城被卫国大军围了整整半月,城中弹尽粮绝,莫说这里的将士,怕是连国君的肚子里也都是草根树皮。徐国人竟是在这样的情况下以命相搏了三日……

不,他们是送了降书的,只不过霍扬未收。

霍扬面色越发冷了下来,他只吩咐军医:"接着往下剖。"

军医不忍:"将军,这样的女子,为何不留个全尸……"下方的将士们也有了异议。

霍扬视若无睹,冷冷地道:"剖。"

匕首划开了苏台的腹部。忽然军医一声惊呼,急忙丢了匕首,道:"她……她有孩子!她有孕在身!"

宛如一声响雷在众人耳边炸响。

霍扬蹲下身,指尖探入她的腹腔中,那里面躺着一个死寂的生命,和他的拳头一般大小,浑身青紫,冰冷而透明。

"如此大小……有几个月了?"他声音沙哑至极。

军医心神也是极乱,敬仰于这女子的英勇和对徐国的忠诚:"约……约莫四个多月了。"

四个月,四个月?那时的她还在他身边。

她怀的,是他的孩子。这个认知让霍扬心中一痛,心头滚动的血液倏尔滚烫灼心,倏尔冰冷彻骨,他眼前阵阵发黑,忽听"咔嗒"一声细微脆响,他目光微动,看见了她左手之中掉落下来的东西——半截桃木梳。

与他藏在怀里的另一半正好能凑成一对。这是他亲手雕给她的……

"一梳到头,白首不离,这一诺……真重。霍扬,若到很老很老的时候我也可以这样牵着你的手一起漫步林荫小道,静看日光斑驳,该多好。"

言犹在耳,彼时笑得恬淡的女子此时却已与他生死相隔。

他应该恨她的,应该恨不得鞭尸三百,恨不得将她挫骨扬灰……可此时,他却只记起了那日她唇角隐藏着哀伤的暖暖微笑。一笑蚀骨,铺天盖地地浸染了他所有思绪。

霍扬心头大恸,一股腥气涌上喉头,又被他死死压住。

凭什么这个女子连死,也让他无法心安。他收回手,冷冷地站起身来:"本帅敬徐国禁军一片忠诚,特允厚葬于皇城郊外。"他嗓音出奇的沙哑,带着令人心惊的冷漠,"自此起,徐国已亡。"

厚葬对于败军之将来说也不过是一个单独的坑罢了。

三日后,血染的徐国官城被洗净,城内的尸体尽数掩埋于城外,徐国都城干净得一如什么都没发生过,这一场战争,卫国大将军霍扬完胜。卫国皇帝大喜过望,派了官员来接替霍扬的工作,接着便将霍扬风风光光地迎回了卫国。

没人再记得破城那日,他们的大将军如纸般苍白的脸色,也再没人记得那个怀着孩子誓死护卫徐国皇帝的女子被葬在了哪座坟里。

所有的故事,仿佛就此被黄土深深掩埋。

【三】

月华如水,正三更,徐国都城城郊的树林之中,白衣女子倚树而立,她垂着眼,目光沉静,定定地看着脚下新翻的黄土正在一阵阵地蠕动。

忽然,一只苍白的手蓦地伸出地面。

苏台僵硬地从土里爬出来,四肢又冷又冰,有些不听使唤。她一抬眼便看见了正前的白衣女子,唇角微微动了动,还没来得及发出声音,女子便道:"莫说话。"

"我叫百界,想要收走你心中的执念。"女子道,"可是如今的你执念太重,放不下生前种种,将心中的执念抓得太紧,我取不走。"

百界的话苏台听不懂,她只觉得自己的腹部有些空,往下一看,霎时呆住了。她看见自己的腹部大开,内部空空如也,无血无痛。她生前学过医,知道这样的情况是断然活不成的,但是她现在的意识却很清醒。

苏台悚然,惊疑不定地望着眼前的女子。

像是猜到了她心中所想,女子点头道:"没错,诈尸。你胸中尚残留着一口气,是以你现在只能说一句话,这口气一出你便会真正死了。"

苏台垂下眼,静静地看着流在地上的死胎,不知在想些什么。

"你执念太深,若这一句话未能消解生前心事,在死后你必将化为厉鬼,永世不得超生。"百界顿了顿,"你可想好了你要说什么?"

苏台沉默了许久,终于点了点头。她没急着开口,而是微颤着手,捡起内脏与胎儿,神色有些无助地左右看了看,不知道该将它们如何安放。

百界在衣袖中摸出针线递给苏台:"缝起来吧。"

苏台接过针线，将内脏安放在它们应在的位置。她放回自己孩子的时候动作顿了顿，然后便开始一针一线地缝合着自己的伤口，她的表情很平静，没有哀恸大哭，也没有惊慌失措，只是坚定地做着自己该做的事。

"苏姑娘，百界钦佩你。"百界挥了挥衣袖，身影消失在夜色之中，树林中只余她空荡荡的声音，"在你说出那句话的时候我会再来。"

苏台捂着缝好的身子，僵硬地站起身来，她慢慢适应着"新"的身体，一步一步向树林之外走去。

树林中的黄土都是才翻过的，下面埋的是无数徐国将士的尸首。徐国亡了，从今往后，她苏台没有国、没有家、没有孩子，只余孤身一人了。

【四】

正月十五，元宵节。义封城东的烟花映得天空炫丽非常。

苏台望着夜空中转瞬即逝的美丽景象，心中翻来覆去的都是霍扬曾经揉着她脑袋的笑脸："不知是从哪个乡旮旯里出来的，连烟花也未曾见过，等到了明年元宵节，我便带你去看义封城东的烟火。"

谁也想不到今年元宵节，竟已是生离死别。

苏台越过千山万水，终于从徐国到了卫国都城，找到霍扬的镇国将军府之后，却发现她已无法靠近他了。卫国大将军，恩宠正盛，岂是说见便能见的。

本来，他们的初遇就是彼此人生之中出的一个巨大纰漏——捡到重伤的霍扬，这种运气不是每个人都有的。

苏台说不了话，无计可施。唯有日日蹲在将军府门口期待与霍扬的"不期而遇"，可奇怪的是自霍扬班师回朝后便整日闭门不出，连朝也不上了，苏台守了半个月，等得日渐心死。

或许，他们是真的已经缘尽。

她正想着，忽然听见将军府大门"吱呀"的一声响，里面的侍卫鱼贯而出，清空了府门外的场地，苏台也被赶到了一旁的角落中。

枣红色的"流月"被侍从牵出门来，苏台眼眸一亮，那是他的马。

不出片刻，一袭玄色衣裳的霍扬迈出了府门。

这是他们阔别四个月后的第一次相见，霍扬消瘦不少。苏台张了张嘴，差点叫出声来。她拼命向他跑去，僵直的两条腿走路不方便，她险些并腿蹦跳起来，旁边一个军士怕她惊了将军的马，一拳打在她的腹部。苏台其实不痛，她只是下意识地捂着小腹，等她再抬起头时，只余"流月"踏起的一路尘埃。

苏台毫不犹豫地跟着寻去。

元宵佳节，城东的夜市热闹非凡。

苏台找到霍扬时，他正在收拾一个鲜衣少年。一位少妇神色惊慌地站在他身后，围观的人唾弃少年，说他连孕妇也不放过，该打。而看到后来，大家的脸色渐渐变了，霍扬下手狠辣，招招致命。

他眼中戾气阵阵，苏台知道他动了杀心。

霍扬在战场虽如一尊魔，但在朝时却向来隐忍，断不会因为一些小事便动了杀心，这个少年做了何事竟将他触怒成这样……

看着少年血沫吐了一地，少妇吓得腿一软，摔坐在地，她捂住肚子干呕起来。霍扬手下一顿，此时一个书生模样的男子举着一盏花灯急忙从人群中挤了进去："娘子！可还安好？"

"相公！"少妇有了依靠，趴在男子的胸口轻轻啜泣起来。男人一脸慌张："可是哪里痛？可有动了胎气？"

霍扬一脚踹开晕死过去的少年，回头盯着这对夫妇。两人被他的目光盯得脊梁发寒，书生开口道："多谢这位……谢大人出手相助。"

霍扬目光定定地落在女子的腹部，神色变了几许，轻声问道："几个月了？"

"快……五个月了。"

霍扬的神色顿时变得有些恍惚："有身孕可辛苦？"

女子一呆："只是没什么食欲，容易疲乏。"她摸了摸自己的肚子，神色不由自主地软了下来，"可为了孩子，不觉辛苦。"

霍扬恍然记起那日苏台虽已身死而仍旧坚毅沉静的表情，她就像一把强韧的剑，没有半点女子的脆弱柔软，带着让男子也为之震撼的倔强。不顾自身，不顾孩子，近乎无情地选择了与江山共存，与社稷同亡……

当真是个巾帼英雄!

霍扬恨得咬牙，而汹涌的恨意背后却有一道撕裂胸口的隐伤，整日整夜灌入刺骨的冰冷，痛得令人窒息。

他翻身骑上"流月"，不再看那对恩爱的夫妇。

苏台这才从他方才那两句话中回过神来，她抬头一望，却见霍扬骑着高头大马穿过满是花灯的街道，背影虚幻起来。苏台忽然想，若是她不说出这最后一句话，她是否就可以一直"活"下去？与他一起"白头偕老"……

此念一起，如野草疯长。

马背上的霍扬似察觉到了什么，目光逡巡而来，苏台背过身，藏青色的袍子掩住了她的身形。街上人声嘈杂，可苏台仍旧听见了马蹄踢踏之声渐近。

他……看见她了？

苏台紧张地拽住衣裳，已死的心脏仿佛恢复了跳动。苏台不住地想着，再见时，他会是怎样的表情，心绪是否也会紊乱，他……还在乎她吗？

她唇角苦涩地弯起，应当是不在乎的，霍扬最恨背叛和欺骗，她触到了他的底线，否则当初他不会不受那封降书，他心里必定是恨极了她。

心思百转之间却听见马蹄声停在了自己身侧。摊贩老板殷勤的声音传来："客官，买虎头鞋啊？您家孩子多大？"

"五个月。"他低沉的嗓音清晰地传入苏台耳中，苏台裹着藏青色的外衣悄悄往旁边挪了挪。

"男孩还是女孩？"

霍扬一阵沉默，苏台忍不住斜眼看去，见他望着指尖发呆，平静的面容下难掩一丝苍凉："我……不知。"

老板顿时沉默下来。

霍扬走后，苏台轻轻地摸了摸一双男生的虎头小鞋，她知道的，他们的孩子是个很健康的男孩。

【五】

正月刚过,卫国与北方戎国的战争便打响了,戎人凶悍,边关军情一阵急似一阵。朝堂之上一道圣旨将军印再次交入霍扬手中。

下了早朝,卫国皇帝单独召见了霍扬。御书房中,皇帝将一封书信交给了霍扬,他道:"朕听闻徐国之战的最后你未受降书,甚至未曾翻看降书一眼,可有缘由?"

"徐国虽小,但极崇尚忠义之说,若不彻底摧毁他们的信念,只怕后患不断。"

皇帝点了点头,指着他手中的书信道:"近日朕翻看徐国降书之时发现其中夹着这封信,朕看了才知道这是一个徐国女子写给你的家书。"

霍扬一惊,立即跪下:"微臣有罪。"

皇帝摆了摆手:"无妨,朕知你忠心无二,这封家书你且看看。"

霍扬这才取出里面的信,女子娟秀的字体中带着一分难得的英气,才读了第一行,霍扬面色就倏地一白。长长的一封信诉尽他们的相遇别离,道尽世事无奈。战争之中儿女情长是多么渺小。她说徐国已降,苏台只求将军放过都城百姓,饶过徐国被俘将士,她说,霍扬,我和孩子不想死在战火中……

她放下了自尊,字字泣血般的恳求,而最后仍是得到"拒不受降"这样的答复。

仿佛有针梗在胸腔,随着他的每次呼吸深深扎入骨肉之中,霍扬无法想象她到底是怀着怎样的心情咽下那些树根草皮的,她又是怀着怎样的心情死在他手下将士的利箭之下的呢?

她放下了尊严,却被他冷漠地抛开,所以她只能卑微地捡起可怜的自尊,护着君王,以死成全忠义之名。

她并不是嘴硬得不肯求饶半分,她没有表面上那么坚强,她求救了,却被他亲手推下悬崖……

皇帝低叹道:"霍扬,你我自幼一道长大,今次出塞实乃凶险之局,戎人凶悍,北方此时正值冰天雪地之时,战场之上刀枪无眼……这女子既已有了你的子嗣,不妨将其接至义封,若有何意外……我必护你血脉再成国之栋梁,如此也不枉费霍老将军对我一番恩情。"

霍扬沉默了许久道："皇上，霍家无后了。"

出塞之前霍扬登上了摘星楼，在此处，他曾许诺，此生必护苏台安好无忧。

彼时正是盛夏，漫天繁星映得苏台满目粲然，她逼着他伸出小指："拉钩！说谎的人喝一百碗黄连水。不然，我做鬼也不放过你！"他只当玩笑一般随了她，现在回想起来，才发现原来在那时苏台心中便已堆满了不安。

"霍邑。"他唤来随行的家臣，"给我熬一百碗黄连水来。"

"将军？"

"浓稠些，要极苦的。"他食言了，自是该受惩罚。

霍扬行至摘星楼边，倚栏静看夜空璀璨，他爱观天象，爱在最高处俯览人世繁华，看山河万里尽在自己的守护之中，他总觉得这样才无比心安。但苏台却说："极高处，极繁华，却也不胜寒。"此前，他从不觉得高处有寒，而今回首一看，才发现，原来自己已如此孤独。

高处不胜寒，只是因为能与他并肩的人再也找不到了。

霍扬扬手，径直将手中的黄连水临空洒下，他轻声呢喃道："苏台，今日我只喝九十九碗，欠着你的债，你若是做了鬼便来找我吧。"

"我等着你。"

摘星楼下，夜晚极静的黑暗之中，苏台裹着藏青色袍子贴着墙根站着。黄连的苦涩味在冰冷的空气中散开，苏台耳尖地听见了九层楼高的摘星台上嘈杂的声音，有人在难受地呕吐，有人在担忧地劝说。

苏台捂着脸，只余一声微颤地叹息。

【六】

塞外风雪急，戎人凶悍，而霍扬用兵如神，愣是将大举入侵的戎人生生逼退至关外。战争打了半月，戎人败退数百里，霍扬乘胜追击，意图让戎人在他有生之年再不敢兵犯卫国。

战线越拉越长，当霍扬意识到这是诱敌深入之计时，为时已晚。

适时，霍扬率三千轻骑突袭戎人军营，哪想等待他们的却是低洼

第二章·苏台

之地的空营一座，霍扬下令急撤，哪还来得及，戎人三万大军将卫国军队团团围住。

戎国王子自大而高傲，困住霍扬他并不急着进攻，而是站在制高点颇感兴趣地欣赏着素来骁勇的卫军脸上沉凝的神色。"霍扬，与你作战当真是棋逢对手，今日要杀你，本王也甚为可惜。"

枣红的"流月"在风雪之中显得醒目，霍扬披着玄色大氅，神色沉稳，毫无惊慌："王子切莫如此说，实在是折煞了你，也侮辱了我。"

王子面色一沉，冷笑道："既然将军如此说，本王便是辱你一辱又如何。"他一挥手，三万骑兵蜂拥而下，血腥的厮杀瞬间开始，没有人注意到，一个身着戎国服装的瘦弱士兵悄然混入了战场之中。

四周皆是一片杀伐之声，一如当初守卫徐国的最后一战。苏台慢慢靠近霍扬，他骑在马上，虽然好找但却不好救。苏台咬了咬牙，劈手抢下身边一个卫国士兵的大刀，径直用刀背将其打晕。苏台一转身，手中大刀飞出，直直插入了"流月"的腹腔。

汗血宝马登时立身嘶鸣，前蹄翻飞，踢死了不少围攻过来的戎兵，然而重伤之下，马很快便没了力气，它前蹄尚未落下，一个戎兵拼着命上前斩断了它的双腿。

"流月"轰然倒下。霍扬跃下马，手起刀落间便已是四五颗头颅落地。他摸了摸"流月"的头，神色哀痛。霍扬抬头望向苏台的方向，森冷的眼眸中隐藏着难言的怒火。

苏台悄然转到一个戎兵身后，她还在琢磨着怎么靠近霍扬，恍然间听见半空中传来一声低喝。

他飞身而来，电光石火间便将苏台身前那人劈成两半，腥臭的血溅了苏台一身，她怔怔地望着眸中杀气未歇的霍扬。

他们便在这样毫无准备的情况下打了个照面。她看见他眼中的神色从寒至骨髓的冰冷渐渐泛出了不敢置信的惊讶。

鲜血，战场，杀伐不歇，仿佛是补上了徐国那未来得及见到的最后一面。

【七】

"苏……"霍扬刚开了口，苏台猛然回过神来，她扑身上前，一把抱住霍扬。

与他拥抱的人再不复往日那般馨香温软，冰冷的铠甲相接，发出清脆的声响，耳边没有呼吸，在她身上有一股腐朽的味道。所有的感观浸染了霍扬的情绪，他呆住了，任苏台摆布。

苏台趁这个机会解下他披在肩上的大氅，随手一扔，霍扬身上的铠甲与寻常士兵无异，苏台拽着他在混乱的战场中挪了几步，三万戎兵就再也分不清楚谁是卫国大将军。

霍扬被苏台带着走了一会儿才醒悟过来："你杀'流月'……是为了救我？"苏台背过身子在前方自顾自地往前走，霍扬眉头一皱，"苏台！"

前面的人脚步一顿，苏台转身之时一扬手，白色的粉末飘散。霍扬眼前一花，身子随即软了下去："你……又算计我。"苏台接住他瘫软的身体，听见他强撑着清醒的呢喃，"也罢，也罢……"

这一句感叹，苍凉多过无奈。像是在说就此命丧她手，今生也罢。

苏台没流露出半点情绪，与霍扬摆出争斗不休的模样，慢慢退到一座空营帐之中。她从怀里拿出一套戎兵的服装帮霍扬换上。

苏台清楚，如今这样的情况若要让霍扬扔下这三千将士独自逃走，他绝对不会干，这个男人心里是那么执着。她唯有杀了他的马，将他从众矢之的中拖下来。她恨不得将他变成一颗尘埃，因为只有这样，她才能将他救走。

因为死亡的滋味那么可怕，那是一种无论如何压抑也还是会从眼中爬出来的绝望，是无论如何安慰自己也能从滚动的喉头中涌出的惶然，是无论心志如何坚定也能在鼻尖嗅到血腥味的无助。

那样的滋味，她不想让霍扬知道。

苏台等到营帐之外杀伐声渐歇，才驮着霍扬出去，三千卫国将士被尽数歼灭。

寒冷的空气里夹杂着鲜血的味道。苏台垂眉低目，跟着戎人救治伤兵的队伍退下战场。半路之中她杀了数十名伤兵，抢了马，带着霍扬穿过冰天雪地的山谷，找到了卫军大营。

她从没如此感谢过僵尸的身体，若还是以前的苏台，光是在战场上受的伤便会令她丧命。这具身体没有痛感，不老不死，若她不说出那最后一句话，便可以一直这样活下去。

但是一直活着，对她而言又有什么意义？

她如此明显地感觉到自己的感情也随着身体的死亡渐渐消失，不再感动、不再哀伤，剩下的只有执迷不悟。

霍扬醒来的时候周身的伤已被包扎完好，看着自己所处的环境，他几乎是一瞬间便想明白了苏台在战场上的所作所为。他翻身下床，拉开营帐走出去。守在营帐外的将士立即对他行礼，霍扬问道："送我回来的那个女子呢？"

"回将军，她好似走了。"

霍扬面色一变："没有军令，你们竟敢放身着敌军服饰的人走！"

两位军士立即跪下，颤声道："将军回来之时与那女子……形容亲密，属下以为、以为……所以不敢阻拦她的行动。"

霍扬眉头紧皱，还未开口，眼角余光忽然瞥见一袭灰衣的女子正站在不远处定定地看着他。跪下的两个军士比谁都高兴："将军，她又回来了！"

苏台看着霍扬，眼神沉静如水，她对霍扬点了点头，然后转身离去。霍扬握紧拳头，心头有无数疑问，当初他亲眼看着军医将她开膛破肚，而今她为何还活着，为何在此地，为何……还要救他？

他不由自主地跟上苏台的脚步，出了军营。

塞外的寒风夹杂着鹅毛一般的大雪刮过脸庞，他们在铺天盖地的白色之中一前一后走得极慢。霍扬恍惚间觉得那个女子仿佛在下一刻便会羽化而去。

"苏台。"他终于忍不住唤出声来，但除了她的名字，霍扬一时竟找不到别的话可以说。苏台继续向前走了几步，忽然蹲下身子，在冰雪之中挖出一棵白色的草，这种草药治疗外伤极为有效。她对霍扬招了招手，示意他过来。

将草药交到霍扬手中，冰凉的指尖轻触他温热的掌心，两人皆是一怔。

苏台想，若她可以忘掉过去该多好，放下所有，就这样一直陪在他身边。但那是不可能的，他们之间隔着背叛，隔着死亡，穿插着国恨家仇，她无法失忆，所以也陪不了他。

此刻，早在苏台心头滚过千百遍的疑问："为何不受降书？"为何要令徐国亡得如此凄惨，为何非要赶尽杀绝，你不要我，也不要孩子，你就如此忠心于你的君主吗？连半点退让也不行？还是你只是因为想要报复我的背叛，只是想让我无颜在地府面对徐国的将士百姓？

所有的疑问在此刻都显得那么无关紧要。毕竟就算霍扬最后接受了降书，也改变不了他灭了徐国这一事实。

他要忠他的国，她要护她的君。

苏台恍然大悟，原来，从一开始，命运便让他们形如陌路。

苏台拍下霍扬肩头积上的雪花，一如盛夏时节，她在树荫之下替他拭去额角的汗。她试图弯唇微笑，但最后却不得不放弃。两人之间沉默着，最后苏台终于握住霍扬的手，让他掌心轻轻贴着自己的腹部。

衣料之下的皮肤出乎意料的凸凹不平。那些内脏不管她如何摆放也总会堆成一团，诉说着她已经死亡的事实。

苏台轻轻地开口："霍扬，他是个男孩。"

霍扬猛地一颤，像被烫到一般瑟缩了一下。苏台顺势放开他的手，她低头看着自己的腹部，轻轻抚摸着，即便脸上什么表情也没有，但眸中的温婉已足以令霍扬连呼吸都感到灼痛。

苏台想说，这个孩子像你一样，很健康、很漂亮。但是她再也没有开口的机会了。

她往后退了一步，霍扬下意识地伸手去捞，没想到手刚碰到她的手臂，苏台便像被打碎了一般，带着再也不存在的爱恨，随着寒风一卷混入漫天大雪之中，飘飘荡荡地纷飞而去。

连反应的时间都没有，霍扬便眼睁睁地看着她消失在面前。

这个场景变成了他日后的梦魇，夜夜纠缠，无法平静。

"嗒"的一声，桃木梳落在雪地之上，霍扬怔然。眨眼间却见一只苍白的手捡起地上的桃木梳，这个白衣女子不知是什么时候出现的，一袭白衣仿佛要和这苍茫天地融为一体。她掏出一支笔在木梳上轻轻一点，像是安慰一般说道："你心中的执念，我收走了。"

霍扬仍在失神。

百界抬头看了形容颓废的霍扬一眼，清冷的嗓音带着些许无情：

"你的执念,我拿不走。"

从今往后,这个男人再也放不下回忆,再也回不到过去……

只余彻骨相思,痛彻心扉。

第三章・末画

【一】

阳春三月,柳家小姐闺阁外的垂杨柳新芽发得正好,暖风一拂悠悠划过水面,荡出层层涟漪。

焦急的人影踏碎一院散漫,粉衣丫鬟嚷嚷着跑出院子:"老爷,老爷不好啦!小姐又发起狂来了!"她的身后跟着一连串摔砸而出的瓷瓶和声声凄厉的尖叫。

粉衣丫鬟一头扎在转角处的男子身上,后者沉稳地将她扶住,然后礼貌地退开。丫鬟慌张地抬头一看,霎时呆住,好漂亮的……道士。

男子身后的中年人喝骂道:"蠢丫头,莽莽撞撞!挡什么路,还不让道长进去!"

丫头这才回过神赶紧答应了,中年人还要骂,年轻的道士摆手道:"无妨。"他的声音极好听,带着令人安心的力量,使人感到宁静。道士绕过丫头,缓步走进院子,不一会儿一个瓷杯便砸了过来,和着女声的尖叫:"滚!都滚!这里有鬼……有鬼!"

镜宁看了看柳小姐的面色,眉头微微一皱,他自怀中掏出一张黄符,一边呢喃着咒语一边走近她。

丫鬟和柳家老爷紧张地张望着,却见柳小姐的神色慢慢平和下来。待镜宁将黄符递给柳小姐,她的神色已变得与生病之前一样温和了。

"好好拿着,先在外面稍等片刻。"

柳小姐握着符,乖乖出了阁门。"咔嗒"一声,阁门从里面落了锁。镜宁的目光缓缓扫过屋里的每一个角落,而后落在香案之后的那幅画上。

垂杨柳之下,身着鹅黄襦裙的女子侧倚着树,似在赏鱼,似在沉思,又似在失神,镜宁立刻认出此画画的是柳小姐,又在下一瞬间认出她不是柳小姐。

他步子刚动,什么都还没做,忽见画面一花,一颗脑袋从画里面探出,容貌稚气的女子装模作样地翻了个白眼又毫无攻击力地对他伸出了舌头,仿佛用一副痴蠢呆傻的模样就能把他吓走一样。

做完这个只能将孩子逗笑的鬼脸,她又快速地把脑袋缩了回去,像乌龟一样藏好。

镜宁愣怔片刻之后微眯起了眼,他还是第一次见到蠢成这副德行的妖。他冷着脸走上前去敲了敲香案:"出来。"

画面一片死寂,镜宁捏了一个诀,手中燃起一团橙黄的火焰道:"念在你作孽不深,我本欲放你一马,不过……"他用火焰轻轻炙烤着画轴,"你若想继续作恶,休怪我不客气。"

画面继续沉寂了一会儿。突然,像是忍无可忍一般,女子满头大汗地再次探出头来,恶狠狠地吐着舌头,发出"啊"的一声低劣恐吓。

镜宁面无表情地熄了手上的火,利落地拽住了她吐得长长的舌头。

女子面色一惊,惊慌失措起来。

镜宁微微一弯唇角,平缓的声音中难得带了点笑意:"会有点痛。"言罢,毫不客气地拽着她的舌头,将她硬生生地拖出了画卷。

"嗷!嗷……"被拖出来的黄衣女子委屈地蜷缩在地上,捧着一时缩不回去的舌头流泪。

镜宁若无其事地将手上的唾液擦在了画卷上,抹花了生动的垂杨柳。黄衣女子泪光点点地怒瞪着他,大着舌头道:"唔此(无耻)。"

【二】

被人指控无耻,镜宁也不甚在意,淡淡地问道:"画妖,如何称呼?"

女妖高傲地冷哼一声,扭过头去。镜宁轻弹食指,一团明晃晃的火焰直直砸在女妖的额头上,烫得她又是一阵嗷嗷乱叫。镜宁好脾气地问:"如何称呼?"

她将舌头塞回嘴里,憋屈地不想回答。妖怪的名字就像一个咒语,一旦被人知道了,便等同于被人控制,她斜眼看了看镜宁食指上的火焰,嘴唇抖了抖,可怜巴巴地一边哽咽一边抹泪道:"末画,我叫末画。"

镜宁点了点头:"为何要加害于柳家小姐?"

末画的眼珠四处转着,不想回答这个问题。镜宁轻轻唤了她名字一声,末画浑身微僵,不情愿地撇嘴答道:"画出我的是一个书生,他一直爱慕柳家小姐,但在上个月,他听说柳小姐订了婚,就跳河死了。

我是他画出的最后一幅画,听见了他的遗愿,他一直想娶柳家小姐,我没其他办法,所以……"

"你想杀了柳小姐,让他们到地府相伴?"

末画颓败地点了点头:"书生好可怜,我就想帮他完成最后一个愿望。"

"你本意虽善,然而生老病死由天定,岂能为满足一己私欲而残害他人性命。"镜宁道,"看在你本性不坏的份上,今日我便放你一马,日后好好修炼,不可再做恶事。"

末画乖乖地点了点头。

镜宁沉默了一下又说道:"别再动不动就吐舌头,很容易被捉到。"

末画歪着脑袋想了想:"可是这招很有用啊,柳家小姐便如此被我吓到了……"

镜宁沉默了一会儿,末画眼巴巴地望着他,看着她水汪汪的眼睛和哭红了的鼻头,镜宁突然心底一软,轻声问道:"你若想诚心修道,我可以教你。"

话音刚落,末画眼中立时聚起万丈光芒,她扑到镜宁脚边,抱住他的大腿喊道:"师父在上,徒弟……徒弟在下!任凭师父玩弄!"

镜宁又沉默了一会儿,他轻轻拉开末画的手:"我看,你还得学学文化。"

"我什么都可以学。"末画仰头望着他,"师父如何称呼?"

"镜宁。"

"镜宁。"

"要叫师父。"

"镜宁这名字叫着很稳妥。"

"还是得叫师父。"

"镜宁师父。"

镜宁看着仰着脸的末画,觉得她或许就差一根翘起来对他摇一摇的尾巴了。他应景地摸了摸她的脑袋:"我没收过徒弟,你资质又比较蠢笨,不过我相信天道酬勤,我好好教,你好好学,总有一天你至少能学会装出一副聪明的样子来的。"

末画高兴地点头:"定不负师父重托!"

【三】

末画妖力低微，从没离开过画卷三个时辰以上。这次她为了好好跟着镜宁修行，狠心将真身留在柳府，可谁料她勉强撑了一天便困倦不已，脚步开始左偏右倒地踉跄起来。

镜宁见此状微微眯起了眼："我本以为世间资质最差的妖莫过于你，没想到你竟比为师所穷极想象的下限还要低……"

他话音未落，只见末画浑身一软，"啪叽"一声泥一般瘫坐下去，开始委屈地哭起来："师父嫌弃我。"

"没错，嫌弃你。"

镜宁应得如此干脆，倒让末画不知是该继续掉泪还是赶紧止住。她琢磨了一番还是觉得应该越发哭出声来："我本以为镜宁师父是个心善的道士，没想到、没想到……呜，末画真是错许良缘、所托非人、此生尽误了，呜……"

镜宁斜眼看她："你知道自己在说什么吗？"

末画摇头，只顾凄凉地哭。

镜宁沉默了一下，才自怀里掏出一个青花瓷瓶。拔开红色的瓶塞，清幽芳香立即流溢出来，镜宁轻声说道："此乃天山血红莲凝制的丹药，可助你三日之内凝聚十年修为，五十年内修行比寻常快十成。这便当是为师送你的……"他话没说完，一只白嫩的手便动作迅速地抢过了他手中的瓷瓶。

她仰头一口吃掉了瓶中所有的丹药。

镜宁眯起眼，轻浅的声音中带了点危险的气息："为师以为，你应当先拜谢师恩。"

末画含了一嘴的药，一边嚼一边睁着一双无辜的大眼睛含糊地问："师父送徒弟见面礼不是理所当然的吗？"

镜宁了然地点头："如此，徒弟的拜师礼现在何处？"

一双溜圆的眼转了转，末画咽下嘴里的东西，高兴地道："这里这里。"她蹦起来，跳到镜宁身边，以迅雷不及掩耳之势狠狠一口亲在了镜宁脸上。

这突如其来的一下让镜宁呆了一下。末画的脸在眼前堆起了灿烂的笑:"那些报恩的妖怪不都说以身相许是最大的礼物吗,我把自己许给师父可好?"

镜宁沉默了许久,他强迫自己挪开目光,一声喟叹:"你真该先学学文化。"

末画一脸期待地望他:"师父教啊。"

镜宁不由自主地往后偏开了头,一时竟有种想要逃避的冲动。任由末画将他盯了许久,他才故作淡然地道:"为师还是先教你法术的好。"

"师父教什么我都学,左右我也是师父的人了。"

这句话的意味听起来有些奇怪,但镜宁觉得末画是她徒弟,她说这话也没什么奇怪。他点头道:"你且记住,为师教你法术是让你用来清修道行,切莫有害人之心,你若犯我门规,我必亲自收了你。"

末画眨眼看他,没有表态。

"可听明白了?"

末画挠了挠头:"不大明白,你还没说清楚呢,你必亲自收了我做什么?姨太太吗?"

镜宁深吸一口气,缓缓闭上了眼:"我得先去寻个夫子教你文化。"

末画低下头,委屈的眉眼之下却带着一丝暗藏的笑意,师父不知,画出她的书生便是个很好的夫子。

【四】

三月的锦城巷陌之中尽是飞花,河堤上的垂杨柳柳絮纷纷扰扰洒满河道,黄衣少女在船头唱着醉心的歌儿:"山有木兮木有枝,心悦君兮君不知。"

船夫摇着船桨,听罢此句哈哈大笑,对独自饮茶的镜宁道:"这位兄台,你艳福可不浅啊。"

镜宁坦然道:"她不过是学人家唱唱,不明其意。"

歌声一顿,末画不满地道:"这话的意思我还是懂的,我不仅懂这个,我还会蒹葭苍苍,白露为霜,所谓伊人,在、在……"

镜宁好笑地抬头:"在哪儿?"

末画忽然目光呆直地盯着河岸，镜宁顺着她的目光看去，只见一个白衣女子静立在河堤柳树之下，即便垂柳的遮掩让人无法将她看得真切，但绝色姿容难掩，遥遥一眼便已睹尽倾城姿色。

镜宁袖中的罗盘一动，他眉目微沉，低喝一声："狐妖。"倏地腾身而起。

末画不明所以，呆呆地要去拉他的衣袖，哪想镜宁一时没收住力，将末画生生扫到了河水之中，船顺势向前，将她脑袋一撞，压到了水下。

连水泡也没吐一个，船下直接没了动静。

船家大惊失色，哪想这边还未惊完，那边英俊的公子淡淡地留下"救人"二字便提气纵身，追着岸边的漂亮小姐而去。船家见状大骂："负心汉啊！"人命哪容他耽搁，船家也忙跳下水，匆匆忙忙地将落水的黄衫女子打捞起来。

末画迷迷糊糊间听见有人在唤自己"小姑娘"，她睁开眼，轻轻唤了声"镜宁师父"，却见一身湿淋淋的船夫对她摇头叹气道："姑娘，那是个薄情汉子，你还是另寻良人的好。"

末画心头一凉，神志登时清醒了许多，她张口便问："他可是追那漂亮女子去了？"

船家一个劲儿地叹息。末画垂下头，心头百味陈杂。

镜宁再回来的时候脖子上被抓出了三条血痕。船家收了他的钱，十分不满地瞪了他一眼，却也不好再说什么。

末画坐在岸边的青草坡上，哭肿了一双眼睛。镜宁十分不解，他不过是像往常一般去捉妖，为何回来之后仿佛全天下都在唾弃他一般。他瞅了瞅末画额头上被船撞出来的大包，问道："可是如此痛不欲生？"

"我……"末画扫了他一眼，一开口便哽咽了，"我心痛！十分心痛！"

镜宁蹲下身来，帮她轻轻揉了揉额头上的包："为何？"

"我那样，掉在河里……"她一边说一边抽噎，手上还不停地比画着自己垂死挣扎的模样，"我那样掉进去，你都，都不管我就追着别的女人跑了。"她的鼻音很浓，抽抽噎噎的让人越发听不清楚，只有一句"其实你是想杀了我吧"格外清楚。

镜宁不解:"我见你哭得挺起劲。"

像要印证他的话一般,末画哭得更起劲了一些。

镜宁不擅长安慰人,蹲在她跟前看了她许久才一声叹息,无奈道:"为师下次先把你捞起来就是,你一个妖怪不要哭得太没出息了些。"

末画抽噎着停不下来,脑袋像没力气了一样蹭到镜宁肩头,镜宁浑身微微一僵,倒也没将她推开。

末画在泪眼蒙眬中看见他脖子上的血痕,如此近的距离她才发现这伤口狰狞得可怕,细而深,仿佛再往里一点就能挖断他的喉咙。末画在他肩头来回抹干了眼泪,小声道:"我心痛,心痛!下次不能扔下我。"

"嗯,不扔下你。"

【五】

镜宁没想到那狐妖妖力高深,他重伤了狐妖却没有捉到她。思及伤重的狐妖定会需要吸食更多的阳气,这些日子镜宁在城中设下了不少结界,一旦狐妖用了妖力,必定逃不过他的眼。

这些天镜宁尽心地教了末画不少东西,令她修为着实长进不少。是夜,两人追踪狐妖的踪迹到了城外,却在小河边跟丢了她,彼时城门已落锁,二人唯有露宿郊外。末画坐在火堆边望着静坐着的镜宁发呆,她觉得,这个道士的一张脸有时竟比妖怪还要惑人。

一个小石头打上她的头,镜宁眼也未睁便说道:"修行需持之以恒,日日不可落下,凝神。"

"师父,我在练习怎么在面对你的时候心跳不要紊乱。"

镜宁睁开眼睛,淡淡地问她:"上次落水之后留下了心疾?"

末画揉着自己的心口道:"约莫是吧,看见师父的时候就犯病,定是上次师父将我独自留下给我带来了太多隐伤。"

镜宁只淡然地答道:"修道若想有所成,必定清心静气,寡欲而无求……"他说着道家清修心法,末画听着他的声音慢慢走神,她觉得,修行对她而言并无多大意义,心底倒是有个想法慢慢决定了下来。她忽然打断镜宁的话道:"师父,我觉得我不想做你的徒弟了。"

镜宁眉头一皱，神色中难得带上了怒气："胡闹！"

"我是认真的，我不做你的徒弟，做你的娘子好不好？咱们可以随便亲亲，随便滚作一堆。"

镜宁一怔，更大的怒气夹着一抹几不可察的害羞烧红了他的耳根："放肆！"

末画眨巴着眼睛看了他一会儿，而后伸出了四根手指头，问："师父放四要干吗？"镜宁眯起了眼，见他真的生气了，末画忙摆手道，"好吧好吧。我就当徒弟好了。"

左右也就今晚的时间。

夜入三更，镜宁闭眼休憩，末画轻轻向空中吐了一口气，草叶头上的昆虫不一会儿便栽倒地上，沉沉睡去。末画爬起身来，走到镜宁身后，她摸了摸他脖子上的伤，微微有些叹息："当时你若是来救我不就不会受伤了吗，三尾妖狐哪是你一个道士对付得了的。若不是我重伤未愈，此事怎么会将你牵扯进来。"

她埋下头，轻轻舔了舔镜宁脖子上的血痕，黑色的爪印立即消减了不少。末画的唇没舍得离开，贴着他血脉跳动的地方深深一吻，满意地看见那处慢慢红了起来，她笑道："真想让你全身都这样红起来。"

末画掏出匕首，刀刃映着月色寒光，照出她比寻常更添一分猩红的瞳孔。

她轻轻割破镜宁的食指，用血涂遍刀刃。

"镜宁师父，你猜，明早你还看得见我吗⋯⋯"

【六】

清晨，城郊的树林中飘着一片薄雾，镜宁揉了揉眉心，坐起身来。火堆不知道在什么时候已经灭掉，他看了看在一旁睡得安稳的末画，轻声唤道："起来。"

末画嘟了嘟嘴，一声嘤咛地呼唤："师父。"她的声音软软的，像是要让人听得入魔一般。

镜宁面不改色地理了理衣服，末画躺在地上看了他一会儿，见他没有半点过来拉她的意思，自己才不满地站起身来："师父一点也不怜惜弟子。"她眼珠一转，笑道，"师父，你的头发夹在衣服里了，末画来帮你理一理。"

镜宁自顾自地整理着衣服，待末画走近身前，一双白嫩的手尚未碰到他的衣襟，镜宁问道："末画在哪儿？"他眼神都没落在她身上，像在问天气如何一般云淡风轻。

"末画"闻言，浑身一颤，她堆出了笑脸，眼眸深处却渐渐化出了几许青光："师父在说什么呢？……啊！"她一声惨叫，浑身脱力地瘫软在地上。她回头一看，竟是自己的尾巴被一把不知从何处砍下来的剑生生斩断了去。

那剑通体晶莹，灵气四溢，竟是把难得的镇魔之剑。这突然的袭击令"末画"痛得面目扭曲，登时露了原形，她竟是镜宁正在追的那只三尾狐妖！

镜宁随手一挥，那剑似晨雾一般，消散在空中。

狐妖断了一尾，惊骇地望着镜宁："你……你是谁，前些日子追杀我的那个道士分明没这么厉害。"

镜宁自袖中掏出一张咒符，与他平日用的咒符不同，这张符金纸红字，杀气凛凛，狐妖只看了一眼便瑟缩着往后面挪。镜宁淡淡地道："来，把这件事的前因后果都交代清楚。"

狐妖见自己逃不过，终是冷冷一笑道："与我在此耽搁时间不如速去柳宅救你那画妖徒弟，若是晚了一步，只怕她就被画中的怨鬼将精元都吃了。"

镜宁眉头一皱，他沉思一番，揪住狐妖的衣领便将她拖在地上拉走："如此便在路上交代清楚吧。"

狐妖的断尾处磨在地上，痛得哀号不断，一张绝美的脸上尽是疼痛的表情："仙长，小妖错了！小妖错了！小妖再不敢对您冷笑了！"

镜宁这才放了她，吩咐道："乖乖跟着，我不会回头，若是听不见你的声音了，倾阳剑可不会客气。"像是要印证他的话一般，通体透彻的剑在狐妖眼前闪了闪又隐去了踪影。

狐妖冷汗直流，忙说道："最近锦城之中除妖道士过多，小妖寻觅食物越来越困难，前几月对那书生……下了手，我舍不得一次将他的精魂吸光，所以将他剩下的魂魄暂时囚困在了他的画里。不承想他的画却在那么短的时间里生出了灵识,成了画妖。画妖不忍心看她主子被囚,无法投胎,所以想杀了我。但是她妖力尚浅,被我重创一次之后便一起被我关在了画里。"

"前些日子柳府闹鬼,兴许便是那书生的魂魄生了怨气化作了厉鬼。"

镜宁脚步加快了几分,他想此前末画在画中日日与怨鬼相处,估计活得很是艰辛。

"你救出末画之后,她做了你的徒弟,应当是想借仙长的手来除掉小妖。"狐妖眼珠转了转道,"仙长,那末画并非真心对你……"

镜宁神色未变,轻声答道:"你道我如尔等妖物一般蠢笨,看不见蹊跷吗?"

狐妖心中又是一惊:"所以,你……仙长隐瞒了实力,甚至被小妖抓伤,是为了试探末画?"狐妖暗道这道士阴险,面色上却带了几分可怜道,"既然仙长已知道末画的意图,为何现在还要去救她?"

镜宁不答反问:"怎么不说说你为何会在这儿?"

狐妖心下一凛,撇了撇嘴不想答话,但想到之前他的吩咐,又不情愿地回答道:"是……末画昨夜用染了您的血的匕首来暗算小妖,小妖将她封回了柳府画中。小妖一时心念有差,生了狗胆,心想既然那画妖都能取得仙长的血,小妖说不定可以、可以……所以便贸然寻了来,冒犯了仙长实在是罪过。"

说到底,还是那画妖不忍心再让镜宁对上狐妖了,怕他受伤,舍不得他再度涉险。末画是真的喜欢上了这个男人。

狐妖思及此处不由摇头叹道:"心善的妖多半没有好下场,爱慕上凡人的哪一个不是死得惨烈,更何况还是个……"

仙人。阴险狡诈的仙人!

镜宁闻言微微垂了眉目。

【七】

行至柳宅之外,狐妖突然惊呼道:"糟糕!我给那幅画设的禁制被冲开了!"

镜宁皱眉,微微眯起了眼,狐妖怕得快哭出来了:"仙长!小妖在您的眼皮底下绝对不敢胡作非为，是因为您方才斩了小妖一尾，使小妖妖力大减，禁制便被那怨魂冲破了！仙长您若是再耽搁，怕是那小画妖命都快折腾没了！"

"既然如此。"镜宁点了点头，手一转，罗盘倏地出现在他的掌心。狐妖转身欲跑，却忽觉一股巨大的吸力拽住了她，她惊骇地转头，来不及做出任何表情便被收到了罗盘之中去。空中只听到她一声凄厉的哀号："腹黑仙人啊！"

进得柳府之内，镜宁顿觉阴气冲天，府中的人都不知道跑哪儿去了。他依着上次的记忆寻到柳小姐闺阁，隔了老远便听见书生哭嚎道："天长地久有时尽，此恨绵绵无绝期！柳儿，你负我！"言罢一阵阴风四起，在这大白天竟从闺阁之中吹到外面来。

镜宁眉头微微一蹙，这怨鬼戾气太重，若要对付只能散了他的魂魄令其再也无法转世。

"你可真有出息！"镜宁脚步一顿，听见里面传来了末画喝骂的声音，"堂堂七尺男儿像个怨妇一样哭哭啼啼，你真有出息！真有出息！"

"嘤嘤……末画，莫要打我，莫要打我，我不哭就是。可是那柳儿她负我，嘤嘤，她三日之后便要与他人成亲，我……我怎能不难过。"

镜宁跨进门去，恰好瞧见柳府的人躺了一地，而厉鬼书生正被面色苍白的末画追着抽打。

镜宁眉头一挑，沉默地停住脚步。

末画追了几步便累得一直喘气，她恨恨地将折下来的柳枝条扔到书生身上骂道："你既然冲破了狐妖的禁制就乖乖滚去投胎！做什么厉鬼，你有那个气场吗！"

书生挨了打，闷不吭声地缩在柳树下蹲着："我要陪着柳儿，不能让她和别人成婚。"

"呆子，她不和别人成婚也不能和你成婚了，你……"末画这话像是戳到了书生的痛处，他眼眶一红，倏地冲末画大吼道："闭嘴！我活不成，让柳儿和我一起死了就好！"说着，他像狼一样猛地扑向昏倒在地的柳家小姐。

镜宁甩手丢了一道符出去，径直贴在书生的额头之上。只听"哧"的一声，书生如同被烧着一般，滚到地上来回翻转，仿佛痛不欲生的样子。"

末画吓了一大跳,不顾符咒会烧毁她的手指,忙扑上去将符从书生头上撕下来,神色复杂地望向镜宁:"这样会让他魂飞魄散的……"

镜宁神色一如既往的淡然:"那又如何,他已成厉鬼。"

末画呆呆地看了他一会儿,欲言又止:"那样,就不能再转世投胎了。"

镜宁打量着她眼眸深处的不安与奇异的悲伤,他觉得这样的神色不应该出现在末画的脸上,这个丫头只要负责说出不可思议的话逗他开心便足矣。

"阻碍我和柳儿团聚的人,都滚开!"书生发狂一般大吼一声,猛地向镜宁冲过来。

末画大惊失色,在她看来,镜宁还没有能力与这样的厉鬼硬碰硬,当下拼了浑身最后一点妖力跃至镜宁身前,竟是想以身做盾,为他挡下这一击。

温热的身体将他紧紧抱住,这个小画妖简直弱得不像样,他怀疑自己那一瓶灵药连她的肠胃也没经过就直接被排出去了,吸收得如此之差,也算是桩奇事。但偏偏是这么脆弱的一个小东西,竟妄想用生命来护着他。

镜宁脑子里觉得这个画妖委实蠢了些,如此轻易就喜欢上一个人,如此轻易就拼了命去保护,也不想想值不值。但他的心却偏偏为这样愚蠢的行为不由自主地怦然跃动起来。

他一手揽住末画的腰,身子一侧,将她护到身后,单手在空中结了个印,食指轻点,清明的澄澈之光横扫而出,径直将书生身上的戾气涤荡干净。

"净神术?"末画呆呆地从镜宁怀中抬起头来,"师父……你已经修成仙了吗?"

"约莫成了吧,为师忘了。"

末画又呆了一阵,狠狠地戳了戳镜宁的胸膛:"你之前为什么要装得那么矬!"

"如此,比较好玩。"

【八】

末画恨得一阵心血乱滴，却也只有咬着牙忍了。她回头看了看书生的鬼魂，此时他已经变得和寻常鬼魂一般模样，他坐在柳家小姐的身边嘤嘤哭着，但却已经不再想着将柳小姐杀死了。

镜宁刚想动手度他一度，忽见一白衣女子凭空踏出，她径直走到书生身边，冷声道："我叫百界，是来收走你心中的执念的。"她话音一落，也不管书生愿不愿意，掏出笔便在他心口一点，一团粉色的气息凝聚在笔尖，百界不客气地将它收进衣袖之中，"你的执念我收走了，投胎去吧。"

书生仍旧嘤嘤地哭着，只是身影越来越淡，最后慢慢消失不见。

末画张了张嘴，终于什么都没说。

镜宁眯着眼打量了百界一会儿，轻声道："姑娘流亡百世红尘之中，见证人世百苦，何不理理自己心中可有放不下的执念。"

"我要的便是执念。"百界沉默了一会儿道，"多有叨扰，山神见谅。"言罢，她身影渐渐消失，竟又如此消失在空中。

末画惊讶地睁大了眼睛，再次向镜宁问道："山神？"

"为师也忘了。"

末画斜着眼看他："你这个卑劣的骗子。我一直以为你只是个小道士！"

镜宁点头道："为师着实修行不够，兜了一大圈，却只骗了一个这样的徒弟。"

"哼，才没有呢，徒弟你可没骗到手。"末画"哼"了一声，脚步却忍不住往后一个踉跄，镜宁下意识地伸手一揽，将她搂在怀里。末画不客气地拥住他，使劲儿用脸颊蹭了蹭："真好，我还占了你那么多便宜。"

镜宁微微一怔，叹息道："当真蠢笨，谁占了谁的便宜都分不清楚。"

末画眼前的事物越发模糊起来，她的头无力地搭在镜宁肩上，轻声道："镜宁师父，我没办法做你的徒弟了。"

镜宁一挑眉："要做师娘？"

末画笑了笑："也不做，我恐怕要离你很远了。"

镜宁一呆，皱起了眉头："说什么混话！"

"说的是大实话。"末画道，"我是书生画出来的，他死了，我自然也活不成，他投不了胎，我也投不了胎，不过……幸好。"她呼吸渐弱，"末画今生太短，没法好好做你的徒弟，来生，再继续吧……"

镜宁只觉心头一凉，说不出的感觉涌入血脉，像每一滴血上都凝出了一根冰针，痒痒地挠过四肢百骸，在心口的位置被绊住，然后一起涌进心里，凛冽的扎肉。

"等等！"忽然末画又睁开眼睛，拽住了镜宁的衣襟道，"没找到我的转世之前，记得给我烧纸！"

镜宁怔住，很不适宜地竟有种想笑的冲动。

末画睁着大大的眼睛道："多烧点！"

"嗯。"

"毕竟，我就你一个熟人还活着。"末画顿了顿，又不安道，"来生，若上天没让你遇到我，你一定记得来找我啊，一定要找啊，好好教我这个徒弟！或者……直接让我做师娘，也不错……"

这次怀中的少女彻底安静了下来，但镜宁觉得这样的安静一点也不适合她。这个叫末画的女子若是一幅画也应当是一幅百鸟朝凤图，叽叽喳喳地吵闹不休。突然间安静下来只会让人觉得莫名的……

心空。

他抱着末画渐渐透明的身体没说一句话。

柳府的人悠悠转醒，柳家小姐睁眼的一瞬间，晃眼看见那个淡然若仙的道士神色莫名的寂寞悲凉。

【尾声】

街头，巷弄之间的灰衣乞儿一脚踹在壮年乞丐的裤裆上，抢过他手中的馒头便跑，刚转过巷口，一头撞在一个白衣道士身上，洁白的衣服上立刻印出了一团灰扑扑的印子。

乞儿害怕，扭头就跑，却被道士轻易地捉住了。

她瑟缩着往后退，道士却蹲下身来，在晨曦的逆光之中，她看见了一张像天上仙人一样漂亮的脸。

仙人替她抹了抹脸上的灰，轻声问道："你现在是想做我的徒弟还是做我的娘子？"

　　乞儿呆呆地望着他，手中的馒头滚到地上。追出来的乞丐像看疯子一样看着白衣道士。

　　没人回答他，他暗自琢磨了一会儿决定道："那就一起做吧。"

第四章・朝澈

【一】

晋王爷楚晔昨日纳了一房美艳的小妾。第二日府上便传出小妾被朝阳公主打了，生生折了双腿的流言。

事实上流言是不可信的，那房小妾不过是被朝阳公主的丫头轻轻掴了几掌，两边脸颊肿得很对称而已，也不过只是被生生拖出新房，在院里跪了一夜而已。

新房里的烛火烧了一夜，将公主与晋王爷的身影投在贴了囍字的窗户上，两道身影面对面枯坐了一夜。

翌日，晋王上早朝走了。

晋王府内水榭之上，昨日被娶进来的女子抖着身子跪在朝澈脚边。朝澈浅抿了口茶，问道："你是哪家的姑娘？"

"妾、妾身……"

公主抬手打断她的话："别如此自称，你尚未入晋王府的门。"

"婢子……婢子是凉州刺史的女儿，上月随父入京。"

"上月？"朝澈的指尖滑过玉杯口沿，"阿晔……晋王他何时与你提的成亲一事？"

"五日之前。"

朝澈抿唇一笑，前四日他们夜夜同床，耳鬓厮磨的时候原来他心底琢磨的却是和另外一个女人的婚事。抑或是他根本是因为心中愧疚才想用情事来慰藉她的感情？朝澈觉得，她此生还没有受过比这更大的侮辱。

她站起身来，目光在跪下的女子身上转了转，笑道："姑娘，我夫妻二人的事不该连累他人。若想清楚了，你今日便离开王府，与你父亲回凉州吧。"

女子大惊："可是晋王……"

朝澈眸光一寒，淡淡地扫到她身上，将女子看得浑身一颤，不敢多言。

"晋王楚晔是我朝阳公主的夫婿，朝阳此生只许了他一人，便不准

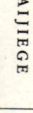

他再娶别人。你若想入晋王府的门，可去金銮殿上向我那皇弟请一纸休书，晋王休弃了我，你们自可随意嫁娶。"

她话音未落，忽听水榭之外有仆从在叩拜："王爷吉祥！"

女子眸光一亮，朝澈却冷了脸色。她下意识地微微抬高了下颌，冷冷地看着缓步而来的楚晔，嘴角却勾出了笑："王爷来得可真及时。"

跪在地上的女子双眼一红，立即便呜咽着哭了出来，梨花带雨，看着十分柔弱可怜。楚晔定定地望着朝澈，两人之间沉默着，终于由朝澈打破了沉默："王爷可要去面圣？"

楚晔垂了眼眸，微微一侧头对身后两名侍卫道："将她带下去吧。"

"王爷？"女子惊慌地望着楚晔，朝澈也微感诧异。

"皇上有令，剜其双目，乱棍杖毙。"他盯着朝澈缓慢而清晰地道，"以泄朝阳公主心头之愤。"

朝澈微惊，耳边倏地响起女子的哭号："王爷饶命！公主饶命！王爷、王爷救我！"她被面无表情的侍卫拖出水榭，哭号声渐行渐远。楚晔唇边微微勾出一抹浅笑，眸中却神色难辨，他靠近朝澈，牵起她紧握成拳的手，轻声问道："如此，澈儿可出了气？"

朝澈未答，楚晔凑到她耳边，帮她抚弄被风吹乱的发丝。他轻声道："你的皇弟当真心疼你，昨日才发生的事今日便传到了宫里，澈儿你要我怎么去感谢吾皇的关爱？是否有朝一日，我若与你发生了口角，你的皇弟便一怒之下也将我剜去双目，乱棍杖毙？"

朝澈手心微颤，楚晔摸了摸她的脸，退开了一步的距离："今日事务繁忙，便不回屋睡了，公主见谅。"

他转身出了水榭，朝澈看着他毫不留恋的背影出言唤道："楚晔，成亲之时，你说过今生只与我共度。如今你要食言了吗？"

楚晔顿住脚步："公主说笑了，楚晔这不是没那个本事吗。"

望着他的背影渐渐消失，朝澈突然觉得浑身乏力，她扶着石桌缓缓坐下，身边的侍女过来服侍，她轻声道："日后，王府之内的事便别往宫里传了。"

"可是皇上那儿……"

"说是我的意思便行，让皇上专心朝政，按捺下性子，别动不动就要人性命。让他好好和丞相学学治国之道，我在王府中很好，用不着

第四章·朝澈

057

他担心。"

"是。"

【二】

王丞相死了,暴毙家中。皇帝怒极,斩了丞相府数百侍卫。朝澈闻讯急忙赶入宫中,年仅十六岁的皇帝看见她后,立刻红了眼眶。他像小时候一样抱着姐姐狠狠地哭了一通:"皇姐,这个皇位我坐得好辛苦,就像一个万矢之的,时时都得提防明枪暗箭。今日是丞相……明日会不会是你,会不会是我……是不是只有将所有人都杀了,我们才能安全?"

朝澈沉默了许久,只得好好将他宽慰了一通,心里怀着沉甸甸的不安回了晋王府。

用完晚膳,侍女告诉她今夜晋王要在书房过夜,朝澈的眉头便皱得越发紧了。她怀疑,并且因为这个怀疑感到深深的恐惧……

不承想入夜不久,晋王书房的方向突然响起了阵阵喊杀的声音。门外有侍卫们着急地大喝:"王爷遇刺了!快快!"

朝澈顿觉手脚冰凉,大脑空白一片。她随手抓了件外衣,连鞋也没顾得上穿便跑了出去。

书房之外已是一片狼藉,刺客已尽数伏诛,血淌了一地。楚晔身着酱紫色的大衣,被人搀扶着站在书房门口。侍卫们在地上跪了一片,埋头请罪。

朝澈忙跑上前去摸着他周身:"他们伤到你哪儿了?严重不严重?痛不痛?"

楚晔看见朝澈这副惊慌的模样,不由得一怔:"你来做什么?"声音中是没来得及掩饰的严厉。

朝澈一愣,楚晔从来没用过这样的语气与她说话,他对她从来都是温和的,即便偶尔心有怒气,也不会在面上对她凶狠半分。朝澈突然被如此一问,竟有些张口结舌:"我……担心你。"

楚晔仿佛也察觉到自己失态,淡淡地道:"这里又危险又脏乱,只怕污了你的衣……"他低头一看,这才发现朝澈竟然没有穿鞋。一双白嫩的细足被血污尽染。楚晔心头一热，似涩似苦中又带了几分难言的温暖，他默默地垂了眼帘，叹息道："你不该到这里来。"

"你我是夫妻，自是你在哪儿，我便在哪儿。"

楚晔沉默了许久，终于转开了眼，高声吩咐道："还不速速将院子打扫干净了。"他微微退开一步，"澈儿，这里脏乱，我命人先送你回去。"他话音未落，书房内忽然传出一个女子的声音："阿晔，还没处理好吗？"

朝澈身形一僵，只见楚晔的眉头蹙了起来。

"怨不得你这几日都待在书房。"朝澈冷冷地勾起了唇，"今日的担心，倒是我多余了。"她绕过楚晔，扬起下巴像个战士一样往书房走去，楚晔却侧身拦在她的身前，紧皱的眉头仿佛诉说着他的不安。

朝澈笑道："你莫担心，我不会对她做什么，只是想看看又是哪家的姑娘将我比了下去。"

"朝澈。"他拉住她的手，神色严肃得像在捍卫自己最珍贵的东西，而敌人是她，他的正妻——朝阳公主。

朝澈只觉得好笑："楚晔，你既然如此花心，当初又何必劳烦来娶我，你若是随便娶个不是皇家的女子，也不用如此辛苦地偷情，遮遮掩掩，累了你也累了我。"朝澈转身离开，"你既然执意阻拦，我不看便是，但你且记住，我不是寻常女子，我不和别人共用一个丈夫。"

【三】

"王爷的伤势可还好？"服侍了楚晔一生的老奴关心道。

"无妨。"

老奴道："王爷方才为何不让公主进来见见陆云小姐，左右王爷日后也是要迎娶陆小姐的……"

"日后我不会再娶谁进门。"楚晔忽然道，"女主子，一个便够了。"

老奴一怔，随即叹道："王爷今日既要演一出戏给人看，若是宿于公主房内，公主便能更好地给王爷作证，以打消所有人对您的怀疑。可是您却宁可约陆小姐来王府为您作证……王爷莫不是怕刀枪无眼，伤了公主？"

楚晔沉默不语。老奴又道:"王爷恕老奴直言,若是日后王爷大仇得报,以朝阳公主的脾气,只怕是……"

"你退下吧。我想歇息了。"楚晔摆了摆手,不想再听下去。

这些道理他又何尝不懂呢,只是人有的时候明明知道握得越紧会越发疼痛,可仍旧不愿意退一步海阔天空,无关其他,只是因为舍不得。

半个月之后。

朝澈见屋外阳光明媚便想着到花园里去逛逛,散散心。

刚走到花园门口便听见女子的娇笑声。朝澈眉头一皱,这个女子的声音近半个月来一直在她脑海中回响,时刻也没有忘记。她悄悄走到一棵大树之后,探出头去,打量摘了她家一篮子花的漂亮女子。

"哦,原来是陆将军的千金。"

朝澈当然认识陆云,塞北大将军的千金,美名在外的佳人,楚晔的青梅竹马,两年前与楚晔一同自塞北回朝。朝澈心想,难怪楚晔要将书房里的人这么护着,原来那个人才是他的心头宝,而拆散姻缘的恶人竟然是她。

不过既然做了恶人,自然是当穷凶极恶到底的。

如此一想,朝澈转过树荫,扬声道:"陆小姐,晋王府里的花不可随便采摘的。"她微微扬起下颚,挺直了脊背,高傲地走向陆云,"这些花是当初我嫁入王府之时,楚晔亲手为我种的,虽不是什么名贵的品种,却也是我的心头宝,望陆小姐莫要夺人所好。"

陆云的身体微微一僵,回头对朝澈行了个礼,却也没有道歉。朝澈勾了勾唇角:"把花还给我吧,就算是死了的,我也不大愿意别人将我的东西带走。"

这话说得刺人,在塞北长大的将军千金哪能忍得下这口气,当下眉眼一横,冷笑道:"不过是几朵花而已,既然姐姐想要,妹妹还你便是,左右日后妹妹进了王府,这些活的、死的也都属于我了。"

朝澈眯起了眼,直言道:"只要我朝阳公主还活着,便不会允许晋王再娶。你趁早打消了这念头。"

"公主这话说得绝了,阿晔要娶谁……"

"你在挑衅我?"朝澈径直打断陆云的话,她不给任何人劝阻的机会，挥手便是一巴掌狠狠甩在陆云脸上，打了她一个措手不及，朝澈冷声唤道，"来人，给我掌嘴。"

身后的仆从立即上前捉住了陆云，陆云大叫道："朝阳公主，你欺人太甚！"

"欺人太甚又如何，我朝阳公主横行京城的时候你不知还在何蛮荒之地撒野，今日竟敢妄图与我抢人！你且记住，我最不怕的便是挑衅，最不怕的便是比后台，你大可与我斗，大可想着法子来暗算我，你只需知道自己的下场有多难看便行。"

"朝澈！"

园子外传来一声怒喝，朝澈抬头，见楚晔面带急色匆匆而来。他拉过陆云，护在身后，陆云立即可怜兮兮地哭了起来。

朝澈笑道："我打了她，你可是着急了？不过着急也没用，我已经打了。你可是要帮她还回来？"话至最后一句，神色已冷了下来。

楚晔下颔抽紧，像是忍耐住了勃发的怒气。他转过头打量陆云脸上的伤势，吩咐他身后的侍卫道："今日日头太毒，易上火，送公主回房，给她熬点降暑气的粥。"

"不用。"朝澈强硬地道，"王爷多日未曾回房，我肾火虚旺，今日陆小姐受了这一掌，我舒爽了不少，王爷日后若继续如此，我肾火持续虚旺……我不介意陆小姐或是其他哪个小姐来替王爷解忧。"

这番话说得强硬，听在众人耳里既轻蔑了陆云又侮辱了晋王楚晔，半分脸面也不给两人留，甚至把她自己也讽刺了进去。

朝澈想，没有爱情，至少她得守护住婚姻。

她转身便走，身后传来陆云恼羞成怒的大喝："朝澈，迟早有一天，今天这些话会狠狠打在你的脸上。"

朝澈头也未回，直接无视了她。

朝澈走后，楚晔对陆云冷冷地伸出手："拿出来。"陆云面色一僵，把手往身后藏了藏。楚晔淡淡地看了她一眼，"别让我说第二遍。"

陆云一咬牙，将手中的三枚银针扔到地上，不甘心地道："她如此对我，就不允许我教训教训她？阿晔你如此护着她，可是真的喜欢上了她？"

楚晔拾起地上的针，并未正面回答她的话："朝中保皇党势力未完全剪除，现在不能对她动手。"

陆云冷笑道："那何时能对她动手？"

"我说不能，便不能。"

听到这句话，陆云只觉得浑身一寒，她有些害怕地看了楚晔一眼，见他漆黑的眼眸森冷地望着她，陆云咬了咬牙，负气而去。

【四】

此后的几个月，朝澈的脑海中一直莫名地回响着陆云那句话，像是一个诅咒，朝廷中拥护少年皇帝的大臣一个个先后死去，朝澈越发感到不安，直到新年之后，她的不安终于得以结束，变成了实实在在的——

绝望。

她的弟弟死了，猝死。太监传的口谕却是让自己的丈夫晋王楚晔继位。

皇帝死的那个晚上，楚晔不在府里，没人知道他去了哪儿，就像没人知道那个晚上在宫中到底发生了什么一样。

朝澈约莫是全天下最晚知道这个消息的人，婢女含泪拿给她一身华丽的凤袍，告诉她三日之后新皇登基大典，彼时身为皇后的她要一同与楚晔登上承天殿前的八十一级长阶，受百官叩拜，跪祭先祖，承袭山河社稷。

朝澈摸着凤袍只怔怔地道："荒唐！"

她几乎是在这一瞬便想明白了之前未想明白的所有事。她说："告诉楚晔，我不会去。"

第二日，她见到了已有半个月未见的夫君，他穿着龙袍，面容憔悴。朝澈笑了："想来你近日定是十分忙累的，以往皇弟与我说坐在皇位上十分辛苦，却也没见他累成你这副德行，我琢磨着你大概是比他还多出了几分不安吧。楚晔，这抢来的东西，捧着可烫不烫手？"

楚晔神色复杂地望着朝澈没有回答，他瞟了眼被朝澈随手扔在地上的凤袍，本就蹙在一起的眉头又紧了几分。

"你利用我撤掉了监视王府的禁军，消除了皇家对你的怀疑，蚕食鲸吞地分解了王朝势力,你看看你做得多么好,龙袍加身没有一点反对的声音。只是我不明白,时至今日,朝阳公主对你还有什么用?为何你还要留我一命?封我为后……"朝澈恍然大悟般的点了点头,"是了,你心里是清楚的,活着,对视骄傲如命的朝澈来说才是最大的惩罚。"

楚晔唇角一紧,猛的对上朝澈的眼神却被她眼里的恨意狠狠一刺,忘了所有辩驳。

这样的眼神,他无数次在夜深人静之时从铜镜中看见过,朝澈恨他,一如他深深痛恨着朝澈的父皇一样。

楚晔嗓音微微沙哑:"凤袍别随意扔在地上,现在找不到人重做。事急从权,用的是先皇后的礼服,日后有了时间,我命人再给你做一套。"

朝澈沉默了许久才道:"这不是先皇后的礼服,是我弟弟做给我未来弟媳的衣服。他说要娶个和我一样的女子做皇后,便照着我的尺寸做了这套衣裳。"朝澈轻笑道,"楚晔,你要我用什么样的心情来穿上这它?你非要让我将你恨入骨髓吗?"

楚晔喉头一哽,看见朝澈神情恍惚地对他说:"你要么废了我,要么杀了我吧。我护不了愚蠢的爱情,也护不了可悲的婚姻,可你至少得让我留点尊严……"

楚晔望着她空洞的眼神,沉默无言。两人明明这么近的距离,却仿佛隔着整片天空,怎么也触碰不到彼此真实的温度。

"后日,你若不想去,便不去吧。"

楚晔离开前终于留下这么一句话,没说废了她也没说杀了她,就像以前她假装生病,不陪他去参加宴会一般,那时她欣喜地以为是纵容和宠溺,现在朝澈总算明明白白地看清楚了,那不过是晋王楚晔利用她时的讨好。

而此刻……

约莫只是胜利者的怜悯罢了。

【五】

楚晔举办登基大典的那天,他独自一人穿着庄严的龙袍,走过长长的阶梯,站定在承天殿前,百官朝拜,山呼万岁。他拂广袖仿佛能将天地纳入囊中,可却也揽了一袖凉风,寒意彻骨。

那个心高气傲的女子只怕是再也不会嘟囔着抱怨他穿得少忘记加衣了。他正想着,忽见一袭耀眼的明黄色踏上八十一级阶梯,他的皇后一身骄傲不减,身着尊贵华丽的礼服缓步而来。

他望着她的身影几乎有一瞬间的失神。

朝澈还是在乎楚晔的。

只是一番猜测便足以令楚晔热血沸腾,性子隐忍如他也按压不住唇边勾出的弧度。

他想,她到底还是喜欢他的。

这便极好。

眼看着她一步一步踏上青石长阶,向他而来,楚晔几乎有些迫不及待地往下走了两步,他伸出手,欲牵住她。没想到朝澈却在他下面几级阶梯上站住,黑得透亮的眼眸中清楚地映出他的面庞,而她脸色理智得森冷。

楚晔的手微微一僵,尴尬地停顿在空中。

"皇上?"朝澈冷嘲着低唤,她垂了眼眸,忽然自凤冠之中拔出一柄细长的金剪子。楚晔指尖微微一缩,却没有躲。长阶两旁的侍卫皆是一惊,都将手放在刀柄上警惕地戒备着。

朝澈却并无其他动作。只是这细长如钗的金剪子一取,她的黑发便如瀑布般散下,随风飞扬。

"成亲那日,老嬷嬷将我俩的头发结在一起,是永以为好之意,今日朝澈已找不到当初与你头发相结的那种感觉了。"她一声轻叹,一把揽过自己的头发,用金剪子毫不犹豫地将三千青丝尽数剪断。她将断发随手扔在地上,"不如全断了它,你我便如这断发一般,恩断义绝了吧。"

楚晔面色一白,挺拔的身形仿佛在这一瞬间被雷击中一般,眼瞳中难掩惊怒之色。

他紧握着拳,百官匍匐在下噤若寒蝉,但他知道,没人会看不见朝阳公主要与新皇割发断义。他明白,朝澈是在逼他,像她所说的那样,要么废了她,要么杀了她。

"澈儿。"楚晔紧绷的脸色忽然松了松,他又向下走了两步,强硬地捉住朝澈的手,朝澈下意识地要推开他:"别碰我,恶心。"

楚晔不肯松手,他抿紧唇,伸手去揽朝澈,指缝中夹的银针顺势扎入她的后脑勺之中。朝澈只觉眼前一黑,神志顿时模糊起来。楚晔将脱力的她搂入怀中。

陷入彻底的黑暗之前,朝澈拽着他的衣襟道:"楚晔,你有多恨我,非要与我不死不休,不累吗……"

怀中的女子一沉,彻底昏迷过去。

楚晔冷声吩咐道:"皇后近日劳累,且将她送回去。"

百官一片沉默,表面上是臣服,心中却不知又涌出了多少鬼胎。楚晔垂下眼睑,背过身去,独自一人走入巨大得令人恐惧的朱红色大门之内。

此刻没有谁能看见新皇眼底的重重青影,没人能知道他背负的天下苍生会一天比一天更加沉重地压在他的肩上,没有人能感受到承天殿中即便是左右无人,也依旧有暗潮涌动,铺天盖地的令人窒息。

楚晔独自坐在龙椅之上,透过眼前的珠玉帘遥遥凝望外面的天空。

他知道,他的朝澈,再也不会是他的朝澈了。身为朝阳公主的她,从今往后,只会与楚晔不死不休。

他累,但谁叫他舍不下呢。

恨也罢,爱也罢,他此生已被纠缠得理不出头绪了。

【六】

朝澈享皇后之尊荣,置于坤容殿。

这座宫殿她并不陌生,幼时她与弟弟、母后一道住在这里。她看见的每一处风景都觉得昨日还与弟弟在此玩闹过,但转头便发现这里早已物是人非。

宫中的每件事物都夹带着过去鲜活的记忆,昔日与今时的对比就像一头埋伏在暗处的猛兽,在任何一个不经意的转角都会扑上来将她噬咬得体无完肤。

入秋之后,王都连下了三场秋雨。骄傲的朝阳公主病了,发烧咳嗽,太医每日出入坤容殿,宫殿之中皆是一股药味。

新皇楚晔撇开沉重的朝务,终于抽空来看了她。只一眼,便让他心疼得软了心肠,那个趾高气扬的朝阳公主何曾如此脆弱过。缠绵病榻,一脸惨白,瘦得不成样子了。

他忍不住心底酸涩,坐在她身边,颤抖着轻抚她的脸颊。

朝澈病得迷迷糊糊,她微微偏过头去,像小狗一样在他的掌心柔软地一蹭,沙哑唤着:"母后……"

楚晔喉头一哽,心脏仿佛被人狠狠抓住,连疼痛也如此无力。他摸了摸朝澈的额头,迷茫至极地呢喃:"我该如何做,你要我该如何做?"

她转醒之时看见楚晔坐在床榻旁,脑袋一点一点的快要睡着。"楚晔。"她喉头干涩,只一声喑哑地唤便让她剧烈咳嗽起来。

楚晔惊醒,眼中血丝遍布,他忙端了水来喂朝澈喝下,没想到朝澈水还没咽下,倒呕了一口血出来。黏腻温热的血丝染了楚晔一手猩红。朝澈不断咳嗽着,楚晔傻傻地愣住了。

"什么时候开始……会咳出血来?"他的声音有些发抖,喑哑的声音中按捺着惊痛。

"为何?"她轻轻问出两个字,看似莫名其妙,但楚晔不会不懂。

"十二年前。"楚晔沉默了许久才生硬地答道,"我父王……晋王楚襄被加以莫须有的罪名,斩首,晋王府一百三十余人流放塞外。"

朝澈恍然大悟,随即笑道:"朝澈恭喜皇上大仇得报。"楚晔面色一白,朝澈一直笑着,"皇上莫要做此神色,你瞧,你隐忍十二年,如今终于报得血仇,该开心才是。不……我忘了,这儿还有一个仇人之女尚还安好,你自是该如鲠在喉,怎么都无法顺心的。"

"朝澈!"楚晔微怒。

朝澈脸上的讥笑挂不住了,她盯着他冷声道:"父皇封我为朝阳公主,乃是希望我一生都如朝阳初升般灿烂美好。而现在……"她抹了抹楚晔手上的血,道,"为了你最后的仇恨,我仅有的骄傲,杀了我吧。"

楚晔心头一阵抽紧,他拂袖而去,脚步却像逃跑一样惊慌。

朝澈望着窗外阴雨绵绵的天空呢喃道:"你说我是该自缢还是投湖?"她暗自琢磨了一下,"都太普通了,我朝阳公主自然是得死得与众不同点。"

　　霜降这天,朝澈又穿上了那身繁复华丽的衣裳,她告诉侍女有急事需得面见皇上。但此时正值早朝,朝澈便摆了驾,一行人急忙赶去了承天殿。

　　行至承天殿外,太监通传之后,朱红色的大门打开,朝澈抬眼望向皇帝。万人之上,坐拥天下,可那个位置有多孤独,朝澈从小便知道。她恍然记起那年红烛明晃晃的火焰之下,她对楚晔说:"阿晔,日后我陪着你,你陪着我,咱们一起走完这一生可好?"

　　当时,楚晔听到的那句话时肯定是在心里嘲笑她来着。

　　嘲笑便嘲笑吧,他们这段姻缘,左右不过是场笑话。

　　朝澈弯起了唇,大方儒雅地微笑,她在殿外跪地叩首,行的是三叩九拜的大礼。

　　朝堂之中一时有些嘈杂起来,楚晔心中陡然升起一股不安。

　　朝澈未等到楚晔让她起身便自顾自地站了起来,她望着龙椅之上的金黄匾额扬声道:"朝澈不孝,昔日引狼入室,而今夺不回祖宗江山。唯有以死谢罪,祈愿社稷长安,家国常在!"

　　她微微往后退了一步。在她身后,八十一级长阶之中是石雕的龙,石龙背鳍竖立,宛如一把把锋利的石刀。

　　意识到她要做什么,楚晔面上血色尽褪,声音里充满了惊恐,他怒喝道:"你敢!把她给我绑起来!"

　　话音未落,他只见朝澈唇边带笑,直挺挺地往后仰去。

　　楚晔,就这样吧,爱恨情仇咱们都不去计较了。

　　"不准!回来……"

　　他声嘶力竭的呼唤都变成了耳边的风,丝丝冰凉地划过,什么也没留下。

【七】

　　他又看见朝澈端着清淡的粥走进屋来。她说:"唔,我熬粥不小心多熬了一点,阿晔,你尝尝。"她坐在他身边,眼睛亮亮地望着他,他依言尝了一口。她便迫不及待地问道,"好喝吗?"

"好喝。"

他轻轻的一句话便把自己惊醒。陆云站在他身边,手里捧着一碗粥,她笑嘻嘻地说道:"好喝便行,我可熬了许久呢。"

不是朝澈。

那个像太阳一样容不得半分欺辱的骄傲女子已经用一种决绝得近乎残忍的方式退出了他的生命,彻彻底底,干脆得可怕。

"阿晔。"陆云忽然略带了些娇羞地说道,"上次我爹问……问我你有没有与我提过成亲的打算。"

楚晔的神色冷了下来:"云儿,另觅良人吧!"

陆云捧粥的手一抖:"你……什么意思?"

"楚晔心中有人,装满了,盛不下了。"

陆云抑制住双手的颤抖,冷冷地笑道:"何人?朝阳公主吗?那不过是个死人!"

楚晔冷冷地看了陆云一眼:"别让我说第二次。"

"好,皇上,你很好!"陆云冷冷一笑,负气而去。

楚晔最近总是失神。早朝之时,他会看见朝澈站在承天殿门口,客气而疏远地微笑着,说:"愿社稷长安,家国常在。"身体眨眼间便被撕得支离破碎,浑身是血地躺在青云长道的白色砖块上,鲜血四处流淌,触目惊心。

批阅奏折之时,他会看见朝澈神情冰冷地质问他:"这抢来的皇位,你坐得可还舒服?"夜深人静之时,他会感觉朝澈躺在他身旁,像是经过了一场激烈的情事,慵懒地缩在他怀里说:"以后咱们第一个孩子一定要是男孩,哥哥好疼妹妹,做姐姐太累。"也会感觉朝澈神色阴冷地站在他的床榻边,一言不发地望着他,然后慢慢落下血泪来。

他偶尔也会梦见母亲含泪喊冤,也会梦见父亲掉落在地的头颅。

所有的记忆就像无数根针,日日夜夜在他身体里扎下然后翻搅不休。

楚晔眼下的青影日益沉重,再也掩饰不住。

后位悬空,朝堂之上的争斗愈演愈烈,楚晔觉得,自己不能再耽于往昔,太医为他诊脉之后道他是心病。有宦官进言说是宫中怨气过重,应该请道士来驱除邪灵。

楚晔望着坤容殿的方向，准了这个提议。

道士入宫的那日，鹅毛大雪纷纷而下，楚晔独自坐在寝殿之中，大门之外，法师们呢喃的声音缓缓传入殿内，他笑了笑只觉得自己真是荒唐。

忽然，一阵银铃之声蓦地传入他的耳中，楚晔一挑眉望向凭空出现的白衣女子。她轻声道："我叫百界，来取走你心中的执念。不过今日我是被门外的那些人召唤而来的，你若不愿让我拿走，我可以离开。"

楚晔不甚在意地笑道："若你有这本事，便拿走试试。"

她摸出袖中的毛笔，在空中勾勒了几笔，空中恍然出现了朝澈的身影。楚晔浑身一僵，望着那道影子恍然失神，百界冷漠地将朝澈收入囊中，轻声道："你心中的执念，我收走了。"

"站住！"

他慌乱地起身，但百界的身影已如来时那般倏地消失在了空中。

门外道士们的声音一顿，宦官轻轻敲了敲门，小心地问道："皇上？"

楚晔脑中微微有些抽痛，他揉了揉眉心，背后仿佛有个女子帮他揉了揉额头，道："你怎么比我那皇弟还要疲累？你歇歇，我去给你熬粥。"言罢，她拉开寝殿的门，缓步走了出去。

"朝澈……"

太监推开殿门不安地望着皇帝："皇上，可还要让他们继续？"

幻影般的女子回过头看他，外面白茫茫的光亮之中，他竟看不清她模样了。他眯起眼睛想要将她看个仔细，却突然发现自己怎么也回忆不起她的面容。

【末章】

朝澈似乎真的从他的世界里消失了，不管是清醒时还是梦中，都不见了。

楚晔却比之前更容易失神，眼中的感情越来越少，思绪沉淀下来之后，空洞与木然越来越控制不住地浮现。

又是一年立春，楚晔走过承天殿下的青云长道。清晨时分，天边朝霞灿烂，楚晔抬头仰望八十一级阶梯上的承天殿，恍惚间仿佛有个身着一袭红衣的女子站在台阶之上，神色傲慢地打量着他。

楚晔一怔。

耳边仿佛有人在大叫道："有刺客！护驾！"许多人一拥而上要将他拽走，楚晔奋力推开四周的人，只是定定地望着那女子，一步一步往长阶那个方向走去。

四周的声音仿佛都变得极远，他越来越清楚地看见了女子的面容，像初升的朝阳一般，是一张骄傲不减的脸。她勾唇笑了笑："你便是才回京城承袭了王位的晋王楚晔？"

他抿唇微笑，一如三年前他们的初遇，只不过那时他心底压抑的是血恨，而现在眉眼之中藏的皆是细碎而温暖的光。

哀伤得使人颤抖的声音："朝阳公主，久仰大名。"

一把利刃穿胸而过，塞北大将军的声音在他身后响起："皇上，莫怪微臣狠心，自来狡兔死走狗烹，你既然不肯立云儿为后，让臣不得不胡乱猜测……"

楚晔像没感觉到疼痛一样，笑道："这样也好，这样……也好。"

漫天日光仿佛倾泻而下，浸染了他眼前的一切，唯有那个女子的身影格外清晰。

他又向前踏了两步，力气随着血液流逝掉，他腿一软，摔倒在地。他仰起头努力地想要再看一眼朝澈的模样，可她只是遥遥地望着他，而后一拂广袖，转身离去。

染了血的手指触摸到了最底层的阶梯之上，僵冷在那里，以一个求而不得的姿势完结了生命。

不知可否有人记得，楚晔死去的这个地方正好在当时朝澈尸体的身旁，他手放的那个位置也恰恰是当初朝澈手指最后触碰的位置。

夕阳西下，春燕双飞而过，不知多年前曾有一对璧人在此立过无人知晓的誓言。

"我一生只嫁一人。"

"我许你这一生。"

第五章·叶倾安

【一】

"哇!"

孩子的哭声响彻山野,惊起一处飞鸟。树林凹地之中,一只吊睛大虎张开血盆大口饥饿地扑向面前身着华服的五岁孩童。

电光石火之间,一块拳头大的石头砸在虎头上,这个动作引起了老虎的注意,老虎恶狠狠地瞪向凹地之中的人。那是个极瘦弱的女子,一身白底的布裙,逆光之中,女子眼中映出的寒光格外慑人。

"滚。"

女子一声轻喝,方才还气势汹汹的老虎,登时像被打蔫了一样,呜咽一声,夹着尾巴跑了。

孩子被吓坏了,仍在不停地哭。女子走到他的面前,蹲下身来,她默默地盯着孩子看了好一会儿,听孩子的嗓子都快哭哑了,她才迟疑地将手放到了他的头上轻轻拍了拍,表情淡漠的她此时指尖竟有些莫名的颤抖:"莫要难过,别哭了。"

这样的安慰自是没用的,她想了一会儿,又从衣兜里摸出几块肉干来:"饿了吗?"

孩子闻见肉香这才慢慢止住哭声,水汪汪的眼睛怔怔地看着女子掌心的肉干,认真地点头道:"饿了。"

"吃吧。"小孩老实坐在地上吃起肉干来。女子静静地看着他,眸色中轻柔的温暖慢慢渗透出来,"你家在哪儿?怎会一人在此?"

小孩一边嚼着肉干,歪头想了许久,软软地嘟囔道:"贤王府。奶奶去上香,在山上的寺庙。我追蝴蝶,飞飞就出来了。"孩子说得语无伦次,但也不难理解。女子微微一怔,目光落在他胸前的长命锁上,贤王的独子。女子心里暗暗苦笑,没想到他今生竟投到了皇家。

"我送你回去。"小孩累了,使性子不肯走路,她看了他一会儿,终是一声叹息蹲下身来。

"来,我背你。"

她救回了失踪了两天的小世子,贤王承诺许她一个愿望。女子道:

"我名叫清坠，入京是为寻夫。如今在京城还没有落脚处，贤王可愿让我在府中暂住一阵？"

十分合理的请求，贤王直接允了她。

清坠在贤王府住下之后，小世子文景便常常来寻她，对她格外亲热。这小孩从未如此黏过人，王府中的人都十分惊奇。而更令人讶异的是，三个月之后，小世子在他父亲的书桌上写了一首诗，贤王看后又惊又喜，忙拽着文景问是谁教他的。

小孩背着手学着儒雅文人的模样道："是清坠教的，她还教了我许多东西，只是她说以后我会有别的夫子，到时候她就不会再教我了。父王，能不能就让清坠做我的夫子，她教得极好。"

能教孩子作出这样的诗，自然是极好。贤王捋了捋胡子，点头答应。

得到想要的回答，文景装出的大人模样立即破功，他抱了贤王一下，一边笑一边叫着跑了出去："清坠！清坠！你要做我的夫子了！"

贤王摇头笑道："这小子，讨了夫子又不是娘子，看他美的！"

文景一路欢叫着跑到清坠住的桃苑之中，一头扑在清坠怀里，蹭了好一会儿才抬起头来，目光清亮地望着她。清坠弯着唇浅笑："那你今日便算是拜我为师了，入我的门，得取一个法号。"

文景噘了噘嘴，不解地道："可是那不是和尚才取的吗？"

清坠眨了眨眼，沉默了一会儿说道："那咱们取的便是道号吧。"

可那不是道士才取的吗……文景看了清坠一眼，灿烂地笑起来："清坠说什么就是什么。"

清坠摸了摸他的脑袋，轻声道："叫叶倾安好不好？"她的嗓音微微压低，隐约带着不安，就像阳光背后藏着的阴影一般，蛰伏在她心底，无法拔除，"以后我做你的师父，便唤你倾安，可好？"

文景什么也不懂，他只是笑得灿烂地大声答应："好！"

【二】

春光正好，暖风徐来，吹落桃花树上的艳红，花瓣随风轻舞，飘落在棋枰上，一颗白子将它轻轻压住。女子浅笑道："倾安，你输了。"

她对面坐着的少年不过十五六岁，他放下黑子，一声长叹："清坠

第五章·叶倾安

棋艺已近出神入化之境,谁能赢你。"

清坠摇了摇头:"有一人,我从未赢过他一次。"

"谁有如此大的本事?"

清坠沉默了一下,唇角轻轻弯了弯:"我的夫君。"

握着茶杯的手微微一僵,叶倾安垂下眼眸,淡淡地道:"自幼便听说清坠是因为寻夫才入的京城,你寻了多少年?这么久了心中还在执着吗?"

"寻了多久……我也忘了,很久之前他便不见了。至于执着……"清坠看了看院中纷落的桃花,轻声道,"无关执着,只是因为他值得。"

清坠不小心碰落茶杯,叶倾安忙站起了身,清坠也是一惊,下意识地拿出绣帕要为他擦拭。叶倾安却有些反常地往后退了两步,他努力平静着神色,佯装镇定道:"无碍,茶水不烫,我先回房换身衣裳。"言罢,转身便走,脚步竟带了些许惊慌的意味。

当晚,叶倾安头一次同意了方小侯爷的提议,去了传说中的风月楼。

三杯黄酒下肚,整个世界都晃荡起来,方小侯爷好心地把他送进一个房间,里面的粉衣女子立即柔顺地将他扶到床榻之上。他的世界不停地旋转,只有一个女子清清淡淡而又不失温柔的嗓音一直耳边回响"倾安,倾安"。这个名字仿佛有使人幸福的魔力一般,将女子稍显淡漠的眉眼都唤得一片温柔。

他感觉自己的衣衫被人缓缓褪下,眼前的人仿佛与脑海中的人重合,她唤着他的名字,抚摸着他的胸膛,少年气盛的他全身灼热起来。

清坠……

他的,师父……

猛然清醒过来!叶倾安倏地挣开身下女子的双手,坐起身来。

"公子?"柔媚的声音在他身后响起,叶倾安紧紧闭上眼,不是清坠,谁都不行。身体的反应让他将心中隐匿已久的念想看了个清楚。

叶倾安暗自咬牙,就算明白她年长他许多,是他的师父,就算明白她已嫁为人妇,就算听到无数人在议论她的容貌为何半点不曾改变,怀疑她会妖法邪术。但是,他仍旧有了如此大逆不道的念想。他拉好衣襟,径直推门离开。

这一夜，他独自坐在风月楼屋顶看了整夜的星星。

【三】

翌日回府，一家人皆坐在大堂之中，包括清坠，她自顾自地喝着茶，像没看见他一般。

"孩子大了，却也还没到纳妾纳妃的年纪，便先寻个通房丫头吧。"贤王妃温和地开口，贤王淡淡地应了声，随即严厉地盯住叶倾安道："日后不许再去那种地方，你要什么样的人没有！非得混迹风尘之地。"

叶倾安望了清坠一眼，见她仍旧不动声色地饮茶，他垂下眼睑，手握成拳。他想要的人，他想要的人偏偏是如何求也求不得的。

"孩儿……知道了。"

王妃将她身边的大丫头赐给叶倾安做通房丫鬟。他们同房的第一晚，清坠在桃苑中喝得酩酊大醉。

"一生安，一世安。"清坠趴在院中的石桌上，壶中的酒喝了一半洒了一半，她失神地笑着，"你喜欢就好，这一辈子，我守着你，看着你……就好。"

"清坠？"恍惚之间似乎有人将她扶了起来，少年的嗓音带着点责备，"怎么喝这么多？"

"多？好像是有点多，我已经好久未曾喝过这么多酒了。倾安……"她迷迷糊糊地伸手勾住少年的脖子，这一声柔软的呼唤轻而易举地让叶倾安红了耳根。

"我先带你回房。"

"不回。"她难得像撒娇一样在他肩上蹭了蹭，"花前月下，琼浆美人，叶倾安，你亲亲我吧。"

叶倾安大骇："清……清坠，你喝醉了。"

"没有，我清醒着呢。"她道，"清醒地看着岁月流转，人世变幻，清醒地记着过去的点点滴滴，半点也未曾遗忘。倾安，你可知我寻了你多久？"

叶倾安微微一怔，神色茫然。

"寻找得几乎绝望。"清坠停顿了一下，眼睛在他肩头一擦，竟有丝丝湿润渗入,"可绝望,也不能阻止我寻找你。原来思念这么可怕……又可悲。"

叶倾安傻傻地愣住,沉默了许久才喑哑艰涩地问:"叶倾安是谁?"

清坠埋头在他肩头浅笑:"夫君,我的夫君。"

春夜风凉,吹冷了他的发梢和指尖。原来她每一次呼唤他的名字,想的竟是另一个人。那般温柔,皆不是为他。

清坠醒过来的时候看见叶倾安神色沉重地坐在自己的床榻边,她微微一愣,随即笑道:"倾安,你大了,不该再如小时候这般随性。"

"你在叫谁?"看着清坠愣怔的神色,叶倾安沙哑着嗓音道,"叶倾安,你唤这名字时,是在叫谁?"

清坠坐起身来定定地望着他,不惊不怒,只是在陈述事实一般,平静地道:"你,叶倾安,唤的是你。"

像是忍耐到了极限,他倏地站起身来,暴怒着扯下床帏边挂着的珠帘,哗啦啦的混乱声响中混杂着他的怒喝:"胡说!"他像被侵犯了领地的老虎,恶狠狠地瞪着清坠,"你思念他,寻找他,既然如此在意他,为何要止步于贤王府?我与他那般相似吗,自小便那般相似?呵呵,清坠,多么讽刺,这么多年在你眼里看见的不是我也不是他!你看见的只是自己那自私的想念!"

清坠脸色一白。没给她开口的机会,叶倾安又道:"清坠,师父,你今日便离开吧,离开贤王府。我不需要您教了。"

"倾安……"

他厉声打断清坠的话:"我名唤文景,是贤王世子,此生从不识得叶倾安,也不再识得清坠。"

【四】

清坠离开贤王府三个月后,贤王被人陷害,贤王府百余人皆被判以斩首之刑,包括昔日贤王妃与贤王世子。

跪在刑台上,叶倾安望着遥遥的天空,脑海里竟是一片空白,没有爱没有恨,只余对死亡的恐惧,恐惧到麻木。

监斩官一声令下,他所熟悉的人头便不停地滚落到地上,血淋淋地睁着恐惧的眼睛。他身旁一直温柔坚强的母妃在这一刻终于失声哭了出来,而下一瞬间,他便看见了母亲的头掉落在地。

然后,轮到他了。

刽子手的刀滴下还热乎的血液,顺着他的脖颈滑入衣襟里,温热的感觉让他的记忆一下子便回到很多年前,那个黄昏,他险些丧命在虎口之下,是那个眉眼稍显冷淡的女子将他救了下来。轻柔地摸着他的脑袋,安慰他说:"莫要难过,别哭了。"

她那时的面容如水般温软,也如水滴石穿一般,在年年岁岁的回想中,刻在他骨子里,留下了蚀骨的毒,剜不掉,抛不开,至死也不能忘怀。

或许人只有在最深的恐惧中才会想到最依赖的人。叶倾安轻笑出声,却也在此刻落下泪来。

清坠、清坠……原来我竟有这么喜欢你。

"斩!"

刽子手抡起寒光大刀。

"谁敢!"忽然之间一块石子猛然击打在大刀之上,生生将八尺大汉手中的大刀震飞。女子的嗓音中带着摄人心魄的寒意,回响在所有人的耳中。

叶倾安倏地睁开眼,不敢置信地盯着刑场外缓步而来的女子。

她走得不疾不徐,每一步沉稳却又带着骇人的气势,杀气十足。叶倾安从未见过这样的清坠,却又奇异地觉得清坠确实该有这般气势。

"何方妖女!竟企图劫法场!来呀,给我拿下!"监斩官怒不可遏地大喝换来了清坠几声嘲讽的冷笑。她笑声一顿,神色微凝,离她如此远的叶倾安也顿时感到极为沉重的压迫感,几乎令人窒息。

"有这本事的大可过来。"

"妖……妖怪!"

靠近清坠的官兵慌张地往后退,她所到之地,无人敢近她身一丈。她便在数千士兵的瞩目中,如若无人地走上刑台,站在叶倾安身边。刽子手早已不知跑去了哪里,清坠蹲下身,摸了摸他乱成一团的头发,一如初见那般望着他,轻轻地道:"不怕,我在。"

温和、平静又充满力量。

第五章·叶倾安

小时候他不懂，现在才慢慢领悟到她这句话中隐藏着的镇定的力量对他而言是多么有力的支撑。

少年恐惧到麻木的心像解开封印一般，褪去了冰冻，渐渐流露出人应有的感情，害怕、绝望、想要活下去的求生欲，化成再也压抑不住的泪水倾泻而出。在刑台上，他失声痛哭。

泪如雨下的模糊中，清坠又一次变成了叶倾安的依赖，唯一的依赖。

任他将情绪肆意发泄了一会儿，清坠站起身来，割下他一束青丝，随风而扬，她对着监斩官高声道："贤王世子文景已死！"

她以发代头，自顾自地宣了判。监斩官气得捂着胸口直喘粗气。清坠不再理会他，俯身在叶倾安的耳边，一边割开套住他的绳索，一边道："从今往后，你便只做我的徒弟，只做叶倾安，可好？"

叶倾安渐渐控制住情绪，声音喑哑地道："我不是叶倾安。"

"你是。"

叶倾安沉默了许久，垂眸低声道："清坠，你疯了。"已将那人思念成狂，不辨真假，不辨是非。

她扶起叶倾安，淡淡地道："我一直很清醒。"

【五】

"朝堂江湖你是再不能待了，以后便随我隐居山林吧。我护着你。"

叶倾安猛地睁开眼，轩窗外月夜寂寥，蛐蛐唱得正欢。他捂着头坐起身来，抹了一手的冷汗。眨眼间离贤王府抄斩已过去了整整七年，可每次午夜梦回，他仍会为那些场景而心悸。

"咳……咳咳！"

他听见清坠的屋子里传来几声撕心裂肺的咳嗽，隐约还夹杂着呕吐声。

叶倾安一惊，忙披衣而起，推门出去。

自从七年前清坠只身将他完好无损地带出刑场，住到这昆吾山上后，她的身体便一直不好，时常会咳嗽，但从未咳得如此严重。叶倾安微蹙着眉头，站在清坠的门外，他迟疑了一番才敲响了门。

"师父？"

七年间他再未唤过她的名字，仿佛想借这个称谓来提醒她也提醒自己，他们各自的身份。

房中沉默了一会儿，传来女子微带沙哑的声音："进来吧。"

他依言推开门，见清坠竟是披着衣裳坐在桌旁，她手里握着茶杯，淡淡地看他："怎么了？"

她来到他身边的这些年间，岁月已将叶倾安变成了健壮的男子，却从来没在清坠的身上留下什么痕迹，她就像传说中的仙人，不老不死，固守着不再走动的时间。

叶倾安的目光在她身上微微一转，便立即垂下了眼睑："我听见你咳得厉害。"

"无妨，不过是夜起喝茶，呛到了。"她淡淡地道，"不用担心，我没事。回去睡吧。"

叶倾安听到她的声音只是比平时稍微沙哑了一点，好像真的只是喝水被呛住了。他不再多问，点了点头。掩住门的那一瞬，叶倾安垂下的眼却扫见清坠拖到地上的衣摆上有一团暗沉的颜色，黑夜里看不真切，但隐约能看出……

那是血。

他浑身一颤，猛地抬头望向清坠。她仍在若无其事地喝茶。叶倾安喉头滚动着的话来回翻转了几次，终是咽回了肚子里。

门"咔嗒"一声被掩上了。

清坠稍稍舒了口气，脱下外衣，月色透进屋里，她里衣的衣襟上有一大片暗红，地上的血迹也格外醒目。喉头翻涌的腥气总算是被茶水压了下去，清坠借着月色打量自己已近乌青的指尖，唇边慢慢溢出苦笑。

这个身体还能撑多久。能陪倾安，走完这一世吗……

翌日，一大早清坠便站在院子里，望着院门上挂着的银铃发呆。今日林间无风，那铃铛却一直叮嘟嘟地响个不停。叶倾安心中到感奇怪，还没开口问，清坠便道："桂花树下埋的桂花酒时日也差不多了，倾安，替我下山买些好菜来吧。今日，我有故人要来做客。"

她脸上的笑充满了怀念和浅浅的哀伤，让叶倾安的心不由自主地揪了起来，什么样的故人，能让她如此想念……

第五章·叶倾安

079

"是，师父。"万分好奇，千般介意在'师父'二字吐出之后皆化为沉默。他不能问，也不该问。

她是他的师父，是救命恩人，仅此而已。

【六】

叶倾安下山后，清坠便坐在桂树下石桌旁独酌。饮了片刻，她忽然听到一阵清脆的银铃响动。清坠给另一个杯子斟上酒，放在石桌的另一边："师姐，一别百余年，你可还安好？"

"我名唤百界，早就不是你师姐了。"青色的长靴在她面前站定，来者没有坐下与她对饮，反而冷声道："为何不入轮回？"

"我执念太重，放不下。"

"你在愧疚？"百界轻声问道，"因为百年前你与其他八个道士一起杀死了叶倾安？"

清坠浅酌一口香气馥郁的酒，沉默不语。

"清坠，当初叶倾安要开启步天阵欲获弑神之力，不是你，也会有其他人杀了他。"百界道，"其余八位道士，撕碎他的魂魄，让他魂散异世，你也以命为媒将他三魂七魄强行拉拽回来，唯剩一魂零落他世，我也承了你一愿，将那孤魂带了回来。他既已再世为人，你为何还放不下？"

清坠沉默了许久，叹息道："师姐，不是愧疚，我只是无法心安，看不见他好好的，我无法心安。"

听她此言，百界也不再劝，微微有些叹息："你原来的身体早被我一把火焚了，这身体又是如何来的？"

"费了一些功夫，用陶土捏了一个。"

百界一怔，摇头道："当真胡闹！"

当时清坠身死，只余一缕孤魂漂浮于世，只凭魂魄捏造肉身，不用她说百界也知道那是一件多么困难的事。然而陶土始终是死物，没有血肉作为灵魂的依附，她又能在这人世逗留多久？彼时魂飞魄散，便是彻彻底底地死了。

清坠垂眸望着自己乌青的指尖，笑了笑："胡闹便胡闹吧，能换得这十余年的开心，足矣。"她望着百界淡漠无波的眼睛道，"我时常在想,百年前,我若顺了天命,转世投胎,没有这一世的记忆自然便不会再对叶倾安执迷不悟,被迫放手或许也挺好。但是,若下一世清坠的记忆中不再有叶倾安的存在,我与他擦肩亦是陌路,只如此想一想,我也觉得难受。而且,他已经忘了我,若我也忘了他,这世间还有谁记得清坠曾那般爱过叶倾安呢?我舍不得,也舍不下。"

"师姐,这样的心情,你应当比谁都明白。"

百界默默地垂下眼睑,她从衣袖中拿出一支青玉簪,声色冷漠如初:"今日我来,是为还你此物。我在异世寻到叶倾安那缕魂魄时,他也不肯入轮回。这东西,他没拿走。"

这支簪子是以前叶倾安送她的,以心血凝成,通体碧绿。接过百界手中的青玉簪,清坠微微红了眼眶。她强忍住,压着喉头的哽咽,沙哑地道:"师姐,我知你现今已非常人,你且告诉我,我离魂散之日,还有多久?"

"多则一月,少则十日。"

"啪。"一声物体落地的钝响传来,清坠转过头,恰好看见叶倾安呆呆地愣在院门口,他震惊地瞪大了眼睛,不敢置信地望着她。

满目惊慌。

【七】

那日百界走后,叶倾安便愈发少言了,他常常会看着清坠失神,每夜都睡不沉,但凡听见清坠屋里传来咳嗽的声音他便再难入眠,清坠咳一宿,他便在屋中睁着眼过一宿。

直至一日,清坠从深夜一直压抑着声音咳到东方出现鱼肚白,什么师父什么恩人,在一夜的煎熬中早被叶倾安踩烂在脚下。他莽撞地推开清坠的房门,看见她坐在梳妆台前,从铜镜里望他:"倾安,今日我得下山去一趟。"

他的拳头紧了又松,松了又紧,终是哑声问了出来:"你是不是有哪里不舒服?"

"我很好,只是盒里的胭脂没了。"

"你是不是有哪里不舒服!"他已许久没发过这么大的火,狠狠地瞪着清坠,"你若是病了,我陪你去看病,你若是要吃药,我便给你熬,你哪里不好,你说出来我才能帮你……"

清坠终于肯回过头来看他,不施脂粉的脸看起来十分苍白。她拿着梳妆台上的青玉簪,慢慢走向叶倾安。她站在他的面前,替他理了理衣襟,又细细打量着他的面容:"倾安,你不知道,现在这样对我来说,便是极好。"

如此近的距离让叶倾安将她的憔悴看得更加明白,心头钝痛之后又感到丝丝愤怒:"我不知道,因为你从来都不告诉我。"

清坠浅浅笑了,她将青玉簪慢慢插到叶倾安的发髻上:"眨眼间你都二十多岁了,我却连冠礼也忘了给你办。倾安可曾怨过我?"

他不答,清坠将簪子给他戴好之后又道:"你想知道什么,等我下山买了胭脂就回来与你说,可好?"

叶倾安眼睛一亮,清坠望着他的眼睛眯起了眼,她身子微微往前一倾,竟是贴上了他的胸膛,她双手环过他的腰,将他紧紧抱住。叶倾安浑身一僵,对清坠这样的亲昵手足无措到无法抵抗。

她的脸颊轻柔地在他胸膛上蹭了蹭:"倾安,你都不知道我有多依赖你。"

叶倾安一怔,心中苦涩,清坠依赖的是她的丈夫叶倾安,而她抱着的这个叶倾安只是可耻地依赖着她。

"我下山去了,你要好好等我回来,一定要等我回来啊!"

清坠挥了挥手,告别了叶倾安。一转过脸,她的眼眶便红了起来。叶倾安不知道,那青玉簪是他前生心血凝成,含有莫大法力,能助他寻回前世的记忆与力量。彼时,他将变回作为血狼王的叶倾安,被清坠杀死的叶倾安……

清坠不敢面对恢复记忆的叶倾安,她怕在他眼里看见怨恨与憎恶。

【八】

红线套着胭脂盒拎在手中,清坠从清早一直磨蹭到晌午,才慢慢走回山中的小院。

推开院门,院子里静得吓人,清坠敏锐地察觉到一股熟悉的气息。

她苦笑，血狼王的妖力已复苏，吓跑了四周的动物……叶倾安总算是记起了前世。

她转过头，见叶倾安负手站在桂花树旁，他闭着眼，仿佛已神游天外。

"倾安。"她弯起嘴角用力微笑，"我回来了。"

闻言，叶倾安睁开眼睛，定定地望向清坠，那双眼瞳再不复往日的黝黑清澈，变得一汪血般的红艳照人："清坠？师父？你想让我如何唤你？"

他语气平静，清坠却能听出他在生气，怒火冲天。她垂下眼，暗自苦笑。

"数十年相伴，当真令人感动。"叶倾安冷笑着慢慢走到清坠身前，"可是师父，你难道忘了上一世，你曾那般决绝地对我举起了三尺青锋剑。"他牵起清坠的手，放在自己的心口处，"在这里，一剑透心。"

清坠的指尖不由得颤抖起来。

"杀了我，你可活得心安？"

清坠按捺下喉头翻涌的腥气，哑着嗓子道："倾安，若再让我选择一次，我仍旧会对你动手。因为要启动步天阵，获取弑神之力的叶倾安会危害苍生……我……不论我对你是何种感情，错的便是错的。"

"哈哈哈！"他一把甩开清坠的手，仰天而笑，声色苍凉，"好！好一个心系天下的大善人！清坠，若我告诉你，开启步天阵的钥匙便是我送你的青玉簪，你又要如何？"

清坠一怔。

"我已将所有交付与你！"他恨得咬牙切齿，"清坠，是你不肯信我。"言罢，他不再看清坠一眼，广袖一甩，大风忽起，叶倾安的身影眨眼便消失了。

胭脂盒摔在地上，洒了一地嫣红。清坠恍然回神一般，蹲下身子，她摸着盒子失神了好一会儿，最后无力地跌坐在地上。叶倾安再也不会回来了，她抹胭脂给谁看呢，她还害怕谁来担心呢，她还能为谁强颜欢笑……

乌青的指尖颤抖着，她轻轻捂住脸，泪水却从指缝中不可抑制地渗了出来。

无声而苍凉。

唯一庆幸的是,她的魂飞魄散,只有她自己会害怕、会哀伤。

【九】

清坠独自在山中小院中住了几日,这些天以来,她皆是在半梦半醒间度过的,梦中全是过去的画面,她或是梦见小时候的叶倾安牵着她的手,软软地唤她:"清坠,清坠,我真喜欢你。"或是梦见上一世的叶倾安与她一起在山峰上看狂舞的雪花,许了相守的誓言。

而更多的却是梦见她亲手将剑刃没入他身体的画面,他满目惊痛,一会儿哀伤一会儿愤怒地说:"清坠!是你不肯信我。"

噩梦惊醒,总是吓得她一头的冷汗。

恍恍惚惚地不知过了多少日夜,有一日她的精神忽然好了一些,能下床走动,还取出了桂花树下的桂花酒。这两日树上的桂花都开了,她闻着开心,轻声唤道:"倾安,摘些桂花下来吧,今年,咱们再酿些酒……"

话语一出,才恍然惊觉这山中小院再也不会出现叶倾安的身影了。她一声叹息,却又笑了出来:"罢了罢了,自己摘便自己摘吧。也就最后一次了。"

可还不等她搬来椅子,小院门口挂的银铃便丁零零地响起来。

清坠眉头一皱,转过身去,八位青袍道士不知何时竟已走入院子中。他们皆是白发苍苍的老者,每人身上浑厚的仙气压得清坠有些胸闷,她微微一怔,笑道:"八位道友百年不见,今日如何想起来与我叙旧?"

这八个人正是百年之前与清坠一同诛杀叶倾安的那几个道士,他们虽都是修仙而有所大成的人,但是百年的时间也足以让他们变得身形佝偻,鹤发鸡皮。

"休要多言!"一青衣老道厉声喝道,"叶倾安在何处!"

"你们来迟了,他已经离开了许久。"

一个道士气得浑身发抖,颤声道:"清坠姑娘,枉我们如此信任于你。百年前你收回叶倾安的魂魄也就罢了,怎可再令他想起前世,你可知现今他又开启了步天阵,欲再得弑神之力!这是为害苍生之祸,你怎可如此不识大体！"

清坠垂下眼眸："对不住。"

"哼！休要再与她多言，若不是百年之前她强行拉回叶倾安的魂魄，血狼王如今又怎会转世投胎，天下岂有如此祸事！这妖女不死不活地苟延残喘了百余年，今日，老道便替天行道，先除了你，再去除了叶倾安那祸害！"

言罢，老道身形瞬间转到清坠面前，手中结了一道金印，狠狠地打在清坠的心口。

清坠不挡也不躲，硬生生地接下了这一招。她听到"咔啦"一声，是一道伤痕，从胸腔一直裂到了肩头，她的身体像陶器一样裂开了一个坚硬的口子。

回忆起百年前她那般艰辛地一点一点凝聚了陶土，捏好这个身体，清坠心头只有叹息，这一生一世，总算是走到尽头了吗……

清坠眼前有些模糊，连老道的脸都看不清楚了。忽然之间，她只觉有一股温热的气息覆在她的肩头上，将她破开的身体轻轻扶住。

"敢欺负清坠，胆子不小！"

低沉的男声在她身后响起，紧接着她被拥入一个温热而宽厚的怀抱之中："叶倾安在此，你们要找我麻烦，大胆来便是。"

叶倾安……

叶倾安仍旧放不下清坠，仍旧担忧她的安危，顾忌她的性命……多笨……

【尾声】

见叶倾安现身，八位老道如临大敌般沉下了神色。

两方僵持了一会儿，其中一名青衣老道终是忍不住道："叶倾安，你若现在关闭步天阵，封印弑神之力，尚为时不晚，我等，必不再为难于你。"

"呵呵，笑话！"叶倾安冷冷一笑，"步天阵我已开启，弑神之力也已经用了，你们又待如何？"

八名道士皆是一惊，有人立即掐指算起来，探查四方有哪里出了血光之灾。然而越是查探他们的表情变得越是迷惑，最终，却是伤了清坠的那名老道惊道："你用弑神之力为她续命！"

众人这才将目光移到清坠身上，却见她肩上的伤口竟已慢慢愈合，面色也褪去苍白，逐渐红润起来。

叶倾安冷眼盯着他们。

有人摇头气道："逆天改命，终不得善果。"

"与你何干！"

"罢了罢了，清坠活一日便一日离不得这步天阵，既然弑神之力未用作他途，我们且走吧。"

"我可有说过让你们离开？"叶倾安眸中血色一现，杀气登时四溢开来，八名道士胸闷耳鸣，一时竟迈不开脚步。叶倾安今日竟是起了杀心，欲让他们几人埋骨于此。

衣角被人牵住，叶倾安稍稍侧过脸，却见清坠盯着他慢慢摇头："你杀了他们，却让我活着，倾安，你是在惩罚我吗？"

杀气微微一顿，叶倾安握紧拳头，像是好不容易将怒气隐忍下来。他厉声喝道："滚！"杀气横扫而过，将四周树木皆扫得一矮，八名道士在尘埃落定之后皆不见了踪影。

小院中再次清静下来，清坠倚在叶倾安胸口不愿离开，她轻声问："我道你气极而去，是再也不肯回来的了。"

叶倾安一声冷哼，有些恼怒地道："我是不肯再来的，可谁叫你是清坠。我不过是气你不肯信我，却没想过要你死。"叶倾安有些不习惯地解释道，"你的命唯有弑神之力能救，我离开，是去启动步天阵。"

清坠轻轻环住他的腰，道："当初，我并没那般绝情的，我拉回了你的魂魄，还将青玉簪交给了故人，央求她到异世去寻你，你应当见过她的。倾安，我一直在等你回来，我一直无法心安……"

清坠鲜少与他说这样的话，两句解释便将他哄得心软了下来。

罢了，不过都是些前尘旧事。

"倾安，咱们再做点桂花酿吧，你帮我摘些桂花，可好？"

"好。"

第六章 · 芊芊

【一】

芊芊抱着琵琶站在红毯铺就的高台上，一眼看尽台下的富贵老爷们脸上的轻浮。她躬身坐下，指尖轻挑，琵琶声起，下方的客人们顿觉惊艳。芊芊知道，此曲一结束，她便会像个玩物一样，被这台下某个人以最高的价格买走。

如同一个玩物，任人摆布。

鸨儿交代过，她这一曲只能极尽妩媚，缠缠绵绵，可芊芊却把这曲琵琶弹得凄然哀婉。鸨儿听青了脸，还不等芊芊奏完，她便抢着上了台道："各位官人，这个是咱们青柳阁最纯的一个姑娘，名唤芊芊，刚过二八年华，模样清秀又弹得一手好曲子。平日里，我可是藏着掖着不叫人看去了，今日是她初次登台……"

"谁爱听你这些废话。"一位中年男子道，"让小娘子来唱一个。"

鸨儿尴尬地笑了两声道："这位爷……其实，这姑娘嗓子不好。"

原来是哑子。

众人哗然，一时都表现出兴趣缺缺的模样。鸨儿正苦笑之际，忽闻一个醇厚的男声道："多少钱？"

众人皆是一静，转头望向开口的男子。

芊芊也自鸨儿的身后望了过去，那男子着一袭绣着金丝祥云纹的玄衣，一看便知非富即贵。男子浅酌一口甜酒，眸光淡淡地扫过芊芊，落在鸨儿的身上。鸨儿心底一震，忙道："三两纹银。"

"嗯，我要了。"

她便这样被一个男人如此轻描淡写地买了下来。

花房之中，芊芊穿着暴露的衣裳坐床榻边，她从未如此镇定也从未如此慌乱过，藏在衣摆中握住剪刀的手在微微发抖。她想，逆来顺受地活了这么些年，到现在，她总得为自己争一争的，即便是争得鱼死网破。

花房的门被轻轻推开，芊芊隔着薄纱望着缓步而来的玄衣男子，握着剪刀的手紧了又紧。眼前的粉色纱帘被拉开，男子静静地站在她的身前打量着她。

芊芊汗湿了手心，垂着头不敢看他。忽然，一件带着余温的衣裳扔到了她身上，男子冷声道："穿好。"芊芊有些惊诧地抬头，却见男子伸出了手掌道，"把手里的东西交出来。"

芊芊警惕地往后挪了挪，十足地戒备起来。男子冷笑道："若我想碰你，你便是浑身长刺我也能给你拔了。"

她看了看男子手上只有常年习武的人才会有的老茧，终于将剪刀交了出去。男子将剪刀随手一扔，转身走到桌边坐下，他替自己倒了一杯酒，道："弹首曲儿来听。"

听罢这个要求，芊芊愣了一下，才忙寻了琵琶抱在怀里，她悄悄打量了男子一会儿，见他已独酌起来了，芊芊这才调整好心态，弹出乐曲来。

一曲结束又开始一曲，芊芊弹得指尖红肿，男子也没让她停下来，最后是一声酒壶的碎裂声打断了响了半夜的曲子。

芊芊抬头一看，见那男子全然醉了，趴在桌上呢喃着什么。

窗户开着，寒凉的夜风吹进屋来，芊芊看了看自己身上的玄色外衣，心软地走到男子身边，正要为他披上，忽然间，男子一把拉住了芊芊的手，力道大得吓人。

芊芊骇得面色一白，忙不迭地往后退，而男子也不放手，醉酒无力的他竟被芊芊在惊慌间从凳子上拖了下来，又正巧扑倒了芊芊。芊芊大惊，"啪"的一巴掌甩在了男子的脸上，她不停地往后退，急于从他身下逃脱。男子仍旧拽着芊芊不放手，他在那一瞬间的疼痛之后似乎回过神来，深沉的怒气自黑眸深处卷出，他一把拉过芊芊，轻松地将她的双手钳制住，另一只手掐住了芊芊的脖子。

手掌收紧，芊芊的脸涨得通红，呼吸越发困难。她盯着上方的男子，恐惧和绝望占满心头，泪珠一颗一颗滚落下来，失声多年的嗓子在此刻发出如同动物一般"呜咽"的声音。

男子恍然回神，猛地放开手，芊芊立即用力喘息起来，整个房间静得只闻她呼吸的声音。

男子并未从芊芊身上移开，他痴痴地望着她脸上的泪珠，沉默了半晌,沙哑着嗓子说道:"笑笑。"

芊芊此时只觉这人有毛病,这样的境况,哪个疯子能笑得出来。可是男子却把头埋下,贴着她的脸颊低低地唤:"笑笑……"声如低泣,芊芊方知,他此时唤的是一个人名。

还不等芊芊将思绪理清楚,男子贴着她脸颊的脑袋便开始动起来。未经人事的芊芊傻了,男子的唇吻过她的颧骨、酒窝,直到唇角,他轻舔芊芊的唇瓣,缓缓撬开紧闭的唇……

芊芊猛地回过神来,惊骇之余,膝盖猛地往上一顶……

男子一声闷哼,醉晕过去之前,芊芊听见他咬牙切齿地吐出两个字:"刁民!"

【二】

翌日清晨,芊芊在床上睡醒之时那男子还躺在地上。她轻手轻脚地推门出去,哪想门还没掩上,等在门外的鸨儿便探头将屋里的情况看得清清楚楚。见贵客狼狈地躺在地上,鸨儿大惊失色,忙拧了芊芊的耳朵,将她拖到一边低声喝道:"说,你昨儿个有没有好好服侍?"

芊芊耷拉着脑袋弱弱地点头。

鸨儿大怒:"就知道撒谎!你把人都服侍到地上躺着了?来这里的客人,哪一个是咱们能得罪的?你诚心想让咱们青柳阁关门大吉是不?以后哪个客人还敢要你,这日子你还想不想过了!"她边骂边拧,拧得芊芊直躲。鸨儿怒气更甚,扬手要打她,手一抬便被人抓住了。

玄衣男子淡淡地望着鸨儿,道:"这日子别过了,我赎了她。"

看见来人,鸨儿脸上立即堆出了笑:"看来我家芊芊昨夜确实服侍得不错,只是客官,这芊芊昨儿可是第一次……您知道,这些年我没少花功夫在她身上,若是要赎……"

"要多少银两,你自己开个价,他日去镇远将军府提了便是。"

芊芊一怔,不敢置信地望着眼前这人,镇远将军萧成暮,沙场上的魔鬼,王朝最年轻的大将军,她的……恩人。

萧成暮淡淡地扫了她一眼,随即一摆衣袖转身走下楼去。

鸨儿忙催促芊芊道:"愣着干什么!还不快跟上!"芊芊本在傻傻

地着萧成暮的背影，此刻猛地回过神来，忙跑进花房中将琵琶抱了，又急急忙忙地奔出来追着萧成暮而去。

她已有五年未曾踏出过青柳阁的大门，外面的世界让她觉得陌生得可怕，唯有紧紧盯着走在前面的玄色身影，拼命地想追上，可是她哪里赶得上萧成暮的脚步，转了几个弯，她便找不见人了。

芊芊仍穿着昨日那身暴露的衣裳，四周的人皆用奇怪的眼神打量着她。她紧紧抱住琵琶，指尖用力到泛白，举目四望，无一人可亲近可相信，无一处是栖身之地。时间仿佛又回到了五年前的冬夜，她被贼寇害得家破人亡，独自上京，投身青柳阁，最糟糕的岁月……

可那段岁月当中，她看见过这辈子最耀眼的人。

"你跟着我做什么？"男子的声音在跟前响起，却是萧成暮折返了回来，他冷冷地道，"我既已赎了你，你便是自由之身，从今往后，另谋出路去吧。"

他比芊芊高出许多，身影在晨光中投出令人心安的影子。一如那一年，故乡沦陷，贼寇横行，是他领了骑兵勇斩数百贼寇，夺回了城池。芊芊永远也忘不了远远看见的那个马背上的身影。

人皆道他是魔鬼之将，可芊芊却觉得他是最英勇的神将，保家卫国不让贼匪欺凌国人，这才是军人之所以为军人。

萧成暮见芊芊不动，便将随身戴着的荷包取下来递给芊芊："自寻出路去。"

芊芊摇了摇头，只定定地望着他，眼中还是带着几许瑟缩与害怕。萧成暮看着她的眉眼，一时竟有些失神，他挪开目光，转身离开："随你。"

芊芊忙跟在了他的身后。

【三】

芊芊随萧成暮回了镇远将军府后被安排在一个寂静的小院子里，过上了这辈子从未有过的悠闲生活，可是却再没见过萧成暮。

直到五月，宫里来了旨意，皇后归娘家省亲路过镇远将军府，会到府上来歇息一阵。为了迎接皇后的"暂歇"，将军府顿时忙碌起来。

这本也不关芊芊的事，可在皇后来的前一夜，芊芊在将军府花园中见到了萧成暮。

他又在喝酒，坐在亭子里。芊芊站在扶桑花旁静静地看了他一会儿，刚想转身离开，却听萧成暮道："站住。"芊芊老实站住，他又道，"弹首曲子来听。"

芊芊的琵琶没带在身上，正手足无措之际，萧成暮不知从哪儿取出了一把琵琶，放到桌上："用这个弹。"

芊芊走上前去，见桌上的是把极好的琵琶，她眼前一亮，爱惜地摸了摸，却在琴头处摸到了个"笑"字，芊芊一怔，恍然想起那日萧成暮在她耳边唤着的"笑笑"。

原来……此物是那个叫笑笑的姑娘的。芊芊垂下眼睑，也不多问，抱起琵琶便奏起曲子来，还是那首悲凉的曲子，仿佛要将人肝肠催断一般。

萧成暮望着亭外月色淡淡地问道："为何不肯归家？"

曲子顿停，芊芊沾了一点酒，在桌上写道："无家可归。"

萧成暮浅浅地酌了口酒问道："既然如此，便留下来做我的侍妾可好？"

芊芊一怔，写道："为何？"

萧成暮醉眼笑望芊芊："因为你的眉眼。"他话也不说完，带着微醺离开了亭子，"若你愿意，三日后，我便娶你过门。"

芊芊在空无一人的亭子中坐了半晌，然后郑重地点了点头。

翌日，皇后如期来到将军府暂歇。芊芊是没有资格见到皇后的，她在自己的小院里为花圃浇水，脸上抹了两道污泥，看起来有些许可笑。忽然一道女声闯入了她的耳朵，芊芊好奇地走出院门，却见稍远处的池塘边，萧成暮与一名华服女子相对而立。

那女子身披金色凤纹大衣，芊芊一下便明白了她的身份。

"成暮……"女子的声音有些哽咽，"是我与圣上对不住你。"她说着便往地上跪去，竟是作势要给萧成暮磕头。

"娘娘如此大礼，成暮不敢受。"萧成暮并不看她，目光远远望着天际，"你起来吧。"

皇后泪如雨下，拜了三拜之后站起身来。萧成暮淡淡地道："十月之期萧某必赴。"皇后低声称谢，转身离开之际忽听萧成暮唤道，"笑笑，萧成暮此举是为国家社稷，你……你与皇上无须愧疚。"

皇后是如何走的芊芊已记不得了，她耳边"嗡嗡"乱成一片，她只记得皇后那似曾相识的眉眼与萧成暮那声喑哑的"笑笑"。

原来如此，原来如此。

他喜欢的人是当朝皇后，他要的眉眼也是与皇后相似的眉眼。

芊芊情不自禁地摸了摸自己的眼睛，一时间心绪难平。她抬头定定地望着萧成暮，仿佛察觉到了芊芊的注视，萧成暮也望了过来，他的神情有些难掩的冷漠。

被人看见了这些事，应该会被灭口吧，芊芊如是想着。

沉默的空气在两人间流转，最后却是萧成暮先挪开了眼，一边走远，一边吩咐道："回去将脸洗了。"

两日后，萧成暮娶了芊芊过门，作为他的第一名侍妾。

萧成暮挑开芊芊的红盖头之后，芊芊在他手心里写了一行字："将军，你可以唤我的名字吗？"

萧成暮微微一怔："你叫什么名字？"

"芊芊。"她静静地写下这两个字，没有半分不满。

萧成暮如她所愿地唤出了这个名字，磁性的嗓音咬出这个细软的叠音让芊芊笑眯了眼。对她来说这样便已经足够了。

喜烛之下，芊芊笑靥温和，是如名字一般纤细的人。萧成暮头一次为这个女子唇角的弧度失了神。

红烛落泪，纱帐落下，满室旖旎。

【四】

七月流火，萧成暮日渐繁忙起来，时常待在军营中过夜，偶尔回到将军府也带着一身凝肃的杀气。

芊芊从不多嘴问他发生了什么事，她最常做的事便是给萧成暮奏一曲琵琶，陪他饮一夜凉酒。

七月过半，芊芊的食欲不大好，请大夫来看了之后方才知她竟是有了身孕。芊芊摸了摸自己的肚子，觉得生活真是让人惊喜。府中总管忙派了人去军营通知萧成暮。

芊芊等到半夜,想与他一起分享这份天赐的惊喜,不承想却只等到了侍从带回来的一句"军务繁忙,安心养胎"。

她知道自己没什么可抱怨的,可是仍旧忍不住垂了眼眸,轻声叹息。

八月份,天气渐渐凉了下来,可芊芊越发食欲不振。宫中的皇后不知从哪里得知了芊芊怀有身孕的消息,竟破例邀她这名将军的侍妾进了宫。

芊芊见到皇后时,她正在御花园陪着皇帝,而站在皇帝身后的,正是她多日未见的夫君萧成暮。

见到芊芊,萧成暮也是微微一怔。皇后笑道:"我听闻成暮的侍妾有了喜,便邀她进宫来坐坐,也陪着我这个大肚婆一起听听老嬷嬷的念叨。哪想今日皇上你也来了,还带着成暮。正巧,想来这些日子成暮定是异常繁忙,你们两口子便在宫中好好聚一聚吧。"

芊芊的目光落在皇后的肚子上,果然看见她的肚腹微微凸了出来,她又望了萧成暮一眼,他只是恭敬地行礼道:"多谢娘娘。"

御花园中,皇帝与皇后走在前方,芊芊与萧成暮远远地跟在后面,两人都不说话,与前面有说有笑的两人形成鲜明的对比。走了许久,萧成暮才堪堪憋出一句:"身子可还好?"

芊芊乖乖地点头。

"若有什么要求,尽管叫府中人去做。"

她继续点头。

萧成暮素日寡言,此时说了两句便没了别的话,倒是芊芊牵起了他的手,在他掌心轻轻写道:"将军在外,一定珍重身体,如此芊芊便可心安。"她的手指柔软,划过坚硬的手掌,像一只猫爪,将他的心也挠得痒了痒。这个姑娘从未在他面前表现出任何的脆弱,可偏偏就是这样一直微笑着的模样,让他不经意间便心生怜惜。

萧成暮张了张嘴还未说话,忽听前方一阵嘈杂,有侍卫大叫:"保护皇上!有刺客!"萧成暮面色一沉,几乎是立刻甩开了芊芊的手,走了两步,他才回过头来喝了一句:"找个安全的地方躲起来!"

芊芊呆呆地望着他离开的背影,只能将一直藏在袖中还未来得及给他的锦囊死死地攥在手里。

前面的侍卫护着皇后且战且退,皇后大喝:"我自己会找地方躲,你们速去求援军。"她的话音未落,一柄亮晃晃的刀凭空砍来,皇后被一名侍卫一推连连向后倒去,眼瞅着便要摔入池中,芊芊一把拉住皇后的手,可还未站稳脚跟,身后不知是谁猛地推了她一把,两人便一同掉入了池塘中。

芊芊的眼前一片模糊,耳边寂静一片,忽然她听见一个落水声,模糊的视线仿佛看见一个玄色身影向她游来。

她伸出手,想要抓住他,可是那个身影却抱住了另一个身穿明黄衣裳的女子。那女子的宽大衣摆在水中荡漾开来,像是一只金凤,离她越来越远。

他们之间的过往,本就不是她这样的人能介入的。

芊芊,水草一样的芊芊……

萧成暮将皇后救上了岸,此时刺客已除,宫人手忙脚乱地把皇后抬走,忽然有侍卫迟疑着道:"将军……将军您的侍妾还未上来。"

萧成暮一怔,面色"唰"地白了下来:"你说什么?"

"方才……皇后娘娘与您的侍妾一同落下去的,卑职以为您看见了……"

萧成暮一头扎进水里,他找了好一会儿才在水底看见了芊芊,她今日穿着一身绿色的衣裳,萧成暮几乎没看见她。她的脚被水草紧紧缠住,待萧成暮扯断水草将她带上岸时,芊芊的脸色已经乌青了。

她几乎没了呼吸,萧成暮按压着她的胸口,力度大得几乎快要压碎她的胸骨,终于芊芊一口水呛了出来,她不停地咳嗽起来。

萧成暮长舒了一口气,仿佛打赢了一场大仗,指尖还在颤抖,差一点……差一点她便死了,带着他的孩子。

芊芊捂住了自己的腹部,一手紧紧拽住萧成暮的衣裳,她的喉头发出含混的声音,像小动物一样发出"呜呜"的声音。萧成暮看着她滚落而出的泪珠,忽然间意识到了什么,脑子霎时空白一片。

芊芊蜷起了身子,在她湿淋淋的衣摆下方,一抹血红渐渐流了出来。"啊啊……"她只能发出这样含混不清的声音,混着泪,这便是她唯一发泄悲伤的方式。

细弱的手指将他的衣裳死死捏住,萧成暮有些慌张地将她揽在怀里,摸了摸她的头,一遍一遍地唤道:"芊芊,莫怕。芊芊,莫怕。"

而他自己却颤抖了唇角。

这是萧成暮头一次觉得自己对不住一个人,感到令人疼痛的愧疚。

【五】

孩子没了。

芊芊苏醒后便听见萧成暮用沙哑的声音告诉她这个事实。她没多大反应,只是如往常一般点了点头,反而是萧成暮将手掌摊开,送到她身前道:"你若想说什么,便说吧。"

芊芊沉默了一会儿,才在他掌心写出"将军"二字,她的手指在萧成暮的掌心颤抖着停顿了许久,又写道:"无须愧疚。"

她的年龄不大,可也知道"天命"二字,有的东西抢不来,争不来,能得到全靠缘分,失去了不过是命运。

"对不住。"萧成暮沉默了许久,沉声道,"你现在若想离开将军府,我可以送你走。"

芊芊听了这句话,突然抬起头来望着萧成暮,眼中的疼痛头一次出现在萧成暮面前,到现在,他竟还想着送她走,像送一只宠物离开一样……可这疼痛只有一瞬,她又垂了头,带着些固执的情绪,摇了摇头。

萧成暮握了握她的手又道:"你若不想走,谁也不能赶你走。"

她的眼眶便在听到这句话之后红了起来,芊芊从衣袖中掏出本想那日送给萧成暮的锦囊,在他的掌心写道:"我给将军求了平安符。也不知道里面的符有没有化开。"

轻轻的锦囊令萧成暮顿觉沉重。

这时,屋外急急走进来一名军士,他与萧成暮附耳说了些话,萧成暮的神色顿时沉了下来。他有些迟疑地望了芊芊几眼,芊芊笑了笑,推了推他的手,示意他离开。

萧成暮终于站起了身,他低下头轻轻吻了吻芊芊的额头:"今晚我回来陪你。"

而那一晚萧成暮还是没有回来，翌日，一道圣旨昭告天下，九月中旬，镇远将军将出师边塞，驱逐侵吞王朝边境的鞑靼人。

听到这个消息，芊芊只想到了那日在将军府后院看见的皇后与萧成暮二人，那时他们约定的是十月，而现在却又提前了半个月，想来边关的军情必定十分紧急。芊芊自知萧成暮此去，凶多吉少。

九月初，萧成暮在百忙之中总算抽了点时间回府。他不知自己为何非要在出征前去看看芊芊，好像看看她，知道她身子养得好，他便能安心一般。

萧成暮回来的时候，芊芊在小院子里摘桂花，她的动作十分笨拙，忙碌了半天，桂花也没有摘下多少。萧成暮倚在院门边静静地看了她许久，桂花香气浓郁得醉人，连日的疲乏与紧张不知不觉都被挥散开去。

或许连萧成暮也不知道，他此时唇边的弧度有多温柔。

芊芊摘得累了，扭了扭脖子，转过身来便看见了萧成暮。她一惊，手中的花篮落到地上，辛辛苦苦摘了半天的花又洒了一地。她忙蹲下身去捡，萧成暮也走过去搭了把手，一边帮她捡拾一边问："摘桂花做什么？"

芊芊怔了怔，拉过萧成暮的手写道："将军日夜繁忙，定是非常疲惫，桂花能舒缓情绪，提神振气。芊芊想给你做个香包。"

萧成暮心中一暖，笑道："好，今日你给我做一个，我也给你做一个。"

男人的针线活可想而知，他绣的香包让芊芊笑得直颤。萧成暮有点羞恼，但还是厚着脸皮把东西给了芊芊："待桂花晒干之后，你便将它装进去吧。"

芊芊点头答应了，脸上的笑容是从未有过的明媚。

萧成暮出师那日，皇帝、皇后到城门之上相送，萧成暮与皇帝饮了一杯血酒后潇洒地转身离开，像一个必定会胜利归来的将军，神情一如往日般坚定。他没再看皇后一眼，下了城楼，骑上战马，目光在人群中寻觅了几番后，微微蹙了眉。

他招来前来相送的府中总管问："府中的人都来了吗？"

"回将军，都来了。"总管想了一会儿道，"芊芊姑娘前日已离开了王府,将军之前交代过,若姑娘要走,谁也不许拦。小人已遣人告知将军了,可将军军务繁忙,兴许还未来得及知晓。"

走了……

握住马缰的手一紧,勒得战马直甩头撅蹄子。

他脸色暗沉了好一会儿才道:"走了……也好。"落寞并未在他脸上停留多久,他纵马向前,一身玄色铠甲映着日光,宛如神将:"出兵!"

【六】

十月的塞北已刮起了风雪。不知与鞑靼打了多少场仗,形势一天比一天严峻。王朝兵败是迟早的事,萧成暮的任务只是把时间拖得久一点,更久一点。

一场大战结束,战场的硝烟还未消散,萧成暮疲惫地走进自己的营帐,他拍掉肩头的雪,忽然看见一个小兵正在替他整理床铺。见他进来,小兵有些慌张地行了个礼,颤抖着往帐外走。

萧成暮怀疑地打量了他一番,唤道:"站住。"

小兵僵住身子。

"你是谁安排过来伺候的?"

小兵不答话,身子却抖得更加厉害。萧成暮心中怀疑更甚,他两步走上前,长剑一翻便打掉了小兵的头盔。看见这张脸,萧成暮有些不相信地眯起了眼,盯着她看了好一会儿才道:"你是怎么跟来的?"

此人正是芊芊。她悄悄瞟了萧成暮一眼,耷拉着脑袋不说话。

萧成暮不知哪来的火气,拽了芊芊的手便道:"回去,今日我便命人送你回去。"芊芊摇头,执拗地盯着他。萧成暮按捺着怒气道,"这由不得你。"

芊芊紧紧拽住萧成暮的衣袖,眼中起了一层水雾,她焦急地张着嘴,从未如此想开口说话,她想说:"我不走,我陪着你。"

萧成暮拽着她往营帐外拖,芊芊拼尽全力地挣扎,可是她那点力气哪里拗得过萧成暮,无奈之下她只好扑身上前,将萧成暮紧紧抱住。她一直摇头,表示自己不离开的决心。

萧成暮拉开芊芊,一双眼睛气得通红:"你知道什么!待在这里会要了你的命！"

芊芊一个劲儿地摇头，比画道："援军会来。"

"不会来！"像是忍耐到了极限，萧成暮脱口而出道，"帝都南迁，我只是来拖延鞑靼军队的脚步！没有援军，谁也不会来！"

芊芊的眼泪止不住地往下流，早已了解的事实在这个时候被萧成暮说出来，心中的绝望更甚。他拽了芊芊继续往营外走："离开这里，芊芊，到南方，活下去。"

芊芊急忙抓了萧成暮的手写道："我再给你弹一首曲子吧，我再给你弹一首！"

萧成暮沉默了一会儿，他摸着芊芊的脸，发出一声深深的叹息："你比谁都温柔，也比谁都固执。你若不曾遇见我，该有多好。"

芊芊浅笑，在他的掌心写道："芊芊最幸运的事，便是遇见了将军。"在芊芊心中，他一直是个威武神勇的将军，家国至上，忠义在前，这才是萧成暮。

芊芊抱来琵琶，静静地奏了一首哀伤的曲子，是他们在青柳阁初见之时，芊芊为自己飘零的命运而奏的曲子，此时送给萧成暮，竟也十分应景。

萧成暮只是定定地看着她，唇边带着若有似无的笑，在营帐中头一次忘记保家卫国的重任。

忽然之间，帐外有些嘈杂起来，隐约传来士兵慌张的叫喊："鞑靼大军来了！鞑靼大军攻过来了！"

萧成暮脸色一沉，他没料到敌人今日竟会突袭。他的手一紧，随即起身一把将芊芊带来的那把刻有"笑"字琴头的琵琶扔在一边。他拉着芊芊走到床榻边，掀开床板，下方有一个地洞。芊芊满眼惊慌，拽住萧成暮的衣襟不肯放手。

萧成暮心一狠，点了她的穴道，将她放到地洞之中。

"莫怕，睡一觉起来便好。"他望着芊芊通红的眼睛，轻轻摸了摸她的头，笑道，"我是一国将军，保家卫国、战死沙场是我的职责，可不是你的。芊芊，你还有漫长的人生要走，浮世繁华、天地苍茫，你还有那么多东西没见过，你不能死在这里。"

芊芊泪如雨下。

萧成暮长叹:"此生萧成暮对得起天地父母,对得起国家君主,唯一对不起的只有你……芊芊,好好活着。"

这是萧成暮留给她的最后一句话。他将她藏好,而后穿戴好铠甲,拿起长枪,迈大步走出了军营。营帐外,早已成为一个惨烈的修罗场。

他策马向前,扬枪大喝道:"镇远大将军萧成暮在此!鞑靼贼寇上来送死!"

外面的厮杀不知持续了多久,当世界全都安静下来后,芊芊才用僵冷的手推开了头顶的木板。

营帐四周皆被溅上了鲜艳的血色,杀伐已歇,血腥味在空气中飘散。芊芊掀开营帐的门帘,走了出去。满目疮痍,满地狼藉,军士的尸体遍野皆是。四处不闻半点人声。

芊芊一步一踉跄地往前走,她脑子里一片空白,走到军营门口,高高的营门口下面堆了一座尸山,下面躺着的皆是鞑靼的士兵。而在这座尸山之上,玄甲将军手持银枪伫立着。

他挺直的脊梁像一座永远不能被摧毁的山峰,扛起了一个国家的尊严与希望。

芊芊腿一软,摔倒在地。

夕阳的光照在他的身上,逆光之中,芊芊仿佛又看见了许多年前那个赶走故乡贼寇的将军。他永远是芊芊心中的英雄,不论战胜战败,无论是生是死……

"将……将军。"她生涩地唤出这两个字,许多年不曾说话,让她的嗓音沙哑而音调不准。

她年幼时在战争中失去了家人,不再开口说话,而今,也是在战场上,她终于能再次开口。

"将军,芊芊陪你。"她的手碰到了一把士兵留下来的刀,上面的血迹未干。芊芊颤抖着指尖将刀柄紧紧握住。她紧紧闭上眼,一刀割下,一缕青丝落下。她将发丝结了个结,放在地上,然后静静地转身离开。

她要去南方,然后勇敢地活下去。

【尾声】

五十年后,街头弹琵琶的老妪快死了,她满面皱纹,卧在床榻上,呼吸几不可闻。

没有孩子的她,床边却守着一个白衣女子,女子轻声道:"我名唤百界,是来收走你心中执念的。"

老人艰难地笑了笑:"姑娘,你寻错人了吧。我这辈子虽然清苦,却也无怨、无悔。"

百界冷声道:"你一生只思念一人,执念过重,于你不利。"

老人的呼吸已经十分微弱:"这不过……是人之常情罢了。我这辈子,能寻到值得惦记一生的人,是最大的福气……"她轻轻闭上了眼,胸口也不再起伏。

老人的手中紧紧握着一个十分难看的香包,里面尚残留几缕淡淡的桂花香。

百界掏出袖中的笔,笔尖却在香包上方停留了许久,最终她收起了笔,轻轻转身离开:"奈何桥边,他或许还在等着你吧。"

第七章・桃妖

【引】

芬芳散尽的四月,他被众人簇拥着踏上了那座高台。

杀了作乱江湖三年之久的巫教教主,如今武林之中无人不对他刮目相看。手中的凌霄剑尽染鲜血,他立于高台之上,放眼望去,无人不是激动的模样。

寒剑直指苍穹,他仰天高呼:"巫教教主已诛!"声音浑厚犹如鼓擂,似要上达天庭。

台下数万人猛地爆出喝彩之声,喜极而泣者有之,仰天大笑者有之,恍然失神者亦有之。

三年前巫教大举入侵中原武林,生活在这里的人,很多人家都被他们弄得家破人亡。从那时起,这些人的人生便与报仇绑在了一起,包括上官其华。

只是,他的仇恨、痛苦是真,一心报复是真,而现在,他却更想丢下手中嗜血的长剑,自这方高台上离去……

幽深的眼神飘出人群之外,不远处的绿荫之下,粉衣女子悄然而立。见他望去,女子扬唇笑了笑,懒洋洋地抬手,对他竖起了大拇指,即便听不见,他也知道,她在说:"帅气,不愧是我的男人!"

他收了剑,只觉得耀眼的阳光温暖着被血溅冷了的身体。

"阿灼。"

这声轻软的呼唤尚未随风飘远,绿荫之下的粉衣女子的笑容已逐渐变得恍惚起来。四月的暖风一吹,树上的嫩绿叶片纷纷飘落,不过是一晃神的时间,粉色的衣袂随风飘扬,恍若轻烟一般散去。

散去?

嘴角的弧度还未落下,瞳孔却不由得紧缩。万众簇拥着的男子面色倏地变得苍白,他施展轻功,踏过众人的肩头径直向那棵大树奔去。

青草地上散落了几片不属于这个时节的桃花瓣,似乎在告诉他,方才那个女子真的存在过。

"阿灼……"

他的阿灼……

元武八年四月，为祸中原武林三年的南疆巫教已灭，适时中原武林群龙无首，众人推举上官其华为盟主，上官其华拒而不应，当夜他便归隐山林。至此，他的行踪无人得知。

他的故事在江湖上流传，成了传说。

【一】

元武八年六月。

骆驼峰下，驿道边的茶摊。

卖茶的老汉招呼了一个戴着斗笠的男子坐下，给他倒了一大碗茶，问道："小伙子赶路累了吧？还要点其他的吃食不？"

"不用。"

男子的声音有些沙哑，听起来像是许久没说话的样子。想来也是，独自一人上路，哪儿来的可以说话的人呢，老汉想起自己在外忙碌的儿子不由得有点心酸："小伙子这是要过前面的百里坡啊？"

"唔。"没想到老人家会与他搭话，男子回答得有些迟钝，看来素日便是不善与人沟通的模样。

"看你这身走江湖的打扮，可听说过前一段时间剿灭巫教的领袖上官其华？"

男子微微一顿，只淡淡地应了声，并没有说出自己的身份。

上官其华答得冷淡，老汉却没有败了聊天的兴致，走这条路的人不多，能耐着性子听他讲故事的人更少，今天碰见个寡言的，他也不管人家喜不喜欢，全都一股脑地讲给他听："咳，你可知道这上官其华当年不过是一个小门派罗浮门的少门主，那个门派就在这骆驼峰之上。三年前，巫教大举入侵中原武林，这罗浮门也没逃过厄运。不过亏得此门中两个忠心的下属将他们的少门主给救了出来，逃进了前面的百里坡之中。"

忠心吗……上官其华还记得当时阿灼盯着被埋得只剩一个脑袋的

他说:"啧啧,瞧瞧你那两个猪一样的下属,人没死就给埋了。不过没关系,这正合我意,你就待在土里乖乖地做我的肥料吧!"

上官其华还没想起更多的事,便被老汉的声音打断了:"据说这上官其华在百里坡中遇见了仙人,在里面待了整整一年,出来之后不仅有了许多财富,更学会了一身绝世武功。这些啊,都是能在江湖传说中听到的,不过很多人不知道的是,上官其华从百里坡出来的时候老汉我可是亲眼瞧见的。

"正巧那段时间我儿子外出忙其他活儿去了,老汉我在家没事,便替了他来看茶摊。那日我记得清清楚楚,我是第一日来看摊,便看见两个年轻人从那百里坡里的荒草丛中走了出来。一个是上官其华,还有一个漂亮姑娘,穿着粉色的衣裳,看样子和上官其华的关系不简单,那姑娘直呼他的名字不说,还一直嚷嚷着什么树不能走路,走不动,要背,最后上官其华还真就乖乖地背着她走了。你可不知吧,原来上官其华如此畏妻,不过那姑娘确实美啊,长得就像那春天的桃花一样,可漂亮了!"

确实。

上官其华还记得,他被埋在土中,睁开眼睛看见阿灼的那一刻,天上的阳光将她投出个剪影深深地刻入他的脑海之中。

"男人,做我的肥料吧!"

她如此说,说得理直气壮。

阿灼毫不避讳地将自己将要枯死的处境告诉了上官其华,连带着骂了他的属下愚蠢,又鄙视地嫌弃了一番巫教的追兵胆小,最后告诉他,天意让他被埋至此处,用他做肥料实在是情非得已,身不由己……

阿灼的语速很快,似乎在用这种方式来掩饰自己的心虚,又像是在告诉自己一定要狠下心。

上官其华知道,她虽看起来很是精怪古灵,但她很善良,没有坏心肠到想杀人来做肥料。

"我可以用其他办法帮你。"上官其华不想死,门派的仇他必须报,他不能这么莫名其妙地死在这里。

阿灼眨巴着眼睛看了他好一会儿:"说说看。"

"大……大便……"即使再为难，他也说了出来，"这样的肥料更好，只要我活着，取之不尽用之不竭……"

阿灼眯着眼睛打量了上官其华一会儿："你不准逃跑。"

"在将你的真身养好之前，我不逃跑。"

阿灼豪爽地一挥手："好吧，你自己从你的坟里爬出来吧！"

上官其华微微一僵："我的手脚都被土压着，怎么能自己爬出来？"

阿灼摊手道："那我也没办法啊，我现在连一片叶子也化不出来。"真身过于虚弱，让阿灼只能隐隐约约地幻化出一个形状来，并不能凝成实体，她的手在地上的草叶间穿过。

"你看吧……啊，对了。"阿灼突然间记起了什么，"我可以吸你的阳气。"一边说着，她一边快速地俯下头去，以迅雷不及掩耳之势吻上了上官其华的唇。

埋在地里的脑袋眼睛一凸，下巴一松，浑身僵硬，彻底呆住了。

阿灼趁这个机会缓缓一吸，将他的阳气慢慢吸了过来。她原本带着些许透明的身体慢慢变得清晰起来，带给上官其华的触感也越来越明显。

一抹温热的液体忽然流到了两人唇齿之间。

阿灼退开，抹了抹自己脸上的血迹，指着上官其华的鼻子道："啧啧，你瞅瞅你这出息，我活了上千年，还是第一次看见有男人在接吻时流鼻血的。"

饶是上官其华再木讷，此时也悲愤地咬着嘴角，咬了许久才臊红了一张脸道："这是……第一次……"

阿灼皱眉打量了他半晌："第一次很了不起吗？方才也是我的第一次啊！"

上官其华扭过头闭眼："你……赢了！"

阿灼撸了袖子开始帮他把身上的土挖开，一边挖一边说："这下你别想跑了，我吸了你的阳气还喝了你的血，你走到哪里我都能找到你。从今天开始你就是我的园丁，每天给我老老实实地施肥、拔草、除虫！要是敢偷懒，嘿嘿，我现在有了点力气，对付别人是不够，但是对付你是足够了的。"

第七章·桃妖

上官其华直到现在也能想起阿灼在说那番话时微翘的嘴角和眉飞色舞的表情，即便真身枯成那般模样，她也依旧活得自在……

宛如桃花般灿然的生命……

斗笠下的脸难得露出一抹柔和的神色，他抿了口苦茶："嗯，很漂亮。"

他的话说得平淡，只是其间的意味，却让他不由得涩然。

【二】

喝完茶，告别了老汉，上官其华握着凌霄剑接着往百里坡上走，没有走驿道，而是走进了荒草丛生的树林，凭着记忆，慢慢寻找自己要去的地方。

百里坡此前是乱葬岗，传说满山遍野皆是厉鬼，但是上官其华知道，此处只会偶尔蹿出几个怕人的小妖，并没有什么厉鬼。

走到记忆中的地方，上官其华看着眼前的情景慢慢摘下了斗笠。

荒草又已生长起来，记忆中那将枯未枯的桃花树不见了踪影。

一时他竟有些慌乱，桃花树是阿灼的真身，若是真身都不在了……心口猛地缩紧，头顶的阳光一时晃花了他的眼。

上官其华深深吸了一口气，继续大步往前走，那一把令江湖人人仰慕的凌霄剑被他当作割草的镰刀，除光了一整片荒草。

忽然，荒草丛中的一截枯木桩猛地闯进上官其华的视线，他一怔，直起身子，环顾四周，周围的景色似乎在转换，与他三年前的记忆慢慢重合，六月的风擦过耳畔，丝丝风声竟全都变作了那女子的呼唤。

"上官其华，上官其华……"仿佛不会停歇。

一如那年六月……

他按照诺言为阿灼施肥。可每日除了施肥的时间，其他时间剩得太多。阿灼是个多话的妖，每日总是闲不住。她爱给他讲百里坡千年间流传下来的故事，爱给他讲千年来路过百里坡的人留下的各种传说，其中尤其爱讲千年前她自己的故事。

被一个一夜暴富的土豪儿子种下的桃花树，阿灼如此形容自己的出生："种下我的人是个结巴，我第一年开了花，他的夫子便教他读《诗经》，结果他看着我'灼……啊灼，灼啊灼灼'地灼了许久，最后也没完整地念出那句诗来，不过我的名字倒是取了出来。"阿灼扭头看他，"这样听来，你倒与我挺配。上官其华，灼灼其华。"

温软的细语吐在上官其华的耳边，闹得他一张脸微红。

忽然，阿灼扳正他的脸，盯着他幽黑的眼眸，正色道："莫不是……你爹便是那土豪儿子吧？"

听到这样一句话，上官其华的心里自是无语的，不过他素来外表看起来木讷，就算无语也不会表现在脸上。上官其华也正色看了阿灼许久，道："阿灼，土豪又不是王八，活不了你这么久。"

阿灼点了点头，放开了他，沉默半晌之后才反应过来："你方才那话，是在骂我吗？"

"没有。"

阿灼歪着脑袋琢磨了一会儿，马上就把这茬抛在了脑后，又兴致勃勃地给他讲其他的故事。

上官其华低着头仔细听，心里却在想，这个活了千年的桃树精，其实是个傻姑娘。

其实上官其华一直知道，两人相处的前两个月，阿灼逐渐对他失去了戒备之心，最开始或许逼着他施肥，后来则根本没把这事放在心上，是真的对他好。偶尔还会摸点银子出来，让他去百里坡外摆茶摊的夫妇那里买些吃食。

上官其华不跑，是因为他已经答应了阿灼要将她的真身养好。而阿灼不担心，是因为她根本就忘了当初是自己强迫人家留下来施肥的……

阿灼说："一千年来，你是头一个听我说这么多话的人，我喜欢你。"单纯，毫不掩饰。

但上官其华不可以，家仇在身，他脑海里深深地烙刻着门派中人惨死的模样，"复仇"两个字已经在他的心间扎下了根。

直到那日，阿灼的真身长出了一抹嫩芽，她狂喜地拽着上官其华转了好多圈，惊喜地看着他的臀部窃窃笑了许久，仿佛恨不得将其割下来摆在案前，点上三炷高香供着。

受到阿灼的感染，连上官其华的脸上都挂上了一抹浅笑。

当天傍晚，一位不速之客却打乱了欢喜的气氛，不知从哪里飞来的一只乌鸦妖竟对阿灼动起了手，想要将她吃掉。

那个妖怪很弱，还不能幻化成人形，阿灼若有一半的妖力，两巴掌便能将它收拾了，但偏偏她现在的妖力连驱赶它都做不到。

阿灼现在虽然不济，但内丹好歹也养了千年，这乌鸦便是冲着她的内丹来的，每一嘴都往阿灼的腹部啄。一人一鸦用拙劣的法术斗得你死我活。

上官其华在一旁看得焦急，但他一个习武不精的江湖小门派的少门主，又哪里插得进两个妖怪的战争中，他捡了三块石头砸过去，有两块都落到了阿灼的头上。

阿灼气得大骂："走开走开！坏事！"

上官其华一愣，还真的拔腿就跑，在夜幕逐渐降临的百里坡上不一会儿就跑没了影。

见他真的走了，阿灼傻傻地呆住了，乌鸦妖趁这个机会一口啄在了她的肚子上，生生扯下一块血肉。阿灼疼得冷汗直流，身子晃了晃便摔倒在地，乌鸦忙扑了上去，阿灼拼尽全力，苦苦撑出一个结界将自己护住。

上官其华若真的想跑早就跑了，他此去是为了茶摊夫妇养的那条黑狗。

其实他惦记那条黑狗的肉已经有很长时间了，但是碍于茶摊夫妇二人的心肠好，一直都没好意思下手，而今，他多么庆幸自己没有早早地下手……

杀了狗，接了一盆黑狗血回去，恰好看见阿灼的结界被那乌鸦妖啄破。上官只觉头脑"嗡"的一声，瞬间什么都顾不得了，冲上前去一脚把那只乌鸦妖踹开，接着便将手里的黑狗血泼了它一身。

那乌鸦妖被这番变故弄得一怔，看着自己浑身变得黏腻的羽毛，随即怒火冲天地一叫，抖了抖身上的毛，直扑上官其华而去。上官其华只记得他眼睁睁地看着那乌鸦妖将尖喙啄进了他的心里，鲜血涌出，剧痛传来，他认为自己死定了。接着，他眼前一黑，神志全无。

等他再醒过来的时候，阿灼惨白着一张脸坐在他的身边，见他睁开眼睛，一滴泪"啪嗒"一声落在他的脸上，阿灼低声道："我以为你不要我了。"

"我去取黑狗血……"

阿灼摇头，上官其华以为她不相信他，心中有些着急，却嘴笨得不知道该怎么解释才能让人信服。

阿灼的泪水越落越快，一声声地哭诉着："我以为你走了，我以为你走了……"

上官其华急红了一张脸，忙坐起身来去擦阿灼的泪，憋了许久也就说出一句"阿灼，别哭，我不走"，说完这句话，接下来反反复复也就这几个字了。

"上官其华……"阿灼伸出双手，抱住他的脖子，轻轻哽咽，"上官其华，上官其华……"

在枯萎的桃树下，上官其华听到她哽咽着轻唤自己的名字，心仿佛被揉碎了一般酸酸软软，涩成一片。胸口跳动的心脏挤压出的血液暖遍全身。

那天，也如今日一般是一个朗朗晴日。

而今，此处景色没多大变化，可是却只余一截枯木……

心口一阵紧缩，上官其华不由得深呼吸了几次方才平息下来。放下手中的凌霄剑，上官其华弯腰抚摸这截木桩，一手抚上自己的心口。

【三】

乌鸦妖那件事是十分蹊跷的。上官其华清楚地记着那尖喙刺进了自己的心脏，但是为何后来他却一点事也没有？阿灼说是他记错了，但衣服上破开的洞与满地的血迹也是他记错了吗？

也是从那一天起，他的身体里莫名其妙地多出了一股力量，一股强到他有点无法想象的力量，就如同他一夜之间增长了数十年的内力……或是更多。

他问阿灼，阿灼却总是闪烁其词不肯回答。

这事直到现在他也没有想明白……

地上一条青蛇快速地爬过,上官其华沿着它前行的方向望去,目光映着阳光微微闪烁,那处是他下一个要去寻找的地方——千年前古陈国的地宫。

他之所以会知道这个地方,是因为在那一年的时间里,他将桃花树养得很好,阿灼也恢复了不少,贪玩的性子又冒了出来,问他有没有什么想做的事。

他沉默了许久,答道:"报仇。"

然后阿灼便带着他进了地宫,挖了不少财宝出来,也偷出了这把凌霄剑。

也是那时上官其华才知道,阿灼口中的"一夜暴富的土豪"竟然是陈国国君,而那个土豪的儿子便是陈国太子。

上官其华凭着记忆中阿灼带他走过的路线进了地宫,走过狭长的甬道之后,蓦然出现在眼前的是一个很大的空间。据阿灼说,那陈国太子天生口吃,被大臣所不喜,因而生了叛逆之心,正道学问没学多少,倒将玄学八卦之法参悟得很彻底。

这座地宫便是依着他的推算来修建的,千年来还真的没有损坏一砖一瓦。

地宫的尽头两旁开了两个大坑,里面装的全是陈国太子生前喜欢的珍宝,中间放有一张寒玉床,上面本应躺着陈国太子的尸身,但是上次上官其华与阿灼进来之时便没有看见陈国太子的尸体。上官其华心里有些发毛,阿灼却不甚在意地道:"那家伙生前就神神道道的,死后或许诈尸了吧。又不是什么大事。"

这次……

走到地宫尽头,上官其华微微一怔,这次……连寒玉床也不见了……

上官其华心里猛地冒出一个念头,忙跑到地宫的两边,往坑里一看,里面的珍宝都好好地放在里面。没有外人来过,上官其华心想,外人进来绝对会先偷这些珍宝,谁会搬动那样一张笨重的床!

他又走到寒玉床曾经摆放过的地方,寻找到了重物摩擦地面留下的痕迹，这些痕迹还很新，应该是不久前才搬走的……

"阿灼……"突然感觉到的欣喜让他声音止不住地颤抖。

知道她还活着，便比什么都好。

【四】

她为什么离开？又去了哪里？

这两个问题一直困扰着上官其华，他不知道，唯有漫无目的地寻找，不停地失望，再不停地寻找。以前他问过阿灼，为何要帮他报仇，阿灼笑着说："你们人类活着总要有点念想，我也要有啊。"

只是他一直不知道，阿灼的念想到底是什么。

离开百里坡之后，上官其华独自一人走过了之前他与阿灼一起走过的所有地方，每一棵平淡无奇的草木都能让他回忆起一些往事，缠绕心头挥散不去。

他走过深山老林，回忆中的阿灼在溪水中踏来踏去地嬉笑着；他独卧郊外野庙，听着庙外"沙沙"落雪的声音，回忆中的阿灼便坐在火堆的另一边给他细数今日碰见的有趣的事，寒气氤氲漫入心底，湿透了过往回忆；他路过花街柳巷，听闻红楼上的飘零歌女凄声低吟，回忆中阿灼便在他耳边有模有样地学唱"透骨相思间"。

当时的阿灼一定不知，有朝一日，木讷迟钝的上官其华竟会日日皆活在透骨相思间……

每日皆是期待又是失望。

元武八年腊月，上官其华来到少林寺。他拜见了少林寺住持，住持一如当初一样神色平和淡然。他询问住持可曾见过当初与他一起来参加除魔会的粉衣少女。

住持淡淡地摇头。

上官其华垂了眼眸："我能否去看看当初除魔会的那方武台？"

"上官施主请便。"

两年前，上官其华与阿灼出了百里坡，上官其华一心投入了报仇的谋划中，他有了钱，有了武功，但是却没有跟随的人——除了阿灼。上官其华想为自己造一个威风的名声，以便之后招兵买马，但是他曾经的背景完全不足以为人道。正在一筹莫展之时，恰巧看见了少林寺将集各路武林豪侠于除魔会，共商驱逐巫教的大事。

上官其华还没有生出其他的想法，阿灼便拽了他的胳膊道："走，咱们也去。"

上官其华微惊："我，并非豪侠……"

"相信我，你现在可以横扫当今武林。"阿灼拍着他的肩膀道，"咱们先去买身骚包的衣裳。"

然后，他按着阿灼的安排穿了一身飘飘白衣，在除魔会开到一半之时，蓦然出现在中央的武台之上。摆着他往常木讷的脸，环视四周，看见的全是鼎鼎有名、威震一方的大侠，想到即将要在这些人面前显摆，他有点想默默退场。

适时，阿灼提着一个巫教教徒，将他狠狠地扔在武台之下，扬声道："此乃巫教御风堂堂主，是我家公子送给诸位的见面礼。"

这个堂主确实是上官其华抓的，他只是依着阿灼说的，上前，拍他脑袋一下，然后这个堂主就晕倒了。上官其华从来不知道巫教的人竟是如此不堪一击，又或者是他身体里莫名多出来的那股力量……

阿灼的话音一落，全场一片哗然。

最先反应过来的还是台上的少林寺住持："敢问少侠大名？"

他慢慢地答道："上官其华。"

这里没人认识小门派的少门主，自然都开始困惑地交头接耳起来。见无人识得他，住持又问："敢问少侠师承何门何派？"

身边的阿灼摸了摸嘴角，上官其华运了内力，发出一声冷笑："哼。"

淡淡的一个音节，便让在场之人感到一阵胸闷，阿灼补充道："我家公子向来不喜欢别人问他的家世。"

高手，总要有点怪癖。阿灼如是说。

住持又道："敢问少侠今日到此，所谓何事？"

上官其华沉默了一下："招兵马，屠巫教。"他说"屠"，不是"退"也并非"驱逐"。阿灼淡淡地看了他一眼，没有说话。

"小子狂妄。"一名四十来岁的男子手握大刀，站了起来，"今日在场之人为何要屈为你的兵马？"

阿灼在一旁揉了揉眉角。上官其华挑眉道："嗯？"语调上扬，十足的轻蔑、十足的挑衅。

阿灼凉凉地道："是不是委屈了你，何不上来与我公子较量较量？"上官其华看了看对方那把刻着青龙的大刀，有点心虚。

那男子闻言，提身一跃便上了武台。上官其华下意识地想往后退，阿灼在身后轻轻顶了他一下，把他往前推。

上官其华硬着头皮，运足内力，又是一声冷笑："哼！"

对方却浑身一震，默默地打量了上官其华半晌，忽然笑道："果然是英雄出少年！我大刀王甘为你的兵！"

上官其华愣愣地看了看那人，又回头看看阿灼，阿灼只是得意地望着天，俏皮地吐了一下舌头。

神秘少年上官其华，在除魔会上一举成名。

自此，他的名号便成了巫教众人最害怕的四个字。

只是世人皆不知，在除魔会后，他被他的"侍女"狠狠地骂了一顿："瞅瞅你这出息！什么大侠！有下了场抖成这样的大侠吗？你怕什么啊？"

"阿灼。"那时上官其华只是望着她，不知该做什么表情，"我很高兴。"他伸手抱住她，将头埋在她的颈边，"阿灼、阿灼"唤个不停。

阿灼一声叹息："你现在真像一条求抚摸的大狗。"说着便也抱住了他。

上官其华现在也记得，那天，拍着他背的双手轻柔得让人沉醉。

两年后的今日，他又再次立于这方武台之上，没了报仇心切的恨意，没了被众人瞩目的惶然，只剩冬日的阳光与有些刺骨的寒风。

"阿灼。"他在空无一人的武台上轻声呢喃，第一次不再将思念缄默于心，"我很想你。"

离开少林寺，上官其华一时竟不知自己该去哪里。记忆中，仿佛在他成名之后便少有与阿灼独处的时候了。他忙着报仇，忙着剿灭巫教,每当回头必定有个粉色的身影立于身后,安静地看着他,笑得阳光灿烂。

渐渐地,他似乎就把这些当作了理所当然。

不管如何,阿灼始终都在。

现在恍然记起,上官其华才惊觉,那时的自己给阿灼的是那么少。

这个念头一起,便如荒草一般疯长,再无法收拾。

他不曾送过阿灼什么东西,连一支发簪也不曾送过,他没有在阿灼身边留下什么专属他的印记。若是离去,阿灼应当很快便会将他忘了吧!

上官其华紧握凌霄剑,紧蹙的眉头间半是疼痛,半是悔恨。

他这么笨,木讷又迟钝,自是活该被忘了的。哪像阿灼那么聪明,早在他身边画了一个圈,把他的生命禁锢住,处处留下自己的痕迹,小至这把凌霄剑,大至助他报了灭门之仇,甚至连每个呼吸间想到的都全是她的笑语。

透骨相思,相思透骨。

上官其华一日复一日地寻找阿灼,然而天下之大又岂是他能寻遍的,他开始害怕,怕自己终老那天也无法再见阿灼一面,也怕寻到阿灼那天他已垂垂老矣。他开始变得焦急,期望慢慢变成了绝望。

元武九年,上官其华又一次落脚在陌生的小镇。一日的寻找无果,他疲惫地回到客栈,推开门却见屋里坐着一名白衣女子,衣着素雅,正在静静地喝茶。

上官其华一怔。

"抱歉。"他退出房间。

"你没走错。"白衣女子放下茶杯,轻声道,"我知道你找的人在哪儿。"

上官其华愣住,并未接她的话。女子一边往门口走一边道:"她现今在洛阳城中,自会有人助你寻到。"她脚步未停,竟是打算就这样走了。

上官其华这才回过神来,探手便去拽她,却被她轻而易举地躲过。

一个动作已让上官其华知道这女子并非常人,他严肃地看着她:

"你是谁？为何知晓这些？"

白衣女子回头看了他一眼："我名唤百界，帮你是因为你乃故人后裔，而我又正巧知道这事罢了。"

上官其华皱眉："你认识我的父辈？"

"不，是先祖。"话音一落，她的身影便如一股白烟一般飘散不见了。

先祖？

上官其华只知道自己的先祖是从西边一座名唤罗浮山的山下迁至骆驼峰上的，但闻当年罗浮山一场诡异的大火连绵不断地烧了三天三夜，从此之后山上再不生草木，更不适合居住，先祖无奈方举家迁离，但为纪念故乡，遂将门派名字起为罗浮门。

这个鬼魅一般的女子……也是那里的人？

上官其华只从这只言片语中想不出别的信息，不过那些过去的事情都不重要了，现在对他来说，重要的只有阿灼。

【五】

新年伊始，洛阳城中刚下过一场雪，长街宛如一段白色绸缎。戴着斗笠的男子握着一把寒剑走在清晨寂静的街头。在这样团圆的节日孤身上路，让看见的人不由得开始猜想他的遭遇和故事。

"糟了糟了！"一个蓝衣男子迎面跑来，慌慌张张地撞上了上官其华的肩，手里抱的东西"哗啦啦"落了一地，"哎呀呀，哎呀呀，这可如何是好！如何是好！"男子慌忙弯腰下去捡东西。

上官其华也弯腰下去帮忙，他方才也在走神，否则不会这么容易让人撞上。弯腰的瞬间，上官其华猛地一怔，眸光突然犀利地落在那个正在拾东西的男子身上。

桃花香，这个时节的洛阳城里，怎么会有桃花香……

蓝袍男子捡好了东西往怀里一揣，看也没看上官其华一眼，又急急忙忙地往一个巷陌中跑去。

上官其华丝毫没有耽误，跟着便追了过去。

那个男子全然没有察觉到后面有人跟踪，转过几个小巷，进了一户普通人家的院子里。

上官其华犹豫了一番，终于悄无声息地潜进屋去。戳破了纸糊的窗户，上官其华往里一探，屋子里的摆设一览无余，却没有看见人影。他心中惊疑，犹豫了几番还是推门进去。

如在窗户外所见的一样，屋里没有人。他穿过厅堂，进了里屋看见这些摆设，突然一怔——床榻上一块木板被打开，里面是一个向下的阶梯，不知通向何处。

上官其华心里蓦地生出一股期待，带着些许小心，一步一步顺着阶梯走了下去。

下面是一条密道，长得让上官其华有些吃惊，幽深的甬道仿佛那座陈国地宫。

上官其华每向前走一步，心中的期待便更深一分，走到密道尽头，眼前忽然开阔的景象让他听见自己的心跳响如鼓擂，他看见那张寒玉床静静地摆在房间中央，上面铺了一层薄土，一株脆弱的桃花树枝便插在土中。

"阿……阿灼。"即便他无比清楚此时应该保持沉默，但这声唤是无论如何也忍不住的。

"哎呀。"正在寒玉床一头忙活的男子忽然抬起头来，看见上官其华他似乎也吃了一惊，"你怎么跟进来了？"

上官其华的目光在密室里逡巡了一圈，没有看见他要找的那个身影，这才将目光落到那个男子身上。那个男子笑了笑："幸会啊幸会，阿灼应与你提过我，我是陈国太子。"

上官其华沉默了一下："口吃的土豪儿子？"

陈国太子脸上的笑容一僵，低低地嘟囔了两句，抬头保持着笑容道："重新活过来后，我的口吃就好了。不过是习惯把话说两遍而已。"

"阿灼呢？"上官其华并不在意他是个怎样的人。

陈国太子摊手道："刚才揍了我一顿，说是要去找你，就跑了。"

上官其华怔住，有些不明白他这句话背后的意思。

陈国太子挠了挠头："说来也是我的失误啊，当初听说巫教教主被斩首，我便好奇地跑去看热闹，结果正巧看见了千年前种出来的桃树妖。我还以为她已经死了呢，没想到她那时只是快死了。千年前好歹朋友一场，我见她没了内丹，便自作主张地将她收了回来养着。虽然是好心，但当时却忘了问问她的意思，我哪知道她心里还惦念着你这么个情郎啊！"

陈国太子委屈地嘟囔道："我将她放在家中养着。养了这么久，好不容易将她的身子将养好了，她却大骂了我一通，我这才知道你和她的关系。这不，这些日子她刚能下床走路，便嚷嚷着要去找你，说是你会担心啊担心，我不准……方才她揍了我一顿便跑了。"

上官其华听明白了一些，但却多了更多的困惑："什么内丹？什么快要死了？"

"你竟还不知道吗？"陈国太子挑眉道，"照理说你应当是死过一次的人了。"他走过来指了指上官其华的心口，"你的心脏被乌鸦妖啄了一个大洞，是阿灼用她的千年内丹帮你补了心，才救了你一命的。"

上官其华只觉耳边"嗡"的一声，霎时有些失神。

"但是妖怪没了内丹自然活不了多久，她能陪你一起东奔西走地跑上两年已经是大大的本事了啊本事。若不是遇见了我……"陈国太子开始美美地夸起自己来。

但是他的话哪里还入得了上官其华的耳朵。

内丹……所以他才会一夜暴涨了那么强的力量，所以阿灼才突发奇想地想去帮他报仇，因为知道自己活不了多久，所以想在生前看着他实现愿望吗？

真是个傻姑娘。

酸涩涌入心底，上官其华一手摁住胸口，一时竟恨透了自己。

"阿灼在哪儿？"

"谁知道，不过今晚是元宵节啊元宵节，城里有灯会，那个丫头爱凑热闹……"

不等陈国太子说完，上官其华转身便走了。

"哼，都是一群忘恩负义的家伙！"陈国太子气得跳脚。

元宵灯会沿着长街摆开，几乎照亮了半边天。身边每个人的脸上都洋溢着喜气的欢笑。

他摘了斗笠，换了一身骚包的白衣，只因阿灼说过，这样的衣裳最能引人注目。他走在人头攒动的街头，目光却在人群中焦急地寻找。

忽然，他的身形一顿，在街边的灯铺上，一抹粉色的身影吸引了他全部的注意。这一刻他紧张得像一个要出嫁的姑娘。

"阿灼！"他大步迈上前去，一把拉住那女子的手，待看见那人的脸，狂喜骤然变成了失落，"对……"

"上官其华！"

一声大喝蓦地响起。听到这个声音，他浑身一僵，一时竟不敢转头。

"你，是想自己剁了手还是我帮你？"语气冷冷的，却有藏不住的恼怒和嫉妒。上官其华抿了抿唇，终于放开了那个一脸茫然的女子的手。

他清了清嗓子，像个有些惊慌失措的小孩，怯怯地转过了头。在看见来人的那一瞬，周围的灯光似乎成了无数的流光，在他身边飞逝而过，只有这个女子映在他眼眸深处。

"阿灼……"

"别叫我！"阿灼气恼地扭身便走，上官其华一下慌了，忙追上去，有些野蛮地拽过她的手，轻而易举地把她抱住了。

急促的呼吸声停不下来，上官其华嘴笨得不知道该说些什么，无数情绪涌上来，最后只冲出一句有些委屈的："我找了你很久。"

从去年四月一直到今年元月，九个月的时间，于上官其华而言却恍若隔世。

阿灼不解："我不就睡了一觉吗，你都跑到哪里去找我了？"

"我找了你很久……"

久到几乎忘了自己。

阿灼虽然不大了解情况，不过也表示安慰地拍了拍上官其华的背道："放松点放松点，我在呢。这次都怪那个土豪儿子，他救人和绑人一样，话都没与我说一句，打晕了我便将我扛走，看在你担惊受怕了这么久的份上，以后不让你找不到就是了。"

其实，也该多谢陈国太子让阿灼离开了那么久。上官其华沉默着想，如果他能一直在转头的时候看见阿灼，那么他或许永远也不知道自己到底有多么亏欠她。

当众抱了这么久，围观的人围了一大圈，即便脸皮厚如阿灼也不得不红了脸,她琢磨了一下道:"上官其华,你这么舍不得放开我的话,就把我娶了吧!"

上官其华一呆,愣住了。

这样的感觉,一如他们初见之时,阿灼低头的那一吻,让他有种心花怒放的感觉。

阿灼见上官其华没有反应,不由得恼道:"咱们抱也抱过了,亲也亲过了,你想赖账吗?"

"不赖……"他红着脸,轻轻道。

或说,求之不得。

他欠阿灼的,能用一生来慢慢还清。

第八章・忍冬

【一】

月夜,洛阳城郊的树林。

黑色劲装的女子快速跃过枝头,风一般的身法恍如鬼魅,她身后的敌人渐渐被甩远。突然之间,重重树枝外的前方蓦地又蹿出几道人影,直直地向她扑来。

忍冬眉头紧蹙,掉头便往东方跑去。不料她刚一转身,一记暗器便追上来,她偏头一躲,仍被划伤了脸颊,蒙面的黑巾滑落,在月光下露出一张极为清秀的脸。

她摸了摸自己瞬间麻木的脸颊,多年来在刀口舔血的经验告诉她,暗器有毒,此时唯有拼上一拼,将追来的敌人都杀了,撑过毒发,兴许还能捡回一条命。

身后的敌人紧逼而至,忍冬眸光一凝,拔剑出鞘。她下手快而狠,寒剑映着月光,舞出嗜血剑花,眨眼间便取了两条性命。可围追上来的有十来个人,他们将她围作一圈,有人道:"她中了毒,且等她毒发,我们便可轻易取她性命!"

忍冬冷嘲道:"鼠辈。"

在场的皆是血气方刚的男儿,哪经得起一个女人如此讥讽,一人大怒道:"尔等才是罪大恶极之人!人人喊打的鼠辈!"

忍冬不屑地道:"昔日数万中原武林废物敌不过我教百人攻打,今日你们数百人亦挡不住我去洛阳寻人。中原人大多病弱,你们便是人人喊打,也不过就是喊喊。"

此言一出,众人皆被气得失了理智,哇哇大叫着一拥而上,发誓要将这巫教女子碎尸万段。

忍冬暗笑,她要速战速决的目的已经达到,尽管这一战是忍冬多年来最狼狈的一战,比幼时与恶狼关在同一个笼中厮杀时更加狼狈,毒药因她内力的运转在体内扩散得更快。

最终,她咬断了最后一名对手的脖子,咽了一肚子的血,满嘴的腥味也让她的神志稍微清醒了一些。她推开对方已经不会再动的身体,吃力地捡起自己的剑，一步一跟跄地走出厮杀了一夜的树林。

朝阳快要破开雾霭，天边的晨光晃得她头晕眼花。

她觉得自己这次是真的活不成了，重伤失血，身中剧毒，身后有大批追杀者，任何一个危险都足以要她的命。忍冬用力支撑着自己的身体，脚步虚浮地往前走，尽管她也不知道这样的自己还能去哪里。

突然，她脚下一软，世界无声地旋转，视线中的蓝天白云渐渐模糊。阖上双眼之前，她恍惚看见一个书生模样的男子摸着下巴在好奇地打量着她。

许久之前，一个又老又丑的酸秀才在她耳边愁苦地念叨过："书生都是穷的，都是讨不到老婆的。"

不知哪儿来的力气，她一把抓住书生的衣襟，杀气十足地道："救我，我嫁你，嫁妆十两。"

书生一怔，睐着眼琢磨了一会儿："我只收黄金哦黄金。"

【二】

江湖传言，洛阳城中有神医，可治百病，可肉白骨，可救死人。

忍冬再次醒来的时候，是在一处干净的民居。陌生的环境让她立刻警惕地坐起身来，身上伤口被拉扯出的疼痛让她想起了自己为什么会在这里——

她向一个书生……求婚了。

看这样子，一定是那个书生把她救了回来。

忍冬摸了摸身上包扎得极好的绷带，心道，等见了那书生对他道声谢便杀了吧。现在多一个人知道她的行踪便多一分危险，而她最不喜欢拿自己的生命冒险。

院子外传来"噔噔噔噔"的脚步声，像是在院子里走来走去地忙活着，忍冬听了一会儿，听出外面那人脚步声沉重拖沓，绝不是习武之人，她放了心，推门出去。

日光倾泻而入，刺得她眉头微皱，过了一会儿才把外面的情景看清楚了。

这一处普通的居民院子，院子的角落种了许多药草，一个青衣男子正蹲在那个地方,一边哼着歌一边扭着屁股拨弄着地里的药草:"桃啊桃,桃啊桃,桃啊桃之夭啊夭……"

听到这样的歌,即便冷漠如忍冬也抽了抽嘴角,她轻轻咳嗽一声,引起男子的注意。

"嘀!"男子被吓得倒抽了一口冷气。

他回头看了看忍冬,皱着眉抱怨道:"我说姑娘啊姑娘,走路要出声才算是个活人哪,等以后死了,你可是想出声也出不了了。"

忍冬面无表情地看着他:"你救了我?"

男子拍拍屁股站起身来,有些傲气地仰头:"除了本公子,还有谁救得了你?"

忍冬点了点头:"谢谢。"她凝气于指尖,打算等男子一走近便直接折断他的脖子。

然而就在她快要出手的那一刻,男子又道:"只要再吃几服本公子开的药,你身体里什么乱七八糟的毒保准给你解得干干净净。"

凝于指尖的内力顿时消散无踪,向来冷淡的声音中不免带了点急迫:"你能解我身体里的毒?"

男子笑得很得意:"这世间没什么毒是我解不了的。"

忍冬眼眸一亮,嘴唇难掩激动地动了动,男子接着道:"不过嘛,我解得了毒却解不了蛊。你身中的噬心蛊,除非是下蛊之人亲自解除蛊术,否则就是有通天的本事也救不了。"

忍冬怔了一下,自嘲地冷笑:"哪还敢奢望自由……"一旦入了南疆十陵教,除了死人,从没有谁得到过自由。她……不过是想苟延残喘地活下去罢了。

男子侧着脸打量她,那样有人情味的表情只在忍冬的脸上停留了极短的时间,她重新冷下脸道:"你可能解往生鸠的毒?"

"那个毒啊……以前会,但不知道现在会不会了,可以试试啊试试。"

忍冬打量了他许久:"你便是那个传说中的神医?"

"约莫是吧。"男子摸着自己的额头颇为伤神地道,"人怕出名猪怕壮,我分明已经如此注意掩饰自己的惊世才华了,但还是不慎被发现了,我该如何是好啊如何是好。"

忍冬摁下袖中的机关，贴袖而藏的袖箭倏地抽出，她目光阴冷地将箭头直指男子的咽喉："南疆十陵教使者忍冬，奉教主之命，特请神医南下。"

男子像没有看见自己脖子上泛着幽蓝毒光的箭头一般，自言自语地道："忍冬？金银花？"他的眼神在忍冬身上转了两转，笑道，"古谚道，涝死庄稼旱死草，冻死石榴晒伤瓜，不会影响金银花。我瞅着你这模样倒有点怎么都死不了的意味啊意味。"

忍冬冷着脸色道："请神医南下。"

"下吧下吧，我没说不下啊。"男子好脾气地道，"如果我是你，我就不会这样对待一个大夫。"

他书生气十足地对忍冬鞠了个躬，忍冬赶紧将袖箭收了回去，就怕不小心真戳到了他。

"小生名唤归言。"他弯腰的那一瞬，安神的药香飘过鼻尖，忍冬失神了一刹那，再抬眼看见男子阳光般和煦的笑靥，她被二月的日光晃晕了眼。

【三】

回去的路上，忍冬真的有找个地方做掉归言的冲动。她不理解上天到底是怎么让这一副公子哥德行的男人独自活到现在的。走上半个时辰便要歇一歇，河里的水一定要煮沸了冷下来再喝，最爱钻进偏僻的地方去找草药，然后不慎滚落山坡或是被猎人留下的夹子夹伤了脚，再可怜兮兮地向她呼救。

因为他，忍冬走了不少冤枉路，不过也正因为如此，在回十陵教的路上遇上的追杀者比来时少了许多。

是夜，又一次因为归言的耽搁，两人没有赶到临近的村子，只能露宿郊外。

忍冬十分生气，烧好柴火之后便一言不发地打猎去了。归言搓着手坐在火堆旁边，一边搓一边抖，还叽叽歪歪地念叨着："又冷又饿，小花花，你要快些回来，不然你家神医就要死掉了啊死掉了。"

死了算了。忍冬如此想着。

当她拎着两只野兔回来时,归言盘腿坐在火堆边,拿着他的蓝色小荷包在数着银子,数得一脸愁苦。他抬头看见缓步归来的忍冬,脸上立即笑开了:"小花花快过来暖和暖和,夜里好冷啊。"

忍冬一怔,脸色也跟着缓了一缓。这么一个人……应当是一直都活得开心的。

她坐下了便开始一言不发地将兔子剥皮,归言便在旁边一直念叨着小兔子好可怜,没心没肺下地狱之类的话,但等忍冬将兔子烤好了,他却吃得比谁都开心。

"小花花,给你们教主看病算钱吗?"喂饱了肚子,归言瘫坐在树旁,捂着蓝色小荷包问道。

"你要多少?"

"十两黄金。"

忍冬点了点头,提到这个,她忽然想起之前让他救自己的时候提到的条件。她斜眼,瞟向归言,却见他也紧紧地盯着自己,目光灼灼。忍冬扭头往火堆里添着柴火:"看什么?"

"小花花,等我给你们教主看好了病咱们就成亲吗?"

火星炸开,宛如此刻忍冬的心跳,她嘴角一抽,望着归言:"你说什么?"

归言急切地奔了过来,可怜兮兮地望着她。"你想赖皮吗?那天你自己说的啊,我救你,你嫁我,嫁妆十两。"他道,"我是个大度的人,媳妇的钱是不会要的,但是……但是不要钱还是要媳妇的。"

忍冬冷漠地转过头去,拨弄着火堆:"我给你钱,二十两黄金,买你的媳妇。"

归言含了一泡眼泪:"小花花媳妇……"

忍冬额角的青筋跳了跳,忍住揍人的冲动。归言在她旁边蹭来蹭去地想观察她的表情,惹得她忍无可忍地抬手要推他。哪想忍冬刚一抬起手,便立即被归言抱住了:"小花花,你的手指上被割了好多小口。"

被路上的荆棘割出的口子对于忍冬来说根本就已经感觉不到疼痛了,她要抽回手,归言却早她一步把她的手指放进了嘴里。

软软的舌头温热地舔过忍冬食指上的伤口,暧昧得让她喉头一哽,烧红了脸。

"受伤的手指吸一吸就不痛了,伤口好得快。"

忍冬"噌"的一声站起来,急忙往后退了两步,活像他是什么洪水猛兽:"你、你……"

归言笑嘻嘻地说:"小花花媳妇害羞啦。"话音未落,他眸中忽地闪过一丝精光,表情微微沉了下来,他抬头望了望漫天繁星道,"据说漫天繁星的夜晚,在有水的地方会长出一种神奇的药草,我们去摘几棵吧。"

话题转得太快,忍冬一时没反应过来,她沉默了一会儿才道:"离此处最近的河流约莫有十里路,太远。"

"啊,我想起来了,解往生鸠的毒貌似就要用到那种药草呢!"

忍冬抿紧了唇,恨道:"若有朝一日我知道你这一路上都是在玩我……我一定卸了你的胳膊和腿。"

归言笑得无害,转身便把火灭了:"我们快些走吧,那花开的时间极短,错过了该如何是好。"

【四】

二月的夜,寒冷依旧,四周一片寂静。

忍冬捂住归言的嘴,躲在一处芦苇丛中。

在他们刚灭掉火准备走的时候,忍冬便听到了树林间窸窸窣窣的脚步声。她当即便道糟糕,拽了归言就往河边跑。然而,她不曾想这次派来追杀他们的人竟有上百号,没一会儿对方也追着到了河边,忍冬只好寻了个隐蔽的芦苇地躲起来。

忍冬斜了归言一眼,心中暗道,她伤势未痊愈,又带着一个只会添乱的累赘,若想拼杀出一条血路,一定是不可能的。唯今之计只有先藏起来,等对方离开后再作打算。

她目光犀利地盯着不远处举着火把四处巡视的一群黑衣人,最近的一个离他们仅仅有半丈来远的距离,此刻若不是借着夜幕遮掩,只怕他们早就被发现了。

寻到芦苇地的追杀者舞着大刀,砍倒了一大片芦苇,忍冬藏身越来越困难,她捏紧袖中的细箭,仔细地寻找着一个能悄无声息地将这人杀死的机会。

忽然之间,那黑衣人浑身一抖,然后颓然无力地倒了下去。忍冬惊诧地看着四周,却见归言对她笑着晃了晃手中的小荷包,轻声道:"我怕人家偷我的银子,所以荷包里全是药粉,寻常人一沾即倒。"

忍冬嘴角抽了抽……哪个小偷会倒霉地偷上他。

"谁在那边?"一个黑衣人蓦地大吼。紧接着几个火把径直扔了过来,点着一地芦苇。

火围着烧了过来,再无法藏身。

"把你的荷包给我!"忍冬一手抢了归言的荷包,一把拽了他的衣领,提气纵身,急急忙忙地跃出芦苇地。她在空中将荷包一抖,银子伴着药粉撒了一地,在下方的众多黑衣人吭也没吭一声,径直腿软倒地。

刚一落地,忍冬酷酷地拍了拍手,把荷包扔还给归言,归言则含了一泡泪,急急忙忙地跑过去拾银子,口中还哀号着:"我的银子啊银子!老婆本啊老婆本!"他扭过头,沉声控诉,"媳妇!你怎么能如此败家啊败家!"

"嫌弃便别娶了。"

归言便沉默地咬着唇,委屈极了地望着忍冬,直看得忍冬也生出了点心虚的情绪,他才转头去将散落一地的银子捡了回来:"小花花媳妇,下次不可以……"

话音未落,他脚下被一块石子绊住,一个踉跄,身子猛地往前扑去,忍冬对归言全然没有防备,一下便被他抱住了腰,扑倒在地。这时两支箭擦过忍冬的耳畔,还有一声箭头撕裂血肉的声音。

忍冬呆了一下,没觉得自己身上传来熟悉的疼痛,她低头一看,只见归言背后插着一支白翎长箭,而他动静全无地趴在她的怀里。

是他……救了她?

忍冬惊骇地瞪大了眼睛,不敢置信地望着已经昏迷的归言。不过几日交情,他便已经救了她两次,而这次还是舍命相救!

"为何……"为何为了她这样的人能做到如此地步?

其实若是现在归言还醒着,他一定会老实交代,他只是被石头绊了一下,又恰好在那时扑倒了忍冬。他真心没有伟大到想要舍己救人。

没给忍冬太多思考的时间，树林中又射出两支箭，忍冬拔剑出鞘，"叮叮"两声拨开射来的利箭。她头脑迅速冷静下来，心道，树林中一定是还有黑衣人，若是让他们寻来……

她望了望身下湍急的河流，而后紧紧抱住了归言——

赌一把吧！

【五】

归言醒来的时候，发现到了一个自己十分熟悉的地方——百里坡。

只是这里的场景与他以前所熟悉的差了许多，四周荒草遍布，几乎可以将人淹没在里面。

他揉了揉肩膀，坐起身来，转头一看，发现自己身边还睡着一个人。他将那人打量了一会儿，兴奋地将她摇醒了："小花花媳妇！好巧啊好巧，你也在这儿啊！"

忍冬被归言一碰就立即睁开了双眼，下意识地扭住归言的胳膊，翻身坐到他身上，一手锁住了他的咽喉，制服了他。

归言一个劲儿地哀号："是我啊！媳妇，是你相公啊相公！"

听到这个声音，忍冬手一松放开了他，只淡淡地道了一声："抱歉。"而若是往常，她却是连一声抱歉也不会说的。

归言还揉着手腕在嘀咕。忍冬看了他一眼问道："你到底是什么人？"

"是你相公。"他气鼓鼓地回答。

忍冬看了他一会儿："你可知道自己之前被箭射中了？"

归言手一顿："不知道啊。"他的声音是一如既往的轻快，"因为我根本就感觉不到疼痛。"

忍冬不再说话，仔细地打量着归言。她抱着他跳下湍急的河流之后一路被河水冲到此地，她本以为归言的伤口会发炎溃烂，甚至夺走他的性命，没想到爬上岸之后，拔掉箭的那一瞬间，半点血也没有流出来，她亲眼看着他的皮肤以常人根本不可能有的速度愈合了。

"你到底是谁？"她再问。

归言笑了起来，他折下旁边几根长草，在手中把玩起来："这个

第八章·忍冬

131

地方曾是我的家,在千年之前叫作陈国皇宫。"

古……陈国。

忍冬心里一惊。

"我是皇帝的儿子,死了之后被放在了一个寒玉棺里,没人想到那副棺材有起死回生的本事,让我又活了过来。"手中的芒草割破了他的手指,没流一滴血,伤口也立即愈合了。

他笑道:"从那以后,我再不会流血,受伤之后也能极快愈合,我活不成,死不了。很恶心的体质吧。"

他抬头望向忍冬,本以为她会大惊失色抑或惊慌着逃走,不料她仍旧冷冷地望着他,理智地问:"你如今看起来不过二十来岁,想来死的时候也是二十来岁,一国太子为何如此早死?"

"我被人下了毒。"他折着草,若无其事地说,"我生前口吃,有人觉得我做不了皇帝,便给我下了往生鸠。"

忍冬一怔。

"嗯,就是你们教主中的那种毒,不过我运气没他那么好,撑不了那么久,很快就死掉了,快到我根本就没有机会来医治自己。随你走一次,算是了了自己的心愿。"

忍冬的嘴角动了动,归言瞥见了,灿烂地笑起来:"不过现在嘛,我还想找你们教主讨了你回来做媳妇啊媳妇。"

"为什么……是我?"

归言渐渐把手中的长草折出了蚱蜢的模样,他递给忍冬,道:"因为我死了却还有活着的样子,而你活着却比死了还寂静。我心善,想在有生之年多救几个人。"

"如果不做点事情,千年时光多难消磨。"他站起身,行至一株枯木旁边,摸着枯木道,"这是我千年前种的桃树,后来她成了精,每天都嘲笑我是口吃的土豪儿子。没想到过去了这么久,我不再口吃,身为妖怪的她也已经不知去向。"

这一瞬间,忍冬觉得阳光照耀下的归言的身影看起来很寂寞。

一人独自走过千年,任何人都只是他生命中的过客,他也只能成为别人生命中的过客。

千年寂寞，多难消解。

鬼使神差一般，忍冬探出手去捏住了归言的两根指头。

温热的体温透过指尖传了过来，归言一怔，看向忍冬。忍冬也愣怔了一下，沉默了许久，她举起手中的蚱蜢："这个……编得不错。"

归言眯眼笑了起来："那是当然。"

【六】

归言的身份并没有影响他们的行程，只是忍冬对归言的行为更多了一种默认。

忍冬渐渐察觉了出来，在归言每次突然要求更改行程后，追杀他们的人便会出现在他们曾经要走的路上。她想，这一路若不是归言一直以这样的方式改变他们的行程，只怕走到这里，她已经力竭而亡了。

越往南走，中原跟来的杀手便越少，忍冬估摸着还有三日行程便能到十陵教大本营了。

这日清晨，归言早早地便叫醒了忍冬："我们去看桃花吧。"

忍冬已经习惯了归言这样的行为，立刻收拾了东西，以为这又是一次躲避杀手的行为。不想这次归言却是真的想让忍冬来看桃花。

他带着忍冬不徐不疾地走过栽满桃树的小道，笑容恬淡。他唤忍冬到一棵树下，轻轻一碰，树上的粉色花瓣便如雨一般落下，飘飘洒洒地落了忍冬一身。

忍冬颇为不适应地拍了拍沾了自己一身的娇嫩的花，她身上染惯了血，不习惯如此柔美的东西。

"小花花！我请你看歌舞。"归言站在三步外折了一枝桃花拿在手上，一边舞一边唱，"桃啊桃，桃啊桃，桃啊桃之夭啊夭，夭啊夭……"

不伦不类的歌配上不伦不类的舞蹈让忍冬也忍不住笑了起来。

"媳妇，你说我美不美？"归言把桃花插在发髻上，屁颠屁颠地跑过来献宝。

春日阳光灿烂了妖娆桃花，也灿烂了归言笑嘻嘻的脸。忍冬望着他，含着浅笑，帮他把额上散落的发丝弄好。

"绝美。"

这两个字一出,不仅归言呆了呆,连忍冬自己也呆了呆。

不同的是归言立即露出了一个大大的笑容:"啊哈哈哈,本公子当然天下无双,绝美非常!"

而忍冬却默默地垂下了眼睑:糟了……这么美的东西,她开始渐渐拒绝不了了。

傍晚时分,他们刚跨入十陵教掌控的地界,便立刻有人传信给忍冬说教主病危,要忍冬快马加鞭,立即往回赶。

回到十陵教是第二天的傍晚,没有休息的时间,归言便立即被教主请了过去。

忍冬在吊脚竹楼下等了许久,一直不肯离去。

直到第二日清晨,归言从里面大摇大摆地走了出来,他大笑道:"往生鸠也不过如此啊不过如此。若我当年身体再强壮一些,多扛些时日,解了它完全不在话下。"他拍了拍忍冬的肩道,"媳妇,从今天开始你就是我的人了,跟我走吧。"说完便搂着忍冬便往十陵教外面走。

忍冬傻傻地跟着他走了几步,还没反应过来,忽听身后传来左护法的声音:"神医且慢。"

归言搂着忍冬没撒手:"毒不是解了吗?照那服药吃个两三天便能痊愈的。"

"并非此事。神医也知忍冬是我十陵教之人,她自幼便在十陵教长大,教主有几句话要给她交代一下。"

归言噘了噘嘴,不乐意地放了手,他看着忍冬随着左护法进了那黑漆漆的竹楼,忽然高声说道:"小花花媳妇别怕!他们若敢对你做什么,我便有本事对整个十陵教下毒!"

刚跨进门的左护法面色一青,恨恨地瞪了忍冬一眼。忍冬低着头,目不斜视地走上了二楼,心中却在暗暗发笑。

【七】

二楼的房间十分阴暗,还未上去便能感到层层寒意渗骨的凉。

"这个大夫很喜欢你。"跨上最后一级台阶,在竹帘背后的人忽然略带戏谑地说着,"只可惜……"声音阴阳莫辩,只听得人一阵心底发寒。

窗外的阳光穿过窗口的竹帘,在地上透出明暗相间的光影。忍冬恭敬地单膝跪下,光影在她身上随着身形的起伏变得弯折:"见过教主。"

"嗯,难得,尚还记得自己是十陵教之人。"

忍冬脊背一阵发寒,低头不语。

"方才那大夫向我讨要你。我答应了。"教主说得很慢,然而却让人感觉像是在接受凌迟,"可是你也应该知道,十陵教从没有活着脱身出去的人。"

忍冬长长的睫毛遮住眼里所有情绪,像个没有生命的木偶。

"念在大夫救了我一命,我答应他放你走。不过……"

一道光影倏地穿过竹帘的缝隙,打破屋中香炉中升腾起的青烟,径直扎入忍冬眉心。

忍冬一声闷哼,四肢忽然脱力,瘫软在地,紧接着胸口处传来了阵阵紧缩的疼痛,针扎一般越发强烈。初时忍冬还能咬着牙拼命忍住,而后却是痛得她连呻吟也变作了奢求。

"噬心蛊毒我已催发,日后蛊虫夜夜噬心。最后一个任务,你完成了,我便给你解药,放你自由。"

忍冬想,若是此刻能剜了自己的心多好。不用忍受噬心之痛,不用做违背心愿之事,不用被禁锢自由,任人摆布。

"方才那大夫替我把脉时见着了我的模样,如此便不能让他活着。我知道他并非常人,外人要杀他定是不易,但既然他如此把你放在心上,对你一定不会提防。那样的人,心脏是弱点。杀了他,把他的头提回来。"

忍冬的世界除了这阴阳难辨的声音再无其他。

心头的疼痛渐渐平息,忍冬抬头望向窗外,她知道那个看起来像小孩一样的男人现在应该等得十分焦急。

窗外的阳光穿过忍冬的睫毛照入她的瞳孔,一时耀眼得刺目。

她闭上眼眸,嗓音沙哑难辨。

"忍冬领命。"

【八】

"小花花,他们有没有欺负你?"出了竹楼,归言急忙抓住忍冬的手,上上下下地打量着她。

忍冬木然地任由归言摆弄了一会儿,忽然用力握紧了归言的手。

归言一惊,却见她脸色虽有些苍白,但眼里却映着明媚的阳光,嘴角也挂着微笑:"归言,离开这儿之后你真的会娶我吧?"

这是他第一次看见忍冬像一个普通少女一样俏皮地微笑,也是他第一次发现,原来忍冬笑起来的时候是有漂亮的梨涡的,他傻傻地点了点头。

"那我便算是古陈国的太子妃了。"忍冬低头,悲喜不明地呢喃,"真霸气。"

忍冬说:"归言,言归。我嫁了你,理当随你归去。我觉得你在洛阳的院子挺不错。咱们回家吧。"

归言最爱听忍冬说"家"这个字,带着三分期待三分向往,还有一些他琢磨不出来的情绪,让他觉得自己真的像是一个丈夫,有一个妻子,有一份责任。

即便最开始,他也只是在戏弄地说"媳妇"二字。可不知从什么时候开始,他也陷入了这个游戏,脱不了身了。

他们平安地回到了洛阳,两人都没有亲朋好友,成亲那天,他们在屋里大眼瞪小眼坐了许久,终于在傍晚的时候出去买了几个小菜和两根红烛,回来在自家院子里摆了张桌子,互相拜了拜便算成完亲了。

仪式简洁,各自回房睡觉的那一刻,忍冬一咬牙倏地扑进归言怀里,将惊骇不已的他死死抱住。放开他之后,忍冬道:"我们这便算是有肌肤之亲了吧。是夫妻了。"

归言还在愣着,忍冬又踮起脚,在他唇边一啄。

"妻子都是爱自己丈夫的。"说完,她转身就跑了。独留归言一人呆呆地摸着自己的嘴角,沉了眼眸。

【九】

此后的生活一直都很平静,这让习惯了奔波逃命的两人有些不大适应。

忍冬却头一次觉得自己活得像个人,脸上的笑也渐渐多了起来。只是每晚她从不与归言睡在同一处,甚至有时她根本就不在屋子里。忍冬不说,归言便当作不知,两人相处得十分和乐,邻里皆道两人伉俪情深。只是归言的笑,不知不觉地慢慢少了。

直到那天夜里,归言听着院子里又传来呕吐声,他再也无法装睡,翻身下床,出了门便看见忍冬躲在院子的角落呕了一地的血:"回南疆吧。"

忍冬慌乱地一抹嘴,惊诧地望着归言:"你……"

"他要什么,你就给他什么。"归言道,神色是忍冬从未见过的严肃。

忍冬摸着心口摇了摇头:"我嫁了你,这里就是我家,我哪儿也不去。"

"我把你休了,自己回南疆去!"

忍冬仍是摇头。归言大怒:"我有哪里好!哪里值得你舍命陪着我!"

"你救过我。"归言或许从来不知道自己对她做的一切对于一个十陵教的死士来说是多么大的恩惠,又带给她怎样的感动。

"我没有救过你,第一次是一时兴起,第二次完全就是个意外。"

忍冬沉默不言,她知道,即便救她是假,但他却是真心护着她的,带她看桃花,娶她回家,现在又赶她走,每一件事都是为了她好。

归言见忍冬低着头,面无表情地站在院子的角落里,身影孤单得仿佛能被寂静的黑夜挤碎,她嘴角还残留着未抹干净的血迹,这一瞬间,他心软起来:"他要什么才肯给你解蛊?"

忍冬不答。

"他要什么?"

"你的头。"

归言眉头一皱,破口骂道:"他有毛病吗?"

在这样的情况下,忍冬也被归言这句喝骂逗笑了:"是啊,他有毛病。"

归言却笑不出来,他紧紧地盯着忍冬,仿佛想将她看穿。望着她平静的面容,千百年来,归言头一次觉得自己的心在一边跳动一边抽痛。

"我自小便被当作死士来培养。没有自由、没有尊严,只是个工具。我知道总有一天我会为别人而死,或许就在下一刻……可是就像每个人都知道自己会死,但也依旧想要活下去。我也是……就算只能多活一瞬,我也愿意为了这一瞬拼尽全力……至少以前,我是这样想的。"忍冬道,"可是归言,看见你,我才觉得自己从来没有好好活过。如你所说,我活着,却比死了还寂静。教主让我杀了你,我想如果我真的那么做了,以后我就算再活上千百岁,只怕也热闹不起来。但是现在,我吐着血,心口撕裂一样痛,我却觉得生命热闹得连我自己都感动了。归言啊,幸福真的不是活得更久……"

归言喉头动了动,他怎么会不知道这个道理,他早就知道忍冬的身子已经被蛊毒侵蚀得残缺不全了,即便解了蛊也无力回天。所以他才半点不作为地任由忍冬随他回来。

活了千年,他认为自己应当比谁都心狠,他以为自己能平静地看着忍冬每晚的痛苦,一如他曾经看过的无数人的痛苦,然后淡然地与她死别。

但是,他高估了自己,低估了忍冬。不知从什么时候开始,这个表面淡漠的女子在他的生命之中早已不是一个"过客"那么简单了。

"其实我的身体如何,归言你应当比谁都清楚,你不是早就替我做好决定了吗?为何现在却要赶我走……"

"你以为……"归言皱紧了眉头,艰难地开口,"我不会痛吗?"

关心则乱。他终是动了心。

忍冬傻傻地怔住,她低下头,无奈地苦笑:"那也没有办法,我还是要待在你身边的。"

归言的喉结上下动了动:"随你吧……"

"归言……对不起。"

【十】

三月末，芬芳落尽。

归言搬了把椅子，坐在院子里晒太阳。旁边还空着一个位置，没过多久，忍冬也披着披风慢慢走了出来。

两人靠着椅背，并排坐着，舒服地眯着眼享受这明媚的日光。

"真舒服啊真舒服。"

"嗯。"忍冬回答的声音极小，"就像当初我遇见的，最美的阳光和你……"

她笑着伸手到旁边抓住了归言的手，归言便也顺着她的意，将她的手紧紧握住。慢慢地，握紧的手便只剩下归言还在用力。

等握紧的手渐渐变冷，归言一手捂住自己被阳光晃晕了的眼，映射着阳光的水珠悄悄从他眼角滚落。

"小花花媳妇啊，阳光好刺眼啊好刺眼。"

只是这次，忍冬再也没有应声。

【尾声】

元武八年，为祸武林的南疆巫教教主被武林盟主上官其华斩于剑下。

欢呼的人群当中，归言静静地转身离开。却在晃眼之间看到了千年前的故人，垂死边缘的故人。他一怔："哎呀，原来你还没死啊没死。"他将阿灼收了回去，去百里坡拿自己的寒玉棺救阿灼时，却在地宫里见到了一名白衣女子。

归言笑眯眯地看她："姑娘啊姑娘，你在我的坟地里干吗呢？"

"我名唤百界，是来收走你的执念的。"

归言轻笑道："执念？那是什么？"他一边说着，一边走到了寒玉棺所在的地方，将阿灼的真身放进空空的棺材里。

他一转头，看见百界眼里闪过的困惑："寒玉棺可以救你的心爱之人，你却没用？"

归言也不追究这人是如何知道自己的事的，只道："我喜欢的人和我说,幸福不是因为能活得久。"寒玉棺的光芒在归言幽深的眼眸里流转出极美的颜色,"我愿让她停在最幸福的时候。这大概是我能为她做的最后一件事。"然后自己背负着孤独,带着回忆继续活下去。

"可这桃树妖不一样。"归言轻笑,"她还不够幸福。我心善,总想成全别人。"

百界沉默了半天,低头道:"公子豁达。"

"你方才说,要收走我的执念,它在哪儿啊?想来我要它也没什么用,你要收走便收走吧。"

百界袖中的笔悄然收了回去。"我看走眼了。"她道,"公子并无执念。告辞。"

百界的身影消失,归言摸了摸寒玉棺:"我其实有的。"

他有执念,只是他把自己的执念连同忍冬一起安然下葬了。

第九章·若水

【引】

若水跪在山寺大门之外,这已经是第三天,方丈又来劝她,若水仍旧只有一句话:"我要他亲口对我说。"对她说,他出家了,附休书一封,断了他们的婚姻,了了他们的尘缘。

方丈一声叹息,摇摇头,走回寺内。

若水放出袖中的听音蛊,让它跟着方丈的脚步爬进山寺重门,自己静静地跪在原地,聆听听音蛊传来的响动。

方丈推门走进一间精舍中,木鱼声响,檀香袅袅,灰衣和尚坐在蒲团上,轻声念经,听闻方丈到来,声音暂歇。

方丈问道:"她已经在山门前跪了三天,空念,你仍不去见见她吗?"

空念、空念……她心心念念的人,却取了这么一个法号,一时,她觉得这世界无奈得让人好笑。

木鱼声再起,若水能想象到他阖眼静坐的模样,专心沉静,一如往常他为她画眉那般。只是言语,再不复往日温柔:"方丈既然替我取法号为空念,便是知晓我的心思。红尘俗念皆已成空,我不会去,而她总会走的。"

山寺门前的风卷着桂花香,吹凉了若水心中翻涌的热血,老方丈那声苍凉的叹息在她耳中回响,空悠悠的没有着落。

"过往已成空,我的前半生杀孽太多,后半生只求能渡尽世人,以化孽障。"他忽然又开口说道,声音仿佛就在她的耳边。若水所有的蛊术他都知道,想来他已经发现了听音蛊,这句话是说给她听的,"佛门清净,不该为人所扰。"

悲凉之下,若水只觉心底怒火烧破悲凉,染红了她的眼眶。

"萧默年,你负我。"她垂下头望着自己已跪得麻木的膝盖,呢喃着,"什么白首不相离,情义缱绻……"

若水慢慢地站了起来,僵硬麻木的膝盖让她无法站得笔直,但即便是这样,她也要大声地告诉他,他娶的妻子不是一纸休书便能休离得了的，也不是一句"过往成空"便能抹灭得去的，红尘俗世，他自私地想忘个干净，她却偏要叫他至死也忘怀不了。

"萧默年。"内力夹带着喑哑的嗓音传入山寺之内，惊飞了寺中闲鸟，"你避入佛门以求清净，那我便要闹得佛门也无一日安宁。你要渡尽世人赎过往罪孽，我便要害尽苍生造人间无数业障。"若水停顿了一下，垂下了眼睑，再一次放下自尊服了软，"你知道的，我言出必行，你也知道我今日这话只是为了逼你，若你愿与我回家……"

听音蛊的气息在她耳边被掐断，她微微一怔，不一会儿便见方丈走出了山寺大门，站在高高的台阶上对她合十行礼道："施主请回吧，空念再不是尘世中人，那些事端对他而言也不重要了。"

若水冷冷地笑了："方丈，他修佛，只是因为佛让他找到了一个可以逃避的地方。他心中无佛。"

方丈只对她摇了摇头。

她笑道："他总会为今日的自私付出代价，也总会明白，这世上总有些人、有些事，是不管他修了什么法、悟了什么道，也躲不开、避不了的。"若水不再多言，转身离开，只淡淡地留下一句话，"方丈，三年之后，你一定会后悔为萧默年剃度。"

【一】

元武七年，南疆巫教攻破中原最后的防守，大举入侵中原武林，众多门派被各个击破，朝廷无力镇压，中原一时之间生灵涂炭。

南阳闹市，披着黑色大氅戴着深色垂纱斗笠的人快步走过街道，身后跟了几个同样打扮神秘的黑衣人。

"南疆巫教恶行多，杀人如麻不悔过。上天自有好生德，血债血偿逃不脱。"深巷中，小孩的歌声传来，戴斗笠的领头者透过面前的黑纱，冷眼望向巷中正在玩耍的几个小孩。

身后的死士立刻上前来询问："教主，是否要将他们的尸体挂出来游街示众？"

不问生死，只问死后如何处置，看来"杀人如麻"不只是外界人对她的看法，连巫教教内也是如此。

第九章·若水

若水摆手道:"杀几个孩子无济于事,找出编排这首儿歌的人。"她的嗓子被内力控制着,阴阳难辨,他们都听不出她的本音,甚至不知道她是男是女。对于外界,他们只知道她的名字——萧默年。

他们所憎恶的,所仇恨的也是"萧默年",是她那早入了空门的相公。

三年之期,她说到做到,闹得天下不安,造尽孽障,所有的杀伐与鲜血皆是为了今日……

今日,她的脚步容不得任何人打断。

威远镖局中数十名巫教打扮的人已等在大厅中,威远镖局的总把头站在一个巫教人身边满脸谄媚地笑。外面忽然嘈杂起来,有巫教人来报,说教主已到,厅中数十人立即站起身来,恭敬地跪了下去。等若水走进来,无人不埋头行礼:"教主。"

若水将大厅扫视了一圈,微微皱起了眉:"人呢?"

总把头立即谦恭地答道:"回教主,空念大师嫌外间纷扰,现在正在后院歇息呢。"

"这里没什么空念大师。"若水丢下这话,拂袖而去,"你们都别跟进来。"

穿过长长的走廊,尽头处有一个僻静的院子,她还没进门便能听见里面传来轻敲木鱼的声音,能闻到淡淡的檀香。下属们对他不错,若水想,可是她却不想让他过得这么舒坦。他一个人过得这么好,就好像她对于他的人生来说根本就是无关紧要的,若水十分不喜欢这种感觉。

她沉了脸色,迈步走进院子里,院里小屋的门并没有关上,若水一眼便瞅见了萧默年的背影,心潮难以自抑的一阵涌动。他跪在蒲团上一边敲木鱼、一边呢喃着经文,看起来像是一副慈悲为怀的模样。谁能想到这样的人曾经也是满手鲜血,冷血至极呢。

若水嘲讽地勾了勾唇角,三年未见,他瘦了许多,想来僧人的清修还是极苦的。

木鱼声一停,萧默年的声音传来:"来了便进来坐吧。"

若水也不客气,抬脚走了进去,大大方方地坐在了屋里的上座,正在萧默年跪拜的正前方。她取下了头上的黑纱,冷眼看着仍然跪坐

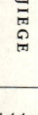

在蒲团上的萧默年，没有说话。

萧默年也不在意，只淡淡地道："若水，好久不见。"

"确实有点久，三年时间，多少血肉化白骨。久得连我的坚持都开始动摇了。"

萧默年笑了笑，一片风轻云淡："你做了这么多，终于成功地逼迫方丈将我赶出山门了。"他抬起头，眼神与若水相接，"恭喜。你又圆了一个愿，只是你欠下的债，我便是念一辈子经也不能替你还完了。"

"欠着便欠着，上天有本事来找我讨要便是。"若水敲着木椅扶手，若有所思地说，"倒是你欠我的，我现在便要向你讨回来。"

萧默年静静地望着她，无悲无喜。

"给你两条路，死或者被我折磨至死。"

"呵，你恨我至深。"萧默年笑了，"一纸休书伤了你的骄傲，你希望我如何还你？"

若水眯眼笑了，唇角却没有一丝温度："我现在比较喜欢在杀人之前先折磨他一会儿。你觉得如何？"

"随你。"

拳头不由自主地握紧，若水不放过他脸上任何一丝表情，可是她看不见萧默年的情绪，他便真如得了道的佛，不管她做什么事，他都能笑得看起来很慈悲。

"好。"若水重新戴上了黑纱，声音冷漠地道，"我定不负君意。"

【二】

中原武林的乌合之众在少林寺搞了个武林大会，选了个盟主出来，名唤上官其华，若水听得下属禀报，那个人的武功了得，在武林大会上力压群雄，还捉了一名巫教堂主。

她不甚在意地应了一声，眸光淡淡地扫过站在一旁的萧默年。她将他召来，却不给他看座，就让他站在身边，听着属下来禀报巫教在中原各地的所作所为。她是希望萧默年生气的，希望他气急败坏地失去风度，毕竟看见他自己曾经掌管的巫教混账至此，他应该感到痛心。

但萧默年只是沉默地数着佛珠，不发一言，也没有表情。

"派人去探探虚实,中原武林积弱已久,不会突然冒出这么个人物来。若有机会,将此人直接杀了。"

"是。"

事务暂时处理完,若水倚在椅子上问萧默年:"你看我如今这样打理巫教,好是不好?"

萧默年数着佛珠淡淡地答道:"巫教比以前厉害了不少。"

看见他的脸上仍旧没有表情,若水脸上的笑冷了下来:"托你的福。"若没有他这个前任教主半途出家,哪来的她稳坐巫教教主之位,横行天下。

若水的目光落在窗外,见春光明媚,脑海中恍然忆起多年前他们初遇的那一幕,梧桐树才发新芽,在树上偷懒的男子不慎摔落下来,砸到了她身上。稚气的少女气呼呼地打他:"你以为你是金凤吗,还在梧桐树上睡觉,给我道歉。"意气风发的少年也不甘示弱,哼哼道:"我本是金凤,落在你这凡鸟身上,你当偷着乐才是……不准哭!"

往事犹在,只是一眨眼过往已如过了千重山的风帆,打满补丁,斑驳难堪。可是任由岁月沧桑,想起当年的趣事,若水心思一转,心情还是好了不少,"听闻今日南阳有集市,你可想去看看?"

萧默年皱了皱眉,道:"集市拥堵……"

听他拒绝,若水又是冷冷一笑:"我偏要去瞧瞧这拥堵,看看谁敢挡我要走的路。"

萧默年静静地看了她一眼,心道,这些年的肆意妄为倒让她的脾气变得越发古怪,当下便沉默下来不再开口。

南阳城东,集市上果真热闹非凡,若水头戴黑纱,穿着一身煞气极重的黑衣,前方百姓虽不知她是什么人,但都害怕地绕道躲开。果真没人敢挡她的路,若水回头看了萧默年一眼,她倨傲地抬起下巴,仿佛在向他显摆。

萧默年垂下头发出一声低不可闻的轻叹。

两人走走停停,直到若水在一个玉石小摊前止了脚步,摊贩瑟缩在一旁不敢开口招呼,若水也不在意,径直拿起雕刻成鸡模样的玉石对萧默年晃了晃,揶揄道:"落水凤凰,本教主赐块玉给你,如何?"

这句"落水凤凰不如鸡"的讽刺勾起了萧默年的回忆,他不禁弯了弯唇角，眸色柔了下来。

见他此时的表情，若水的心头暖了起来，再多的怨怼和不满此时都抛在脑后，对她来说，最重要的一直都是萧默年。她走上前一步，摸了摸萧默年光滑的头，声音中有轻微的苦涩，更有浓浓的期待："把头发留起来吧，我们一起回南疆。"

萧默年垂着眼眸不看她，若水接着道："一步错，步步错……我不想再过这样的生活了，只要你与我回去，我……"

"魔头，拿命来！"

没等若水说完这话，摆摊的小贩突然拔出一柄大刀，翻过玉石摊位劈头便向若水砍来。经常生活在暗杀之中，若水的反应极快，她侧身欲躲，可是突然发现若是她躲开，这一刀必定会砍到萧默年身上，如果是以前的萧默年，若水根本就不用担心，他永远只有比她快的份，可如今这一副慈眉善目的萧默年……

电光石火间，若水根本没时间多想，当下猛地扑上前去紧紧抱住萧默年，大刀锋利，砍在若水的后背上，从左肩到右腰，一道长长的伤口立刻涌出温热的鲜血。

一刀砍罢，小贩并未就此住手，提刀又要砍，若水将萧默年扑倒在地，就地一滚，狼狈地躲开了这一刀。她心头一狠，掌心的蛊虫钻入地面，极快地爬向小贩脚底，只听那瘦小的男子一声惨叫，忽然捂住心口，满脸青筋暴突，倒在地上，没过一会儿便口吐白沫、浑身痉挛。但他手中仍旧紧紧握住刀，手指在地上歪歪扭扭地写着"报应"二字。

这样的暗杀不知经历了多少次，若水早就习以为常了。而这次她却着急地翻身而起，一双猩红而颤抖的手慌乱地摸过萧默年的脸："受伤了吗？"

萧默年的黑瞳中只映着她头上戴着的黑纱，即便距离这么近他也看不清她的脸，但却实实在在地感受到了这个女子的惊恐。萧默年的手抚过若水的背，染了一手湿热。

萧默年愣住，她怎么还在意他的情况……她怎么还来担心他……

没听到他的回答，若水气急败坏地吼道："回答我！"连用内力控制嗓音都忘了。

不知道过了多久，萧默年脑海中纷乱的声音才终于被按捺下去，

第九章·若水

147

他扭过头，目光落在自己同样满是鲜血的手上——是若水的血。他的声音依旧冷静，甚至还带着几分愈发疏离的冷漠："无妨。"

即便是在这样的情况下，若水也敏锐地察觉到了他情绪的转变，她没有多问，沉默地站起了身，沙哑道："回去吧，这样没法逛集市了。"

【三】

若水身上虽是皮外伤，但仍旧耽误了她回南疆的行程，这对于想要巴结巫教的人来说是个绝好的时机。可是没人知道她喜欢什么。有人见她时常将空念大师带在身边，便猜测她喜好佛法，不日便送了一箱佛经来，若水当着萧默年的面冷笑着将这箱佛经烧了个干净。

她回头看着萧默年，只见他握着手中的佛珠，垂眸念经，仿佛没有看见这熊熊的火光一样。

若水怒极，连日来萧默年对她的视而不见让她再也忍无可忍，当下一把抢下他手中的佛珠，随手掷入火光中："成天在耳边念叨得闹心，今日起，你不许再念经了。"

萧默年终于抬头看向她，神色一片淡漠："好。"

明明答应了她的要求，若水却越发感到愤怒。她一手拉住萧默年的腰带，青天白日下径直将他的腰带扯下来。萧默年眉头一皱，若水嘲讽地一笑，越发贴近他的身子，手指在他胸口轻抚而过："你终于有反应了……空念大师？"

初时的僵硬一过，萧默年又沉寂下来，眼神落在地面上，一副悉听尊便的模样。

怒与恨涌上心头却都敌不过心头的无奈，若水一咬牙，径直扒下萧默年的外衣挥手扔进火堆里。不再看萧默年一眼，她拂袖离开，只留下一句冰冷的命令："今日起，你也别再穿和尚的衣服了。"

那日之后，想要巴结巫教的人懂了，巫教教主不喜欢佛法经书，她喜欢的是男色。

没人知道巫教教主是男是女，但大家都下意识地将此人想象为一个男人，一个男人好男色本是一件惊世骇俗的事，但是放在巫教教主身上便算不得什么大事，于是，有美貌少年被送到若水面前。

若水哪会不明白这些人的心思，只是她也不说破，外人便当猜中了她的心思，越来越多的美貌男子被送来。

春日正好，若水牵着新送来的一名少年一道在院子里闲逛，萧默年沉默地跟在两人身后，仍旧不发一言。

"喂。"若水在锦簇的春花前停住脚步，她唤了身边的少年一声，少年立刻害怕地颤抖起来，僵硬地站在原地。若水仿佛毫不知道一般摸了摸他的脑袋，"你蹲下来一点。"

少年依言蹲下，若水又道："再下来一点。"

萧默年眼睑不禁一动，抬眸望向若水，却见她轻轻揽起遮面的黑纱，露出光洁的下巴，而后将唇轻轻贴在少年的额头上。

未经世事的少年又是骇然又是羞赧，一张脸涨得通红。

萧默年的眼神忘了挪开。黑纱落下前，他仿佛看见若水唇边似曾相识的温柔浅笑，他想，这一吻，是她情之所至，并不是为了气他……

手掌收紧，紧握成拳。

若水静静地看了面前的少年一会儿，觉得他的模样与记忆中的萧默年重合了一般，她忍不住又摸了摸少年的脸颊，心情难得好了一分，但当她转过头，看见那个人只是静静地望着路边的花草，神色淡漠，她又突然感到一阵空虚。

他果真已诚心向佛，万念皆空了吗？

"教主。"左护法突然闪身出现，他恭敬地跪下行礼，道，"前些日子在集市传播童谣的人捉住了，是个道士。"

若水放开了少年，淡淡地应了一声，心中却奇怪，若是往日，捉到这样的人直接砍了便是，何以要来问她。但当她拐过小道，看见被绑住的道士时，一愣之下，半是苦涩半是嘲讽地笑了出来。

而今人人皆道她喜好男色，所以连巫教中人也留了一份心吗？这个道士相貌美极，眉宇间的神色与萧默年更有几分相似，若水走上前两步，问道："你叫什么名字？"漂亮道士只淡淡地打量她，没有回话。若水不在意地道，"你可想留在我身边？"

左护法一惊，心中暗夸自己眼尖，果真找到教主喜欢的类型，萧默年的脸色慢慢沉了下来，他的目光在若水身上一转，继而沉沉地落在道士的身上，眼中的神色晦暗不明。

第九章·若水

149

道士淡淡地笑道："我要走，你便能放我走？"

若水道："不能。"她沉着地吩咐，"把他带去我房间。"等手下将道士带远，若水回头看了萧默年一眼，道，"今晚你不用到我房间里来守着了。"

萧默年静静地看了若水许久，最后只是垂眸答道："好。"

若水的眼神便在那一瞬暗淡了下去。

是夜。

若水透过黑纱静静地打量着坐在床榻上的美貌道士。她不发一言，道士也没有开口。静坐了半夜，若水问道："你叫什么名字？"

"木兆子。"

若水点了点头，便没再说话，她呆呆地望着道士，等着某个人怒极地破门而入，但是她等到的只有懒懒的朝阳刺痛眼眸。

若水揉了揉酸涩的眼睛，看见道士同样通红的眼睛，终于忍不住笑出声来，笑声越发大了，近乎尖厉，木兆子皱了眉头，却听若水的声音蓦地停了下来。她捂着脸，脱力般坐在四角凳上。

【四】

那晚之后，若水身边形影不离的人从一个和尚变成了一个道士。她好像突然对萧默年失去了兴趣，更像是已经将他忘记。

某日午后，若水在院子里的凉亭下歇息，恰好看见萧默年在池塘的小桥边喂鱼。她头一偏，懒懒地倚在木兆子的肩头，木兆子身体微微一僵，若水笑着调侃："你莫要紧张，我不会对你做什么。"

木兆子扫了萧默年一眼，叹息着道："你这又是何必。他已是万念皆空之人，你不如放自己一马。"

若水笑道："言下之意，你是让我放过他。"木兆子没有答话，若水却将他的脸硬扳了过来，正色道，"你说吧，只要你让我放过他，我立刻便让他走。"

仿佛再也忍不下去了一般，萧默年把手中的鱼食尽数抛入池塘中，他站起身来，眸光阴冷地望着若水，那样的表情与以前的萧默年总算有了几分相似。

而若水却像没看见他似的，只定定地望着木兆子，好像只待他点头，她就立刻将萧默年赶走。木兆子来回看了看两人，觉得非常尴尬，正在无奈之际，萧默年忽然迈步走了过来。

"何必这样糟践自己。"他冷冷地望着若水，道，"你到底想要什么？"

若水这才抬头看了他一眼，言语带刺地嘲讽道："我想要什么，你便能给什么吗？空念大师？"她顿了顿，又道，"可惜，我要的，你都给不起……"

话音未落，若水被萧默年狠狠地往前一拉，他一只手臂大力禁锢住若水的头，另一只手挑开她的面纱，狠狠地咬上了她的唇。

若水一惊，却没有挣扎，双手搂住萧默年的脖子，不甘示弱地回吻着他，仿佛要将这些年的痛与恨尽数发泄出来一般。

木兆子面色一僵，见两人这个模样，只能悄悄地离开了凉亭。

初时的愤怒一过，萧默年心道糟糕，想退开，却被若水紧紧拽住，血腥味在两人唇齿间流转，萧默年皱了眉头，如此近的距离，他能清晰地感觉到若水心底的绝望、挣扎和卑微的期盼，长久的离别，折磨的何止是若水……

他紧蹙着眉头，将这一吻由狂乱慢慢深入下去，心底的思念倾泻而出，冲毁了好不容易铸起来的堤坝。

不知过了多久，两人呼吸皆乱，若水才放开了萧默年，她的唇在他脸上轻轻摩擦，温热的呼吸不分彼此地交缠。若水不再用内力控制自己的声音，她在萧默年耳边低语："我想要的，只是晨起能看见你的面容，日暮能共你携手踏归途。"她蹭着萧默年的耳鬓，有温热的液体从眼眶中溢出，湿了两人的脸颊。

犹记那年红烛落泪，他挑开她的红盖头，浅笑低语："以后的每一个朝阳日暮，我都会陪你看尽。"

言犹在耳，若水埋头在他的颈边，声音沙哑："你曾给过我那样的生活，只不过，你又把它收回去了。"

萧默年垂了眼眸，心脏紧紧缩成一团。他沉默了许久，低声道："若水，别再害人了，我们回南疆吧。"

"好。"

【五】

萧默年的手筋脚筋被尽数挑断,中原人将他吊在城楼上。朦胧间,他只见若水一身黑衣浑身是血自远方而来,她手中的长剑已被鲜血浸红,看见了他,若水仿佛在笑:"萧默年,天色晚了,我们回家。"

一把大刀自若水背后砍下,她唇边的笑还没来得及消散……

"若水!"

南疆月色如水,萧默年猛地惊醒,一头冷汗。梦中的场景犹历历在目,他心口一阵撕裂般的疼痛。窗外黑影一闪而过,萧默年低喝:"谁!"

"空念大师。"一个女子的声音在黑夜中响起,"我名唤阿灼,是武林盟主上官其华的人。"萧默年静静地打量着角落的黑影,阿灼也不在意他的态度,只是笑道,"大师被那魔头禁锢于此,心中定是痛恨非常,阿灼有一个办法能帮助大师逃出此地。"

萧默年仍旧沉默着,耳尖的他听见房顶上有轻微的响动,想来,一定是若水派来监视他的人。

阿灼在地上放下一个青花小瓶,道:"往生鸩,古陈国的毒药,现今无人能解,此药定能终结那魔头的性命。"

萧默年垂下眼眸,不知在思索些什么。

"阿灼期待大师的好消息,告辞。"言罢,她的身影如来时一般,倏地消失。房顶上那人的气息跟着也消失了。独留萧默年看着那瓶往生鸩,表情沉重。

翌日,萧默年主动邀若水共进午餐,这是他与若水重逢后第一次共进午餐,若水也没推脱。进门后屏退左右,关上门,她取下黑纱,浅笑着望着萧默年:"真难得。"

萧默年也笑了笑,亲自动手给若水斟了一杯酒:"不日便回南疆了,我们却没有在一起好好吃过饭。"

若水坐下来,接过萧默年手中的酒杯,她笑着看他:"你自己不喝一点?"萧默年摇头:"不用。"若水唇色有些苍白,她将酒杯放下,脸上没了笑容。

萧默年心中苦涩,却还问道:"不想饮酒?"

"哈哈！"若水忽然大笑出声，手一抬，仰头便将杯中酒饮尽，快得连萧默年也怔住了，酒杯被若水狠狠掷在地上，碎裂的声音苍白了萧默年的脸色。

"往生鸠，往生鸠……萧默年你便如此厌恶我，恨不得亲手杀了我？"

萧默年面色惨白如纸，他颤抖着指尖想拽住若水，却被她躲开，他失神地呢喃："你知道，你知道为何还要喝下去……你分明知道……"

若水目光清冷地望着萧默年："这杯酒饮尽，祭我前生岁月，祭你我姻缘。萧默年，从今往后，你我恩断义绝，再不往来。"

这是萧默年想听到的话，但却不是以如此决绝的方式，他上前，想给若水把脉，但却被她用一股蛮横的内力推开。若水捂住心口，重新戴上黑纱，扬声道："来人，将这个和尚带出去，赶出巫教，百年之内，不准再让他踏入南疆一寸土地。"

她还是对他下不了手，但是终于能对自己狠下心肠。

【六】

元武八年二月。若水的身子自从中过往生鸠之后便弱了不少，尽管毒已经被神医解了，但却落下了病根，也是从那时开始，南疆巫教渐渐不敌中原武林，处处落了下风。若水早已看开生死，人也越发冷漠下来。

直到她听说南阳被中原武林的人夺了回去，城中的巫教教徒皆被挑断手筋脚筋，悬挂在城门上。包括……萧默年。他们已经杀红了眼，血腥地报复巫教，杀光一切曾与巫教有过关系的人，好像这样做，曾经的仇恨和屈辱便能洗刷干净一般。

听到这个消息的时候，若水倚坐在床头，咳得撕心裂肺，末了，她只淡淡地问道："去南阳的路可有被中原的人截断？"

左护法听得心惊："教主，南阳城外皆是武林人士，连那上官其华也在往那个方向赶……"

"路有没有断？"

"没有。"

若水笑了笑："我去南阳，至于巫教……便散了吧。"

一把剑，一匹马，她只身上路。

她从未在外人面前显露过身份，这一路走来，倒也安全。快马加鞭，不日便赶到了南阳城下，看见城楼上的场景，若水微微红了眼，数百名巫教教徒被吊在城楼上，有的还在呻吟，有的气息已无。

这些年来，若水从未觉得用尽一切方法达成目标有什么过错，但在此刻，她恍觉自己罪孽深重。

她眸光微转，看见了萧默年。

恩断义绝不过是怒极绝望之下的气话罢了，她从来都不能对他真正做到不闻不问。

手中长剑一紧，她正欲上前，忽然有人喝道："她是巫教教主！"这个声音让若水微感熟悉，转眼一看，却是木兆子，这些年她一直将他留在教中，原以为此人无害，没想到……

这一句大喝，立即换来周围众人的怒视，若水眉头一皱，心知不能拖延，当下提气纵身，直直地向萧默年而去。没想到刚纵身脚便被人用铁链紧紧牵住了。众人一拥而上，将若水紧紧围在其中。

长剑出鞘，一场厮杀立即染出了漫天血幕。

萧默年迷迷糊糊地睁开眼，声音在他耳边嗡鸣不断，他只见城下四处散乱地摆着中原人的尸首，一个人影浑身是血仍在拼杀。

"若水……"声音在喉头滚动，心头仿佛被碾碎一般……她还是来了。萧默年苦笑，仰望苍天，他想尽一切办法却还是斗不过天命，还是扭转不了这样的结果。

一柄长剑直直向城门这方飞来，径直砍断吊着萧默年的绳子，风在他耳边呼啸而过，一个带着血腥味的怀抱将他接住。"走！"若水一声大喝，吹口哨唤来马，带着萧默年翻身上马。

"你我……已恩断义绝。"他苦涩出声，"为何还要来？"

【七】

若水脸上的血滴滴答答地落在萧默年的脸上，此情此景，她竟然笑了出来："哪有不吵架的夫妻。"身后追兵不断，若水心知今日凶多吉少，最后的时刻，她只有一个问题问萧默年，"当初，为何要出家？"

萧默年苦笑："我能梦见未来，我早已预见过今日场景……我以为，是我害你至此。"

若水恍然大悟："原来如此，原来如此，你避世出家，痛下猛毒，皆是为了让我离开你。"她大笑起来，干涩的眼笑出了泪，"你想护我，却亲手将我们推至如此境地！萧默年，你真蠢！"

萧默年声音喑哑："你也不聪明。"

一只利箭倏地擦过若水的耳畔，她目光一凝，勒马跑进一片茂密的丛林之中。她一狠心，将手脚皆不能动的萧默年推下马，丢在了茂密的草丛中。

萧默年抬头望她，炫目的日光中只能看到若水的剪影，他甚至连她的脸都看不清楚。他听见若水温暖的浅笑："萧默年，等天色晚了，我就来接你回家。"就好像这只是一次普通的离别，她还会来寻他，还会和他手牵手一起走在斜阳西下的小道上，一步一步直到家门所在的地方。

萧默年想唤住她，但声音却哽在喉头，怎么也吐不出。

若水挥动手中马鞭，喝马而去。

两月的休养，萧默年竟然又能站起来了。

那日一别，直到现在他也没得到若水的消息。萧默年被上山打猎的猎人发现，受到猎人的照顾，养好了身子。他告别了恩人再回南阳，这才知道那日若水竟是被上官其华捉了去，他们带着她回了中原，约了个日子，邀天下人共赏除魔大会。

萧默年算了算时日，发现也就剩三天时间了。

他不顾腿脚疼痛，拼命一般赶去中原，他知道现在他是废人一个，救不回若水，阻止不了大势所趋，但是他必须去，没有原因也必须去。

芬芳散尽的四月，萧默年终于赶到了，但他还是来晚了，只来得及遥遥看了一眼高台上的武林盟主将若水的头拎起来，举到最高处，宣扬着中原武林正义的胜利。她的血应该还温热，滴滴答答地落在地上，一如她以前曾落在过他脸上的泪水，未及触碰便有令人窒息的疼痛……

身边的武林人士无人不欢呼大笑,只有他定定地望着若水,像是所有感觉都消失了一般。

红颜不复,发妻不在,他放弃一切,想尽办法要去守护的人,此时阖上了眼,只余一脸苍白的安详。萧默年觉得若水肯定是累极了,所以才会有这样的神情。

萧默年仰望苍天,眼睛被耀眼的阳光刺得胀痛,但他却一滴泪也没流,望着暮春越发灼人的太阳,他想,等夕阳西下这些人散去,他便去把若水找回来,然后背着她……

回家。

【尾声】

深山之中铺设着不规矩的青石台阶,百界一步一步往上走,每踏一步她都仿佛能看见一个男子佝偻着背匍匐在前,凿出了这千步梯。长阶尽头,一座孤寺独立,白发老僧正在打扫院中落叶,听闻到伴随着百界脚步的银铃声,老僧抬起头来,静静地望着她。

"施主,烧香?"

岁月如刀,在老僧曾经俊逸的脸上刻下了数不清的皱纹。百界不语,慢慢走进寺院中,庭院里高大的梧桐树下两座坟并排而立,一座坟前的石碑上刻了"亡妻若水"的字样,另一座坟前的石碑还没有刻字。梧桐的枯叶落在坟头上,徒添两分凄凉。

老和尚顺着百界的目光看去,扯着干涩的唇笑了笑:"一座是我妻子的坟,另一座是我自己的。"

百界转头看他,老和尚望着墓碑微微眯起了眼,仿佛想起了很美好的往事:"她想让我日日陪着她,一起看日出日落,以前没做到,还好有这几十年能慢慢补偿。"

百界轻声问道:"补偿到了?"

老和尚沉默了一会儿,苦笑起来:"逝者已逝,我做再多,不过也只为在黄泉路上能多一点求得她原谅的筹码罢了。"

百界摸了摸袖中的笔,又问道:"你后悔吗?"

山中的野雀飞上坟头,叽叽喳喳叫得吵人,老和尚听了一会儿,

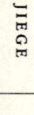

又继续扫自己的地:"小姑娘,这一辈子这么长,哪能有不后悔的事。老和尚后悔了一辈子,遗憾了一辈子,因为我只是凡人,一个凡人哪会有完美的一生。"沙沙的扫地声衬着他苍老又沙哑的声音,"如此因果皆是由自己造成的,就算痛苦,我也该受着。"

百界静静地看了和尚一会儿,终于放开了袖中的笔:"你妻子肯定还在等你。"

老和尚笑了:"姑娘,烧香吗?"

"不了,我不信佛。"

第九章·若水

第十章・阿林

【一】

高山之上风雪如沙,风声呼啸,凌厉地撕扯她的耳膜,一如阿林时常做的那个梦。

梦中她举步维艰地在雪地里跋涉,背上有难忍的疼痛,嘴里尽是浓重的血腥味。现实仿佛和旧梦重叠,她粗重的呼吸在空气中化成一团团白雾,阿林觉得有点好笑。还是有些地方不大相同的,她想,在梦里,她连心底也是极致的荒芜,而现在,至少她还带着强烈的期望——找到戮刃刀。

只有找到戮刃刀,师父才能打破华山派的阵法,将他心仪的女子带回来。

师父……想到那个人,阿林心头便微感刺痛,她十二岁的时候被师父捡了回来,两人一起走过了八年岁月,终于,她的师父不再是她一个人的师父了……心中一酸,阿林吞了口寒风,重新振作精神,继续往山上爬,把那些大逆不道的情愫尽数压抑下去。

忽然,阿林脚下一崴蓦地摔倒在雪地之中,铺天盖地的寒冷几乎要刺入她的骨髓中。

她挣扎着起身,雪地却猛地一颤。她大惊,"糟糕"二字还未出口,便听见山顶上一声轰鸣,积雪滚落,如海浪一般向她扑来,阿林双脚陷在深雪中,要跑已来不及,她只能眼睁睁地看着铺天盖地的惨白将她掩埋。

世界一片黑暗。

风雪又在耳边呼啸,"噼啪"一声刺耳的鞭响仿佛撕裂她的耳膜,随之而来的是背上彻骨的疼痛,直至麻木。

"起来!"有人在她耳边呵斥,粗鲁至极。她浑身冰冷,腿脚麻木,艰难地抬头向上看,看见一个官兵模样的人拿着鞭子在她眼前挥舞,张着嘴不知在吼些什么。

他的背后是一对中年男女,穿着囚服,正在哭着阻止,官兵的鞭子一下又一下抽在她身上,她想躲,却一动也不能动。这样的感觉……

约莫是快死了吧。

阿林心底突然翻涌出莫名的恐惧，真实得让她颤抖。

"住手。"

一道清润的声音划过，不大，却盖过了所有的嘈杂声。她战栗着转过头，在天边逆光的投射中看见了一个单薄的剪影。官兵在说些什么她不知道，只听见那个剪影张口，带着不容反驳的沉稳：

"她的命，我能救。"

阿林在这一瞬几乎要落下泪来，你是谁，为何要救我，为何声音让我如此熟悉……

"阿林，苍术山上，结香花开处能寻到戮刃刀，你能帮我找回来吗？"师父的面容蓦地蹿入脑海。阿林霎时清醒过来，那是师父……没错，能让她感到如此熟悉的只会是师父！

戮刃刀，她还没取回戮刃刀……

她猛地睁开眼，天光大亮，刺痛她的眼睛，而胸膛撕裂的疼痛提醒她，方才一切不过是她昏迷之后的一时迷梦。

"你醒了？"

没想到旁边还有人，阿林大惊，顾不上胸口的疼痛，立即坐起身来，按住剑柄，戒备地盯着坐在阴影中的男子。这里好似是个山洞，男子的声音空洞地回响了一会儿才慢慢消失。

"呵呵，别紧张。"他声音温润沉着，不徐不疾中带着几分安抚的意味。他慢慢移动着，移动到阳光能照射到的地方。

阿林眯起眼，静静地打量眼前这个身着蓝衣的男子。他的外貌英俊，一副书生模样，只是这个男子竟然坐在木制轮椅上，是个废人……多年的江湖生涯让阿林不会轻信任何一个看似无害的人，她仍旧保持着防备，声音沙哑而紧绷："你是谁？这是哪儿？"

男子笑着盯了她许久："在下容与，这是我的家。"

阿林扫了一眼四周，一亩地大，两丈高的空间，灰色的崖壁上有水珠滴滴答答地直往洞中落，头顶上只有一个三丈长的缝隙透进阳光来，正巧照着她所在的这个地方，估计过不了多久，太阳方位变动，连这个地方也照不到阳光了。一个腿部残疾的人独自生活在这种地方？阿林一声冷笑："还真是家徒四壁。"

面对如此讽刺，容与也不生气，仍旧好脾气地微笑着。

阿林皱了皱眉，莫名地觉得他的笑容有些熟悉，她挥散心头奇怪的感觉，又问道："我为何会在此处？"

容与指了指头顶上的透入阳光的缝隙："雪崩，你被雪推着滚了下来，摔晕了，睡了两天。"

阿林面色一变，两天……若再寻不到戮刃刀，师父怕是该着急了。当下她立即起身攀上了一边的岩壁，容与一怔，推着轮椅靠过来一段距离，唤道："你肺中带寒，筋骨劳损，最好歇息几日。"

阿林不理他，容与沉默了一会儿又道："你若要走，我也不阻拦，只是上面的结香花开了，普通人嗅了会头晕发热，不日便生出红疙瘩来，你注意些。"

向上攀爬的脚步一顿，阿林反身一跃，径直跳到容与面前，目光灼灼地盯住他问："你方才说结香花？"

容与点头："便在洞穴上方。"

"那你可知戮刃刀在哪儿？"

"嗯，约莫记得。"他停顿了一会儿，仿佛真的在认真思考，见阿林要把他望穿一般，容与忍住笑，为难地道，"许久之前的事了，我已记不清了……"

阿林直接拔剑出鞘，剑刃映着白光比在容与的脖子上，寒凉得吓人，她的面容却比剑刃更冷："可要让我帮你回忆回忆？"

就像没感觉到脖子上的杀意一般，容与竟然笑了出来："半点玩笑也开不了啊。戮刃刀在此，你要，便拿与戮刃刀同样重要的东西来与我换。"

阿林皱了眉，有些不敢置信地道："你是护刀人？"

"没错。"

阿林犯了难，她还记得出发之前师父再三交代过，若遇见"护刀人"，一定要听他的吩咐，若那人不愿借刀，万万不可强夺，不可有半分冒犯。她不明白，师父为何要如此敬重一个残疾人？阿林细细探查容与的气息，想摸清楚他的武功底子，却惊骇地发现她根本探不到他的气息，想来这人的功夫已臻于化境。

她立即撤回剑，被自己的举动吓出了一身冷汗，心道有如此内息的人，方才若是想要她的命，只怕她早已死了。她后退两步，抱拳道："在下冒犯，小女名唤阿林，受家师所托，来求借戮刃刀一用。还望……"她一时找不到合适的称呼，便随便在脑海里抓了一个，"还望大人成全。"

容与笑了："大人当不上，我比你大不了多少。我说了，借刀可以，用东西来换。"

"什么东西？"

"嗯，比如说……你。"

【二】

"你要我做什么？"阿林冷声问。

"你模样不错，看起来挺好玩的样子。"他笑得儒雅，就像是在说今天天很蓝一样，光从语气来看半分不让人觉得猥琐。

阿林嘴角抽了抽，随即毫不犹豫地点头道："好，我留下，不过你得给我时间让我把刀给我师父送去，之后，我一定会回来，任由你处置。"

容与却盯着她的脸，奇怪地沉默了许久："戮刃刀我帮你送去吧。"话音刚落，他吹了声口哨，哨音响亮，在洞穴中回响了许久。忽然，一声尖锐的长啸在洞外呼应，洞中莫名起了一丝凉风，风声渐大，伴随着又一声长啸，阿林看见一只大雕从洞外直直飞了进来，它落在地上竟有半人高。

容与笑道："我自小养的雕，放归野外后不知为何竟长得比同类大了些，它虽然不大聪明，但送信这活倒还不在话下。"

阿林默然。

"来，我带你去取刀。"说罢他自己驱着轮椅慢慢往洞穴的黑暗中而去。阿林犹豫了一番，终究一咬牙跟了上去。

洞穴之中离开了阳光的照射，没走多久便伸手不见五指了，黑暗并不可怕，但让阿林惊讶的是她竟没听见轮椅的声音，四周一片死寂，就像这里只有她一个人一样。

难怪师父如此叮嘱：不要与护刀人顶撞。以他的造诣，杀了她只怕是比捻死蚂蚁还简单。

阿林停住脚步,没了方向感。

"怎么了?"右前方传来容与温和的询问声。阿林没有答话,寻着声音的方向而去。"抱歉。"容与停顿了一下,无奈地笑道,"一个人生活太久,不知道怎么照顾人。你往右边来。"

容与不时说两句话让阿林找到方向,没走一会儿阿林便摸到冰凉的墙壁。容与道:"我不方便起身,你摸索一下,地上那把刀就是。"

天下至快的刀,居然被这人当废物一样扔在墙角……阿林摸到刀柄,抖了抖上面的土,感到一阵无力。

走回有阳光的地方,容与道:"将刀绑在阿雕的脚上,告诉它你师父在哪儿,它自会帮你送去。"

阿林感到不可思议:"它听得懂人话?"

大雕不满阿林的歧视,气愤地扇了扇翅膀,吹乱了阿林的一头黑发。容与笑眯了眼:"它很聪明。"

阿林仍旧握着戮刃刀不肯放手,容与也不急,好脾气地望着她。阿林紧蹙着眉头问道:"我如何能信你,若是这刀未曾送到我师父手上……"

"你师父身上可有何信物?让阿雕将你师父身上的信物带回来便可。"容与想了一会儿又道,"你将衣裳撕下来一块。"

阿林握着刀的手一紧,戒备的气息又在周身拉开。

"别紧张。"容与笑道,"不过是借你的衣物做书信一封。"阿林听罢,放下戒备,毫不犹豫地用戮刃刀割下一块裙摆来递给容与。容与摆了摆手,"你师父有何信物你自然清楚,你自己写吧,有告别的话也一并写了。"

阿林想想也是,左右看看没找见笔,索性一口咬破了手指写了"血书"一封,容与看得有些不忍,但想了想仍旧让阿林添了几个字。

"火折、蜡烛、食物和足够多的衣裳……"阿林嘴角抽了抽,"你让我师父用这些东西来交换戮刃刀?"她觉得这个男子其实脑子是不大好使的。

容与点了点头:"嗯,还有你。"

阿林沉默。

容与笑得一脸灿烂:"这些东西都是给你用的,如此,咱们就算契约成立了,你师父什么时候还回戮刃刀,我便什么时候将你还回去。"

阿林沉了眼眸,眼底的落寞被眼睫挡住。

容与笑着转开了眼,目送大雕带着刀与信飞出洞穴。此时阳光只能斜斜照射到洞内的一块石壁上了,外面只是下午时分,这里却马上要迎来黑夜。容与一声叹息:"嗯,那我们商量商量,在你师父送来火折子之前,寒冷的夜晚要怎么度过吧。"

阿林冷冷地道:"你以前怎么过,现在便怎么过。"

"小姑娘,别拿自己来和我比。"

【三】

冷……令人窒息的冷。

她蜷缩起身子,但仍旧遏制不住颤抖,远处有粗鲁的喝骂声和零星的哭声,被呼啸的寒风卷着缠绕上她的肌肤,让她感到无比的绝望与压抑。

"莫怕。"

在无尽的黑暗中,仿佛有双温暖的手探了进来,揽住她的肩膀,将她带进一个温暖的怀抱,手掌轻轻抚摸着她的头顶,男子温润而沉稳的声音有着安抚一切不安的力量:"莫怕,会结束的,这样的日子很快就会结束了。"

阿林觉得自己湿润了眼眶,有个细弱的女声轻轻回答着,像是她又不像是她:"不会的。娘说我们是罪人,会被送到最远的北方去劳作,这一辈子都不会有自由的那一天,我们逃不开这些官兵……"

男子只是沉默。

"大哥哥,你人这么好,犯了什么罪呢?他们为什么要捉你,还把你单独关在一辆囚车里?"

男子又沉默了很久,才轻笑道:"因为……我人太好了。"

她似乎睡意深重,倚在男子温暖的怀里,眼皮慢慢打起了架:"大哥哥人好……给我馒头和水,救了我……让我可以不用在雪地里赶路,只是爹娘……爹娘……"

爹娘?

在黑暗之中不知过了多久,黏腻而温热的感觉爬满周身,她睁开眼,看见炼狱般的世界,惨白的雪和触目惊心的猩红透过眼睛直直闯入内心最深处,钳住了她的命脉。

到处都是尸体,官兵的、犯人的,一条手臂从她肩膀上滑落,阿林目光落下,看见身旁的中年男子和他身边的妇女,惊恐在她眼眸深处蔓延,然后遏制不住的溢出。

爹、娘……

她吓得忘了出声,在漫天飞舞的白雪中,她看见一群黑衣人毕恭毕敬地将囚车中关着的那个人接了出来。

"大哥哥。"她傻傻地出声,坐在一堆尸体当中,满目空洞。

黑衣人的目光皆被这个声音吸引过来,有人再次拔出了刀:"还有活口。"

"别……"被接出囚车的男子摆了摆手,"罢了,她就罢了。"

"可是主子……"

"走吧。"

男子被一个黑衣人搀扶着离开,其余黑衣人也跟着陆陆续续地走了,只有拔出刀的那个人还站在那里,他盯着阿林仿佛在犹豫。

阿林却只盯着再也看不见男子背影的那个方向傻傻地唤着:"大哥哥。"

黑衣人走到阿林跟前,黑巾蒙面,只留了一对眼睛在外面:"今日之事,不可泄露。"阿林不听他的,只是呆呆地盯着那个方向呼唤:"大哥哥。"好像那人还能听见一样,还会回来摸摸她的脑袋一样。

黑衣人沉了面容,他掏出一个青花瓷瓶,拔开瓶塞,一把抓住阿林的下巴。

阿林一惊,这才转了视线望向他,对上黑衣人阴鸷的眼神,阿林眼中的惊慌失措终于慢慢泄露了出来。她拼命地挣扎,想掰开钳住她的手,但是她将自己的脸都抓破了也未曾动摇黑衣人半分。那人将青花瓷瓶中的东西尽数倒入她的喉咙,捏住她的嘴,强行让她咽下去。

"这些事,你不该记得。"

你不该记得……

她浑身一颤，猛地惊醒过来，头顶的月光照入洞穴中，洒下一片银辉。阿林坐起身来，抹了一把额头的冷汗，指尖还在因为梦中的惊慌而颤抖。

如此真实的梦……

阿林抱住膝盖，靠着石壁将自己紧紧蜷缩成一团，鲜血她已经见惯，尸体也不再害怕，让她恐惧的是那个黑衣人的声音与眼睛，她怎么会认不出，那是师父，是她爱慕着的师父。

抱紧手臂，阿林埋头在膝盖间，一声颓然叹息，怎么会做这样的梦？

"做噩梦了吗？"温润的声音在耳边响起，阿林一惊，这才想起她如今的处境，还有一个人陪着她一同待在这个黑暗的洞穴里，每天只能在固定的时段里看见日光与月光。

寂寞相伴。

师父到底什么时候能将戮刃刀还回来呢……那个时候，师父应该和师娘好好地在一起了吧，还能记得她吗？阿林有些忍不住烦躁地抓了抓头发，又听那个男子轻轻地道："这里只有你我二人。"

阿林抬头看他，皱眉不解，雪山洞穴之中，只有他二人……所以呢？

男子推着轮椅挪到了月光能照射的地方，他仰望着月光，过了好一会儿后才转过眼来看着阿林，仿佛看穿了她的心事一般："所以，你大可将烦心的事说出来，会好受许多。"

这样的说法让阿林觉得有种莫名的熟悉，仿佛曾经有人在她耳边说过同样的话。她失神了一阵，又摇头道："没什么事。"

容与看了她许久，又一言不发地仰头望着月亮，只是寒夜中静静流出的"嘴硬"两字微微刺痛了阿林的神经。

她是杀手，不允许软弱，不允许抱怨，在有记忆的生涯中，不管被施以多痛苦的刑罚，她也只能"嘴硬"地保守秘密。从没有人用"嘴硬"这两个字来嫌弃她，带着怜惜的嫌弃。

即便是师父也不曾有过。

阿林看了容与好一会儿，鬼使神差般地问道："为什么一个人在这里？"

"这里埋葬着我至亲的人,我在这里守墓,也在这里等人。"

"等谁?"

容与仿佛想起了很好笑的事,唇角微微勾了起来:"等一个倔强的小姑娘,笑若艳阳,泪如圆月,很可爱的丫头……眨眼间我已等了八年了。"

原来这样的怪人也有在乎的人,阿林淡淡地道:"八年时光,小姑娘约莫早就成婚嫁人了,你与其在此枯等,不如出去寻一寻。"

"寻过了。"这三个字一出,便再没了后文,阿林只道勾起了他什么伤心往事,便也不再询问,兀自望着眼前的石子发呆。沉默了一会儿容与又问道:"你师父……是个怎样的人?"

阿林的眸色不经意地柔和了下来:"严厉,但很温柔,对我很好。"

容与眸光微动:"你可是喜欢你师父?"

毫无准备地被人道破心中最深的念想,阿林面色一白,目光幽冷地望向容与,恨不得将他杀掉灭口一般。

容与点了点头:"你喜欢你师父。"

【四】

阿林惨白了脸,心知自己打不过这个男子,她靠着墙壁蜷紧了身体,沙哑开口:"是又如何。"

容与垂着头好半天没有说话,在阿林以为他不会再问了的时候,容与又道:"为何会喜欢他呢?明明知道是长辈。而且……若我猜得没错,你帮你师父借这戮刃刀,只怕是让他去救人吧。他既然心中有人,你又何苦……"

"我若做得了主……"阿林忍不住打断了他的话,无奈地苦笑,"我若做得了主,便好了。"她有些颓然地将头埋在膝盖上,许是月光太凉,冻碎了心头的戒备,她轻声道,"我小时候受伤,忘记了十二岁之前的事,是师父将我养大。或许是曾经的生活太不好,初时我对师父又敬又畏,但这八年的时间里,每次受伤,每次生病,师父皆陪在我左右,即便是病得神志模糊的时候,我也知道有人在身边看着我,护着我……"

阿林发出一声沙哑的自嘲:"我竟在这样的守护里,生了肮脏的心思。脏得令自己都唾弃。"

她埋着头，陷在自己的情绪里，错过了容与突然恍惚起来的神色。空气寒凉，在阿林一个人的呼吸声中，容与静静地道："你既然已经病得迷迷糊糊，怎能笃定守着你的便是你师父？"

"不然还有谁？"阿林冷笑，抬头，"你吗？"

出人意料地，容与竟直直地望着她的眼睛道："若就是我呢？"

阿林一怔，一时竟分不清这话是真是假。

对峙了半响，容与终于移开了眼神，长长的睫毛落下，显得他的神情有些颓败，他扯着唇角笑了笑："骗你的，傻姑娘。"

阿林做杀手多年，人世冷暖她已经见过许多，但这一刻却找不到任何语言形容这个男子的笑容，几分绝望、几分无奈、几分洒脱，或许还带着些许不甘心的意味，让她看得有些呆了。

洞穴外的月光在容与身上流转而过，容与道："那时我约莫正陪在心爱的女子身边呢。"月光随着容与话音一落，彻底转到了一边的墙壁上，石壁将月光微微一弹，阿林竟有一瞬间看见容与的身体变得透明起来！就像快要消逝的烟雾，缥缈而虚幻。

阿林心惊："你……"容与一转头，光华在他身上一转，那样的虚无感霎时消失，快得就像阿林出现了幻觉。

容与收敛了情绪，微笑道："我却不知自己竟是如此俊美，令阿林都看得出了神去。"

阿林忙收回了眼神，清咳了两声，闭眼睡觉。

听着她的呼吸渐渐均匀，知道她已经睡着，容与脸上的笑容这才慢慢散去。他举头静静地望着明月光，伸出了手，凉风一刮，他透过自己的手掌看见了洞穴外的满天繁星。

离魂飞魄散还有多久呢……容与苦笑，轻声呢喃："上天不仁啊，八年换八天，实在太亏。"他将目光静静地落在阿林沉静的面容上，不过，命定如此，他也只好认了，最后的时光，能得她相伴，已是大幸。

【五】

阿林又做梦了。

只是这次她清楚地知道自己只是在做梦。她如同一个旁观者，飘离在世界之外，静静地看着他人戏子一般演绎着各式人生。最清楚的莫过于一个男人的故事。

他是丞相之子，也是反抗朝廷的一个组织的门主，犯事之后，被皇帝打断了双腿，流放边疆。北上的路上他被单独关押在囚车之中，官兵们畏他，对他多有关照。北上之路坎坷，他一时心软救下了一名险些被官兵打死的女孩，与她同乘一车，相谈甚欢。后来，他的属下救了他，为了消息不外漏，将犯人与官兵们全杀了……

除了那个小女孩。

他是心软抑或其他阿林不知道，但在他走后，他的一名属下留了下来，给小女孩喂了药。自此，小女孩忘了从前，并拜了这个下属为师父，练了一身武功，帮他去杀人。

而那名男子却解散了组织，独自一人在一处幽暗的洞穴中隐居，依赖着一只大雕为他衔来食物过活，后来……他死了，安静地离开了人世。

只是故事还未结束。

他虽然死了，却没有引魂的鬼差来将他带走，男子成了一抹孤魂，在天地间漂泊，终有一日，他再见到了当初那名女孩。

许是一时兴起，许是怀念起了从前，他在女孩身边停驻下来。日出与她道早安，日落与她同归家，女孩生病受伤时他便相伴身旁，片刻不离地照看。

只是，没人看得见他。

天地之间便只有他自说自话，所有的关怀、温柔和守护被生死轻轻一隔，在女孩永远无法碰触的地方，自开自败。

后来……后来的事，阿林全都知晓了，师父要去救他心上人，需要戮刃刀，她便来寻，雪崩，她被推到了洞穴之中，同时也是那人的葬身之地。

眼睛睁开，已是正午，阳光刺眼，阿林眯着眼适应了一会儿，才将这里看清楚了。

"醒了？"容与的声音在耳边响起，阿林转头一看，却见他的身影透明得像烟雾。阿林伸出手去摸他的脸，手却径直穿过他的脸，只有一片虚无。

阿林失神地呢喃，她捂住脸，不看容与惊讶的神色，"居然是真的……居然是真的！"

阿林有些慌乱："都是梦吧，这些都是梦吧！"她抱着头思绪混乱，她喜欢的师父是杀了她父母的那群人里的一个，师父还给她喂了药，让她忘了从前的事，甚至，她都看不明白，自己这么多年来到底是在迷恋师父，还是在迷恋那个幻影。在她生病受伤的时候陪着她，让她依赖，让她迷恋的竟是这么一只鬼魂？

"阿林……"

"为什么？"阿林打断容与的话，"事到如今，为什么要突然出现，为什么要让我梦到这些事！既然已经错了，为什么不让我一直错下去？"

有时真相比谎言更令人痛苦。

"结香花又名梦树，约莫是它让你梦见的。"容与无奈地苦笑，"这虽然并非我本意，但是你知晓了便知晓了。其实我挺害怕日后谁也不知道这世间还有一个人想对你好的。"他的声音很轻柔，宛如在耳边轻抚的风，"当初只是一时兴起，在你身边停了下来，带着打趣的心理笑看命运弄人，可是日复一日，年复一年，见你如此倔强地活着，我却再也笑不出来。人鬼相隔，偏偏生了不该生的情愫，最开始只是想守着你、陪着你，后来想与你说话，想同你牵手，只是我都没法做到……"

"我不想知道。"阿林站起身来，想要离开这处石洞。

容与没有生气也没有阻拦，只是静静地看着她，温和地笑了："对不住。当初迫于形势迁连了你父母，而今又让你伤心失望了。"

阿林心头一颤，忍不住侧过头，这一看却让她心头大惊，只见容与的周身渐渐起了点点荧光，如同萤火虫绕在他周身飞舞一般，衬得他笑容越来越模糊。

"本来还想再多陪陪你，多看看你的。奈何这几日凝神聚魂已耗光了我的魂魄之力。"容与轻笑，"不过，能得这几日相伴，已经值了。"

魂飞魄散，不入轮回，没有来生。

阿林仿佛意识到了什么，下意识地想去拉他，可是手还没碰到他，容与便如天边的烟花一般，散为流光，空余一地哀凉。寒凉的空气中仿佛还回荡着他最后一句话："阿林，我很自私，不想让你忘了我……"

他可是好不容易才能换得与她相见的机会，只为了让她记住他最后的模样。

阿林茫然地望着虚空，只余满目怔然。

【六】

华山之巅，风在耳边簌簌刮过。阿林忍不住想起了那个男子最后的微笑，明明与他只相处了那么几天，但却偏偏觉得他好似已成了她回忆里最深刻的记忆，再也泯灭不了。

脚步声在身后响起，阿林听见了，她回过头，看见师父揽着心爱之人疲惫而满足地走了出来，而他手里拿着的正是那把戮刃刀。师父终于成功地破了华山阵法，将那个人救了出来，若是曾经的她此时应该笑出来了吧，但现在她不知自己是该哭还是该笑。

恩师？仇人？

阿林垂下眼睑，拔出手中长剑，三尺寒剑杀气凛然，没打一声招呼，她身如闪电，宛如利箭一般射了出去，剑尖直取她一直敬仰着的师父的咽喉。

女子的惊呼在耳边划过，"阿林！"师父大惊，忙侧身躲开，但连续多日的破阵已让他筋疲力尽，这一剑躲得狼狈。阿林不给他任何说话的机会，她自己也不解释，毫不防守，就像拼了命只为杀他一般。

几招下来，师父疲态毕现。阿林生生将他逼到崖壁一方，手中的长剑刺向他的右眼，眼瞅着便要一剑刺穿，女子的惊呼声传入耳中："阿林！她是你的师父！你疯了吗？"

剑尖一偏，擦破男子的耳朵，"叮"的一声没入岩壁之中，至少三寸有余。

一番激烈地攻击，阿林与她师父皆气喘吁吁，阿林轻笑："师父。"她低头沉默了许久，"你我有血海深仇，但我不会傻到用仇恨来拖累我的下半生，那人也不希望我这么做。"

男子微微一怔，沉了眼睑："谁对你说的？"

"已经不重要了。"阿林道，"师父，从今日起，你不再是我的师父，也不再是我的仇人，我帮你借的刀，你还给我吧。"

男子微微迟疑了一瞬，将戮刃刀递给阿林，阿林接过刀，没说再见，连眼神也未曾与他有交流，就像彻底抛弃了过去，独自走下山去。

山下小路上，白衣女子负手静立。见阿林提了戮刃刀下山来，她缓慢地从衣袖中掏出一支毛笔。

阿林行至她跟前，脚步一顿，点头微笑："多谢百界姑娘了。"

百界的笔尖在阿林额前停了一停："如此，你当真不悔？与他的残魂一道被我收走，这可是再不入轮回之路。"

"容与……也入不了轮回吧。"阿林轻声道，"他孤独地陪了我那么久，我该陪陪他，也想陪陪他，既然生不能，死总可以了吧。"

百界摇了摇头："痴女。"她的笔尖在阿林眉心一点，又在戮刃刀上轻轻一碰，"你们心中的执念，我收走了。"

生不能相伴，死亦要相随。

百界摸了摸笔杆："还有最后几个……"

马上就快了……

第十一章・琴杳

【一】

城郊驿站，琴杳斜斜倚在驿站二楼窗边，耳边除了知了不休不停的叫声，还混杂着神官的絮叨："国师，祭天礼就快到了，您若还不回宫，怕是得耽误了祭日……"

琴杳扭头看着驿站楼下来来往往的人，心不在焉地应了声："知道了。"她眼神一转，不经意间，在阳光穿透眉睫的午后，她看见了一个男子，容貌俊俏，身形高大。只是他站在一队囚犯之中，身着囚服，没穿鞋的脚上铐着沉重的脚链。

耀武扬威的官兵挥着鞭子在一旁喝骂："一群蠢东西，走开点走开点，到那路边歇着去，不要碍着爷几个喝茶！"

"这是在干什么？"琴杳指了指楼下的人问神官。

神官往外瞅了一眼答道："那好似是端王府的人。"楚王三月前谋反，被镇压下来，皇帝下令抄家，府中奴仆尽数流放。

琴杳点了点头，沉默下来。

下面的犯人慢慢往驿站对面的路边走去，官兵莫名地发了大火，一边拿鞭子乱抽人，一边喝骂道："让你们快点！一群贱种！"

一位上了年纪的犯人摔在地上，"哎哟"地叫着起不来，官兵更是大怒，走了过去，对着那老人便是一顿踢："老家伙装什么死！起来！"

琴杳挑了挑眉，正在这时，那名身材高大的男子忽然走到老人身边，侧过身子，沉默地替老人挨了几脚，然后将老人扶了起来。官兵嘴里喝骂不停，拿着鞭子开始往男子身上抽："谁让你来扶！"

男子自始至终不发一言，官兵似怒气更重，生生将男子拉过来，一鞭子对着他的脸便挥了过去，一直没有反抗的男子忽然空手拽住了挥来的皮鞭，冷冷盯着那官兵，眸中的肃杀之气骇得那官兵一阵战栗，然而害怕之后是变本加厉的愤怒："你……你反了啊！"

那官兵将鞭子从男子手中抽出，狠狠一鞭抽在他的身上，接着抬脚猛地踹上男子的腹部，一脚两脚，直至男子摔倒在地，他仍不停地抽打着他："你个贱种！竟敢反抗！你还敢反抗！"

受男子帮助的老人哭喊着："大人别打了，大人别打了！"

琴杳看着楼下的闹剧，抿了口茶，淡淡吐出句话来："你怎么看？"

神官一呆："不过是几个囚犯而已。"

琴杳放下茶杯，扶着窗框，语气仍旧淡淡的："可我看上这个男人了。"话音未落，她顶着神官还在怔然中的眼神，径直翻身跃出窗户，衣袂翻飞之间轻轻落在打人的官兵身边。

下方的人都被这突然落下的着宽衣大袍的女子吓了一跳，还未缓过神来，便见那女子手间捏了个花式，对着官兵的脸轻轻一抚，那五大三粗的汉子便像小孩手中的皮球一般被打出去老远，直将驿站的马厩撞出了一个大洞，落在一堆干草和马粪中，晕死了过去。

琴杳笑道："打人不好。"

神官在楼上抽了嘴角，驿站之下的人也是愕然。

琴杳转过身，看了看坐在地上也呆愣地望着她的男子，蹲了下去，也不管一地尘土是否会脏了她这一身繁复的衣物。

"跟我回去吧。"她对男子伸出了手，"做我的男人。"

轻巧得就像是在说，你今天吃了吗。

【二】

男子呆怔地看着琴杳脸上的微笑，还没来得及答话，另外几个驿站中的官兵冲了出来，拿着大刀直直地对着琴杳："大胆刁民！竟敢劫囚！"

被人打断了对话，琴杳不满地站起身来，眼神落在那几人身上："我劫了，你们待要如何？"

几名官兵面面相觑，看了看晕在马厩里面的同伴，一时竟没人敢接下一句。

二楼的神官见状，急急忙忙地跑了下来，他一身大晋王朝的神官礼服，让在场之人皆惊了惊，一下楼他便呵斥几名官兵道："大胆！得见国师尊容竟不俯首行礼！"

国师——王朝的通神者。

听得神官这声喝,几名官兵腿脚一软,立即匍匐在地,周围的民众也"呼啦啦"地跪了一圈。

琴杳皱了眉头,她不喜欢这样的叩拜,让她觉得自己像一块碑,只用来让人祭奠。她重新对坐在地上的男子伸出了手:"随我离开这里,可好?"

男子仍是呆呆地望着她,如同看痴了一般。他沉默着,然后把目光落在了自己的脚上。赤裸的双脚戴着坚硬而沉重的铁链,脚踝处已被磨破了皮。

他是囚犯,没有选择的资格。

琴杳顺着他的目光,看见了他的脚链,男子的一双大脚往后缩了缩,仿似有些难堪与尴尬。琴杳为他这细微的动作心头微微一痒,她手一转,从衣袖中抖出一把短剑,径直往地上一甩,只听"叮"的一声,手腕粗的铁链登时断成两截。

迎着男子惊愕的目光,琴杳轻轻一笑:"跟我回去吧。"

盛夏的阳光闪耀得刺眼,男子垂下头,微不可见地点了点头。琴杳欣喜而笑,弯腰拉起了男子沾满尘与血的右手,将他从地上扶了起来。

跪在一旁的官兵抖了许久,终是拼死一般挤出句话来:"禀国师……这,这几名是要犯,要流放边疆的……"

琴杳离开的脚步顿了一顿,只淡淡回头望了那人一眼,道:"适才我掐指一算,这几人不应流放。你把他们的脚链都打开。"

官兵们汗如雨下。

琴杳不再理睬他们,带着沉默寡言的男子径直转身走人。神官忙紧跟她的脚步而去。

待走得远了,神官才靠近琴杳身边小声道:"国师,这实在不妥啊!若是陛下知道了……"

"神明确实是这样和我说的。"琴杳面不改色地打断神官的话,"陛下会相信的。"

她这话诚然是在唬人,谁都心知肚明,但她身边的男子却静静地看了一眼她握着他右手的手,他在这一瞬,有些相信神明的存在了。

琴杳脚步猛地一顿,抬头望向男子,一双透澈的眼眸仿似能望进他心里:"忘了问,你叫什么名字?"

男子沉默了一会儿:"十五。"

"啊,你会说话啊……不过,十五?"

男子垂下了眼睑:"我……小人……"他似乎不知该如何自称,顿了一会儿,他道,"端王养的第十五个死士,所以叫十五。"

琴杳怔了一瞬,死士在大晋王朝是个连奴才都不如的存在,他们自幼经过非人的训练,用命去完成任务,像个物件。琴杳这一怔让男子感到有些不自在,他缩了缩手,想往后退。

琴杳没放手,她踮起脚摸了摸男子的脑袋:"不要紧,回去我给你翻书取名。"

柔软的手掌在头上一遍一遍地抚摸,一如盛夏在耳边吹过的风,带着灼心的热。

【三】

十五的上半身几乎都被绷带包裹着,他倚床坐着,静静垂眸,听见门轻开的声音,他一抬眼,看见琴杳端着热粥走了进来。他下意识要起身跪下,可还没掀开被子便被琴杳唤住。

"你是我的小相公哦。"琴杳坐到他床边,"是用来让我宠的,不用行礼。"

十五呆怔,他只会做一个死士,不会做小相公。

琴杳用勺子舀了热粥送到十五嘴边,十五半晌没有动静,琴杳笑了笑:"张嘴。"

他下意识地张了嘴,一勺热粥喂进嘴里,软糯的粥滑入食道,霎时温暖了四肢百骸。

琴杳一勺一勺耐心地喂他喝粥,没有多余的话,十五也静静地咽着热粥,近乎大逆不道地将琴杳的脸看痴了去。大逆不道,他是这样想自己的。

窗外的阳光和流动的时间像一把刻刀,将此时琴杳的脸深深地刻入了他的脑海,是静谧至极的温暖。

一碗粥见底,琴杳将碗放在一边:"吃饱了?"

十五点头。琴杳一笑,仿似对喂饱了别人感到很自豪一样。

她从怀里掏了一本书出来，身子一转，与十五一同倚床坐着："我们来取名吧，你想要彪悍一点的，还是儒雅一点的？"

十五的人生里没有做过选择，从来只有主人的命令和他的执行，乍听琴杳这一问，他又愣了许久，直到连他自己都察觉到自己今日的表现实在过于笨拙，这样笨拙的他，迟早有一天会被嫌弃的吧……

他小心翼翼地转头看了琴杳一眼，见她仍旧笑眯眯地看着他，他手心一紧，有些紧张地回答："全……全凭国师吩咐。"

"可是我不知道你喜欢什么。"

"国师喜欢便是属下的喜好……"

琴杳突然沉默下来，直勾勾地盯着十五。

十五的手紧了又松，松了又紧，他能察觉到琴杳一直停留在自己脸上的目光，但他不敢看她，只得垂头看着自己那双粗糙的手，眼中有些颓然，他这副脾性约莫是不讨人喜欢的吧，她……或许已感到不耐烦了吧……

到底该怎么做呢？如何能讨得她欢心？如何让她笑得开怀？可是从来没人告诉过他服从命令以外的生活方式。

"你不用紧张。"一只手忽然摸上了他的脑袋，"已经不会有人打你了。"

她……又触碰他了，如此卑微而低贱的他……十五垂下眼眸，心头情绪宛如浪涌。

"国师。"屋外传来敲门声，"陛下有旨，请您入宫。"

头上的手放下，琴杳下了床榻，理了理衣袍，她神情有些冷淡地应了一声："知道了。"

十五微微抬头看了她一眼，始知琴杳是不喜欢入宫的。出门之前，琴杳忽然转身对十五道："初霁，你觉得这名字怎么样？雨后初霁，阴霾已去，一切都宛如新生。虽然，这名字有点像女子……"

十五呆呆地望了琴杳一会儿，忽然在床上跪起，俯身拜道："谢国师赐名……"

"不用行礼，先说说你喜不喜欢？"

何止喜欢。十五垂眸："十分喜欢，谢国……"

"我喜欢你唤我的名字。"琴杳留下这话，推门出去，"待会儿回来，我想听你唤我的名字。"

【四】

琴杳直至深夜才从皇宫归来。

她推门进屋，见屋中点着灯，神志有些游离，直到听见里屋床榻之上有人的呼吸声，她才恍然记起，她捡了个男人回来。

走进里屋，坐在床榻上的男子掀了被子要下来行礼，但仿似陡然想起了她之前的吩咐，初霁顿住身形，一时有些无措地在床边站着。

琴杳看了他一会儿，忽然笑道："我又不吃了你。"

初霁垂头答："国师若要吃，自是可以……"他本来就是个死士。

琴杳闻言一怔，倏尔垂了眼眸："我不喜欢吃东西。"

她这句话来得突兀，让初霁不知该如何接下去，没让他尴尬多久，琴杳摆手一笑，突然问："你会弹琴吗？"

"会。"端王的死士不能是目不识丁的莽夫，音律乐器也要有所涉猎，学会的东西越多越能帮主子做更多的事，活下去的可能也更大。

琴杳本只是问着玩，没想到他竟真会弹琴，一时也起了兴趣。她从书案之下搬出一把桐木琴，摆在桌上："你弹一曲给我听听可好？"

初霁果然坐了下去，琴杳搬来凳子坐在书案对面，托着腮，目光静静地落在初霁身上。第一声弦动，初霁微微一顿，有些讶异地望着手下的七弦琴，这琴看起来如此朴素，但声色却几乎让人惊艳。

琴杳问："怎么了？为什么不弹了？"

初霁回过神来："国师恕罪。"

"叫我琴杳。"

初霁默了默，仿似做了极大的心理准备："琴……杳。"有的事一旦开了头，最难的那一关便跨过了，他情不自禁地又呢喃了一声，"琴杳。"仿似在失神地回味。

琴杳浅浅一笑："你把我的名字叫得很好听。"她眼中映着跳动的烛光，像一只精灵，让他不由自主地看呆了去。

这样的女子……

初霁垂下头,挑动琴弦。

这样的女子,美好得让他不敢去肖想,一点点杂念,对她来说也是玷污。

琴杳趴在书案上,静静地打量男子的面容。弦声曲调在耳边流淌,在乐曲的背后,从琴弦中传出来的感情波动宛如春风拂动她的心湖,透过弦声,她能清清楚楚地看见这个男子的内心,带着世人少有的坚强与倔强,让她也不由得失了神。

"初霁。"一曲弹罢,琴杳忽然开口,"你真漂亮。"

这话对男子来说,应该算不得赞美,但初霁愣是在这一声算不得赞美的称赞中红了脸颊:"谢国……"他咽下后面的话,隔了半晌才道,"琴杳更漂亮。"

他如此笨,连赞美人也不会,初霁嫌弃极了自己。不想却听得"扑哧"一声,是琴杳在他对面笑了起来。

"那你喜欢我吗?"

面对这出乎意料的问话,初霁彻底呆住,脸涨得通红,许久也没憋出一句话来。琴杳站起身来,隔着书案,探手过来摸了摸他的头:"我很喜欢你。"

初霁便仰头望她,痴痴地迷失了自己。

这一夜琴杳与初霁睡在同一张床上,只是盖着被子静静地睡觉,琴杳说小相公便应该这样,她说他抱起来很暖和。

初霁便又一次迷失了自己。

或许,这世上真的有神明也说不定,或许琴杳真的是神明也说不定,不然……为什么连他这样的人也能被拯救呢……

【五】

祭天礼将近,国师府日益忙碌起来,琴杳也总是入宫,看不见身影。但每天不管多晚,琴杳总会回来与他睡在同一个被窝里。

"初霁,你让我很有安全感。"

其实，明明是她给予了他安全感，让他头一次知道，人，其实是可以这样有尊严地活下去的。

离祭天礼还有十日，礼部送来十名童男童女，这是祭祀那天要献给神明的祭品，他们在国师府接受洗礼，十日净身之后方可送上天坛。

初霁静静地看着国师府中的神官日日给这十个小孩身上洒上"圣水"，他知道，这所谓的圣水不过就是在其中加了迷香，让小孩整日神志恍惚，无法哭闹。

祭天礼越近，琴杳每夜便越是睡不着觉。

这夜琴杳更是一宿未闭眼，她静静抱着初霁的手臂，在凌晨时分突然哑着嗓音问道："你怕我吗？"

初霁立即答道："不怕。"

琴杳抱着他的手臂更加用力了一些："嗯，只有你不怕我。"

夜重新寂静下来，在他都以为琴杳已睡着之时又听她道："可是，有时我都害怕我自己。"

初霁愣了愣，这才知道原来这个女子心底也有惶恐，对她自己也有那么多的不满。他不懂如何安慰人，也说不来漂亮话，呆了半晌，只有学着她的模样，侧过身子，摸了摸她的脑袋。

"琴杳……很好。"

睡在他身边的女子僵硬了一瞬，然后坐起身来，在黑暗中看了他一会儿，然后亲了亲他的额头："你对我很好。真的好。"

她唇上的温度有些凉，却如在他脸上点了火一般，让他的脸灼烧起来。胸中的心仿似要跳出来一般膨胀着。直到琴杳又躺了回去，他心中情绪也久久无法平息。

糟糕……

他想，心头那个肮脏的念头，竟不知在什么时候开始破土而出，疯狂地占据了他的内心，再也割舍不掉了。

离祭天礼还有七日，城东有一个灯会，琴杳这日早早便回了国师府，她难得来了兴致，瞒着府中神官，带着初霁悄悄溜了出去。

第十一章·琴杳

"琴杳,没有护卫怕是不妥。"他担忧她出事。

琴杳笑了笑:"你不就是我的护卫吗?"见她这样开心,初霁说不出拒绝的话,他觉得琴杳活得并不如他想象中那么开心,而她的人生,明明应该更加灿烂。

灯会之上各式花灯亮得耀眼,琴杳与他手牵手,如一对普通的情侣一般在人群中走过,猜灯谜,放花灯,初霁觉得他此生从没有哪一刻有现在这般安稳舒坦。

只是看着走在自己前面半步的身影,便能幸福得让他扬起嘴角。

"嘭!"

绚烂的烟花在空中绽开,琴杳扬起头,望着烟花感叹:"真美。"

初霁便看着她的侧脸,点头赞同:"嗯,真美。"

琴杳扭头看他,四目相接,像是黏住了一般,谁也没有主动挪开眼,直看得初霁红了耳根。琴杳一声轻笑,双手环住了他的脖子,微凉的唇便印上了他灼热的唇瓣。

而此时琴杳却出人意料地退了开去,初霁手一紧,忍住将她摁回来的冲动,只听琴杳道:"初霁,你比我见过的任何人都要好,都要温柔、善良。"

头一次有人用"温柔善良"四字来形容他,死士只听从主子的命令做事,不允许温柔,也无法善良,他只是一个任人摆布的物什。

琴杳在他脸颊边蹭了蹭,微微退开一步,初霁还没来得及反应,忽见她身后寒光一闪,竟是一把大刀冲她劈头砍来。"祸国妖女纳命来!"

初霁瞳孔紧缩,直觉伸手去拽她,可琴杳身形一转,让他的手蓦地落空。他一抬头,却见琴杳只手捏住那把大刀,虎口卡住刀刃,那锋利的大刀竟未能伤到她皮毛分毫。

【六】

初霁怔住,恍见琴杳眸中血色红光一闪而过,她手一紧,那把厚背大刀竟如纸一般被她生生揉碎。拍开刀刃,她脚步一动,径直上前擒住来袭者的喉咙,高大粗壮的男子立即面色青紫,腿脚一软,跪在地上。琴杳冷声问:"谁派你来的?"

言语中的杀气是初霁从未听过的凌厉。

"妖女……人人得而必诛……"言罢,那人脑袋一偏,嘴角流出一抹黑血淌过琴杳雪白的手背,落下触目惊心的痕迹。那人,竟是吞毒自尽了。

见死了人,周围的人登时慌乱地四散而走。

琴杳松了手,手背上黏腻温热的血液顺着她细白的指尖滴落到地上。琴杳怔怔地将地上的尸体望了一会儿,身子忽然开始颤抖起来,她想从衣袖中摸出绣帕,可是掏了许久也摸不出来。

初霁恍然回神,跨步上前,用自己的衣袖替琴杳将手上的血擦了干净。直到他衣袖尽污,琴杳身子颤抖得越发厉害,她拽住了初霁的衣裳,面色有些苍白。

"我不想继续下去了……"她拽着初霁的衣襟哑声呢喃,"不想继续下去……"

初霁心头陡然一痛,一咬牙,将手放在了琴杳的背后,紧紧地将她抱在怀里:"别怕,琴杳,别怕。"

初霁方知,在她心里藏的事,远比他所看到的要多得多。是他不知道的不理解的,不过那些都不重要。他只知道她是琴杳,不管她做过什么要做什么,他都会义无反顾地陪着她,一直陪着她。

官府的人没一会儿便过来了,看见是琴杳,谁也没敢多说半句话,默默地将尸首抬走,又将她送回了国师府。

琴杳用了两个时辰沐浴,然而手上的血腥像是怎么也没办法洗干净一般,那黏腻的触感一直缠绕心头,像蛛丝,将她越缠越紧。

回到房间,初霁立即站起身来,他盯着她,眼中藏着不敢言说的担忧。

琴杳笑了笑:"初霁给我弹首曲子吧。"

琴声悠扬,弦声之中暗藏着他卑微得不敢言说的情绪,琴杳听在耳朵里,脸上在笑,手却紧握成拳,近乎苍白透明。一曲弹罢,初霁的柔柔目光落在她身上,不想却忽听琴杳轻声道:"初霁,你离开国师府吧。"

指尖一动,琴弦震颤,发出让人心尖一紧的刺痛声。他沉默许久,哑声问:"我……哪里做得不够好吗?"

琴杳脸上仍旧挂着笑,但是嗓音已冷:"你护不了我,国师府不需要无用之人。"

初霁垂下眼眸,面对这样的指责,无法反驳。

"你走吧,今晚便走。"言罢,她独自走回床上,裹着被子躺下。

听着初霁离开的脚步声,听见门拉开的嘶声低响,琴杳藏在被窝中的指尖几乎将自己的掌心挖出血来。

一夜未眠,翌日清晨,琴杳形容狼狈地推开门,却见门外跪着一个高大男子,一晚凉风夜露将他的头发与衣裳润湿,见琴杳开门,他神色一惊,眼眸深处暗藏的不安与惶然一闪而过,他深深叩首,匍匐于地。他把自己摆在与尘埃一同卑微的地方,哑声道:"初霁无用,但求国师……"他声音一顿,仿似不知该如何接下去。

死士的教育告诉他,对主子不能有所请求,他能做的只有服从,无论任何命令。但这一次,他没办法说服自己就此离去。哪怕是绝望,也想待在她身边,哪怕每天只能遥不可及地看她一眼,便够了。

琴杳呆呆地盯了初霁许久,然后扭过头,毫无感情地从他身边走过:"滚出国师府,别让我再多说一次。"

"琴杳……"初霁失声,"我什么都能做……别不要我。"他声音渐低,因为他知道自己没什么筹码能让他这么说。

琴杳果然头也不回地离去。初霁眼中光芒一暗,呆呆地跪在原地,除了这样,他再想不出别的办法,能去求她,别丢开他,别抛弃他。如此卑微。

【七】

琴杳在宫中的时候听见神官来报,说初霁还跪在她门前。琴杳沉默了一会儿,忽然对重重纱帘之内的皇帝道:"陛下,琴杳有一事所求。"

纱帘之中的中年男子咳了两声，嘶哑道："国师所求，朕一概应允。"

"琴杳想求男子一名，能奏琴曲，容貌精致，为人聪敏。"

"咳咳！哈哈，好，这样的人，国师要多少，我大晋朝有多少！"皇帝挥了挥手，让大太监下去找人。

琴杳垂眸从袖中瓷瓶中倒出一枚丹药，放于金碗之中，让神官奉给皇帝，她冷声道："如此，多谢陛下。"

"寡人之命乃国师所救，如此小事，国师何必言谢。"

琴杳回到国师府时，知道初霁还跪在她的房门前。她招手，唤来从皇帝那里讨来的男子，她半个身子都倚在男子怀里，轻声道："你扶我进去。"

这人着实比初霁聪明许多，他知道怎么讨人欢心，手一揽，轻轻搂住琴杳的腰，形容亲昵地进了国师府，一路行至内院，在院门外琴杳便看见初霁耷拉着脑袋跪在地上的身影。她手心一紧，抓疼了男子的手。

"国师，轻点可好？"男子嘴唇中吹出温热的风。

琴杳只淡淡道："你乖乖随我进屋便好。"

目不斜视地与男子相拥着跨入房门，跪在那处的初霁便如同空气一般，没引来琴杳任何的注目。倒是那男子颇为奇怪地看了他一眼，眼中暗含的嘲讽令初霁不由得握紧了拳头，随即又无奈地松开。

他……有什么资格去嫉妒呢。

房内安静了一会儿，随即传来幽幽琴声，那人弹得比他要好太多。夜色渐深，屋内琴声一静，烛火熄灭，初霁几乎能想出来他们相拥而眠的场景。他如今是半点用处也没有了吧，这个男子，比他好太多，他实在没有留下来的理由。他想，对于琴杳来说，或许任何人都可以替代他，但对他而言，却没人能替代琴杳。

可是，能有什么办法呢……他已经被丢下了。

初霁眸中光芒全然消退，他闭上眼，额头轻触地面，对着门拜了拜，然后站起身来，踉跄而去。

琴杳斩断他脚上枷锁，给了他自由，但是又生生地将他的自由剥夺了。想来也是，神明怎么会拯救他这样的人呢……

听着门外的脚步声渐渐消失，琴杳坐在书案对面，沉默不言。男子笑道："国师突然吹熄了灯火，可是因为小人弹得不够好听？"在黑暗之中，琴杳精准地找到对方仍旧放在琴案上的手，然后将他推了下去。

"没错，不好听，弦声中全是虚假的讨好与沉重的贪念，你弹的乐曲远不及他万一，不堪入耳。"

这一番话说得男子脸色青白，琴杳冷冷地道："你走吧，我不需要你。"

【八】

祭天礼当天，琴杳穿着繁复宽大的白色礼袍登上天坛长长的阶梯。

真是讽刺，明明肮脏至极的祭祀却要用这样洁白的颜色。十个孩子已被药迷晕，摆在天坛地上，他们同样身着雪白的衣衫，等待着上天的召唤。

琴杳净了手，从神官的手中接过匕首。

刀刃直指苍穹，神官们奏起祭祀之乐，琴杳面无表情，挥手刺下……

电光石火之间，一支长箭不知从何处射来，直直插入她的手腕，匕首落地。

琴杳的手腕血如泉涌，她眉头皱了皱，径直将透骨长箭拔了出来，怔怔地望着站在天坛右侧的太子，他竟能……伤了她！

有兵器竟能伤了这具不死不灭的身体……

琴杳不知该是喜还是忧，心绪翻覆之间，她强自定下神来。

皇帝久病床榻，着太子来监督祭天礼，他定是没想到，他的儿子也存了谋反之心。

刺杀国师的人竟然是太子，天坛之上的神官们尽数呆住，天坛下的禁卫军们立时拔剑出鞘，通通围上天坛，将在场神官尽数扣押住。

太子拔剑出鞘，剑尖直指琴杳："祸国殃民的妖女，迷惑我父王，危害我社稷！今日我便要替天行道，除了你这祸害！"

琴杳看了看躺在地上的十个孩子，滴血的手腕转了方向，不让自己的血脏了他们那一身洁白。

"好啊。"琴杳想，左右她也厌烦这样的生活和这样的自己了，她径直向太子走去，如此坦然的模样倒是骇得在场之人不敢动作。

琴杳站定在天坛中间，张开双臂，声色清冷中带着一丝不易察觉的解脱："请太子赐琴杳一死。"

初秋微凉的风拂过天坛，带起琴杳宽大的衣袍，像一只风筝，只待人斩断牵缚住她的那根线，她便能随风而去。

太子冷冷一笑："好，我便承你此愿。"

他拾起地上弓箭，再次引弓直指琴杳。琴杳闭上眼，生死之间，解脱之前，她恍然想起了盛夏那天看见的那双清澈的眼，初霁，初霁，但愿他此后的人生当真能如雨后初霁，再无阴霾。

箭啸声破空而来，忽然之间，琴杳只觉身子一偏，她被一个熟悉的气息拥在怀里，那人带着她在地上滚了几圈，一支利箭堪堪擦过她的耳郭，死死钉在地上。

琴杳睁开眼，不敢置信地望着初霁。他停在她身子的上方，脑袋恰好挡住了头顶的日光，为她挡出一片安全的阴影："你……是怎么来的？"

初霁默了一会儿，小声答道："我只想来看你做完祭天礼便走，我说是你的……侍从，他们便让我站在天坛之下观礼。"

琴杳愕然，感觉到初霁的手掌轻轻摸了摸她的脑袋："琴杳别怕，我保护你……然后我就离开。"

【九】

他怎么这么笨，明明，她已经拼命地让他逃开了。

"我不用你护。"琴杳强自压抑着声音，冷冷地道，"琴杳便是琴妖，我害人性命，该死。"

初霁的手仍旧放在她的头顶："琴杳不喜欢害人性命。"

琴杳冷笑："你又怎么知道。我当初救你，不过是为了吃你的心。"

"嗯。"

"我每日与你躺在一起是为了吸你阳气。"

"嗯。"

琴杳的声音有些压抑不住的波动："你听懂了吗！你要命的话就给我滚得远远的！别再让我看见你！"

初霁沉默了一会儿，又摸了摸琴杳的脑袋："我不怕你害我，我就怕你赶我走，但你已经赶我走了……我便无所畏惧了。"他说着，忽然喉头一动，温热的血液从他嘴边滑落，滴滴点点落在琴杳苍白的脸上。

初霁用手笨拙地替她抹去脸上的血，却抹花了她一张脸，初霁无奈："对不起。"

琴杳呆怔了半晌，颤抖着指尖抚上了初霁宽厚的背，那处濡湿一片，有一支冰凉的箭直直插在他的后背中。

原来，方才太子射的竟是双箭，一支落在琴杳耳边，一支落在初霁背上。琴杳开始抑制不住地颤抖，她慌张地想坐起身来，想看看初霁的伤势，但却被他紧紧护在身下。琴杳彻底慌了神："初霁，初霁，你起来，你让我看看你。"

"你要好好的。"

"我好好的，你让我先看看你！"

"琴杳，我总是……没用。"初霁身上的力气在渐渐流走，他撑不住身子，只能轻轻倒在了琴杳怀中，"但我知道，琴杳一定能活下去。你那么漂亮又温柔，你应该……你值得过上更好的生活，见更明媚的阳光、更灿烂的花朵，像自由的风……活得精彩。"

那是他此生所向往的，但是在遇见琴杳之后，他向往的只有她。

"趁现在！诛杀妖女！"太子一声令下，禁卫军将琴杳围成一圈，锋利的枪直指琴杳。

感觉怀中人的气息越来越弱，琴杳用双手紧紧将他抱住。她这一生，为了活着而活着，肮脏得令她自己都嫌弃，但却有个男子说她温柔，把她当神一样供奉，心甘情愿地为她身死，只是为了他们初遇时，那一时兴起的一出胡闹，她从来没有救过初霁，是他救了她。

"你总是这样对我好。"逼人的杀气从四面八方而来，琴杳只抱着初霁静静地道，"你一直对我这么好，我又怎么舍得让你失望，怎么舍得再伤你一次。"

天坛之上，大风忽起，整个京城的人皆听到一阵琴弦的铮铮之声，待天坛上的人都回过神来时，中间相拥的那一妖一人已不见了踪影。

【尾声】

"仓木妖琴，食人心，腹饿而化魔。不死不灭，刀枪不入。"白衣女子低声轻念，她从衣袖中掏出一支笔，"你的执念，我收走了。"

笔尖在琴杳眉心轻轻一点，一点金光黏在百界笔尖，被她收入袖中。

琴杳脸色有些苍白："百界姑娘，多谢。"

百界默了一会儿："其实，若待到化魔之后，我也是可以收走你的内丹的。"

"也不差这几天。"琴杳笑道，"初霁离开后这一年，我看了足够明媚的阳光，赏够了足够灿烂的花朵，这一生，从未如此自由过。我已经很满足了。"她摸了摸肚子，"若再多待几天，我化了魔，神智全无，又伤人性命，总归是不好的。我想干干净净地下去见初霁。"

百界将笔收回袖中，声音在风中飘散："奈何桥边，三生石旁，他定舍不得丢下你先走。"

琴杳浅浅一笑，回头看了看陌上夏花中的坟头，她知道，初霁从来不会扔下她先走，她以后，也不会丢下他了。

第十二章・觞昊

【引】

天魔觞昊，擅闯九十九重天，杀三万天兵，推倒天机阁，焚毁凌霄殿，以下犯上，罪大恶极，处锥心之刑，囚禁于舍利塔之中，以清魔心。

一纸天命将他打入黑幽幽的佛塔之中。觞昊还记得金链穿过他的琵琶骨时，那一直高高在上的佛仍旧带着令人恶心的微笑。大佛拿出一盏灯，道："觞昊，此乃长明灯，点的是不熄之火，若有一日，此灯熄灭，便是天意到了。彼时你便可自这塔中出来。"

觞昊不以为然道："不熄之火如何会灭，你这老秃驴坑起人来半点颜色也不改。"

大佛不多言，微微一笑便隐了身影。

【一】

有个奇怪的声音在空寂的塔中响起，觞昊微微睁开眼，先瞅了瞅那盏一直散发着微弱光亮的灯，见它的火焰未熄，这才转了目光看了看自己脚下的这团发出声音的……肉。

他挑了挑眉，见那肉球慢慢地坐直身子，一张圆圆的脸上两个黑曜石般的眼水汪汪地望着他。

"娘！"

肉球软糯而清晰地唤出这个字，声音在舍利塔中来回晃荡了好一会儿，听得觞昊微妙地眯起了眼："小东西，想死吗？"

"娘！"小肉球又笑眯眯地唤出这一声来，然后自顾自地乐得满地打滚。

若是往常，这肉球只怕早已变得血肉模糊，奈何觞昊如今四肢被绑住，一分力也使不出来，唯有按捺下心性，看着莫名其妙乐起来的肉球滚来滚去。

她滚得尽兴了，又抬头巴巴地望着觞昊，仿似在奇怪他怎么不来抱她。她四处张望了一会儿，又爬到舍利塔墙角，顺着绑住觞昊右脚的那根粗铁链歪歪斜斜地往上爬。

这小家伙出人意料地有劲儿，没一会儿就抱住了觞昊的膝盖，又是一声脆生生的"娘"唤了出来。

觞昊嘴角抽了抽，头一次，有这么个不怕死的家伙敢在他身上蹭过去蹭过来地撒野，他咬牙强忍怒火，肉球却得寸进尺地拽着他的腰带，蹬鼻子上脸，骑到了他肩上。

"肉球，胆子不小。"

像要印证他的话一般，小孩开始玩起了他的头发，拉扯拔拽，玩得不亦乐乎。

横扫天界的大魔头便被一个小肉球给欺负了去。

小孩玩了一阵又累了，脑袋偏在他的脸颊旁，贴着他青筋跳动的额角静静睡去。柔软的脸蹭在他轮廓冷硬的脸上，肉嘟嘟的嘴似有似无地亲了亲他的脸颊，温热的感觉让觞昊极怒的火气蓦地折了一截。

"娘……亲亲。"

罢了，不过是个小屁孩……他安慰自己的话还未说完，忽觉一股湿淋淋的液体顺着他的肩头温暖地往下滑去，滴滴答答湿了他半边身子。

竟、竟是她骑在他肩头上……尿了！

觞昊双手紧握成拳，咬牙切齿道："若叫我知道你是哪个仙君家的孩子，若我有朝一日能从这破塔里出去，我必定用马尿淹了他的府邸！"

小孩睡得正香，口水也跟着"吧嗒吧嗒"地往觞昊脸上糊："亲亲。"

觞昊恨恨地扭过头，待他气稍微消了一点后才想到，这舍利塔是大佛下的禁制，即便玉帝也不一定进得来，这小家伙到底……觞昊的目光落在了大佛留下的那盏长明灯之上。他静下心，细细探查着小孩与灯的气息。

不一会儿，他倏地仰天大笑起来："天助我也！竟令此灯生了灯灵。"

长明灯不灭，灯灵却会死，若这家伙死了，他便能重得自由，彼时他毁了这舍利塔，天下便再无何物能囚住他了。

只是他要如何才能将这小家伙杀了？他法力被封，舍利塔中更无人助他,难不成他要对这肉球说:"你去死,好不好?"

【二】

觞昊思来想去不得其法,时间却一天一天地将肉球拉扯大,她从圆滚滚的一团肉吸收塔中灵气渐渐出落成了十六七岁的少女模样,两人在塔中不知不觉已经相伴了整整三百年。

觞昊日日盼着她死,却又眼睁睁地看着她成长,她初时一直唤他为"娘",后来又唤他为"爹",但是当觞昊恶狠狠地告诉她"老子和你什么关系都没有"之后,肉球很是失落了一段时间,才问:"那你叫什么名字?"

"觞昊。"

"那我叫什么名字?"

觞昊瞅了一会儿她圆圆的脸:"你是消遣。"

"小浅?"她红扑扑的脸上堆起了笑,"我喜欢这个名字,觞昊的名字也很好听。"

这个小家伙无比吵闹,三百年时间,她从他极少的言语当中学会了说话,她总有无数的问题来问他,心情好时他便会答两句,心情不好时就闭着眼装聋。

这几日恰逢觞昊心情极坏,小浅问他什么都不答应。

小浅嘟囔道:"你老是不理我,小浅也是有脾气的,我也不理你了,我走了。"

觞昊一声冷笑:"你走便是。"舍利塔有大佛封印,若是有那么容易出去,他……

他一睁眼,恰好瞅见小浅的身影轻轻松松地穿过了那扇紧闭的塔门,走了出去。他微妙地眯起了眼,咒骂道:"什么众生平等,这是让狗吃了吧。"

小浅这一走,许久都不见身影,舍利塔中寂静得让觞昊有些不习惯。他忽然想,要是那个聒噪的小屁孩永远都不回来了,那他岂不是永远都只能被这样囚禁着?不过,就算她回来了他也只能被囚着……

她去了外面没准还能出点意外死了，或是被谁杀了，算来，让小浅走，似乎对他更有利一些。

可是心底这莫名其妙的失落是怎么回事？就像自己喂的猪让别人给牵去吃了一般。

觞昊烦躁地闭上了眼，罢了罢了，他被困在这里也只能听天由命。

觞昊是被嘤嘤的哭声吵醒的，他一睁眼便瞅见小浅坐在地上，抱着膝盖痛哭，仔细一看，发现她的手臂上竟还有被打的痕迹，觞昊微微眯起眼，冷冷地道："挨谁揍了？"

小浅哭得鼻涕眼泪糊了一脸，含混道："被……被狗咬了，三只眼神君府上的狗，凶凶……"

觞昊心里不舒坦了，心想：这丫头欺负了我这么多年，我都还没揍她呢，你们居然敢动手了。这打还没打死，半死不活地跑回来，哭得真闹心。

"外面的人好丑，长毛，满脸褶子，都没你好看。"小浅一边哭一边抱怨，觞昊听了这话，嘴角悄悄扬起一个弧度。

小浅又道："受伤好痛，觞昊，你背上那两条金链扎得你痛不痛？你痛不痛？"她号得不甚凄凉，就像被穿了琵琶骨的人是她一般。

觞昊为她这话愣了好一会儿神，他天生魔体，不死不灭，人人对他皆是畏惧，哪会有人来在乎他痛不痛，只怕是求他痛死了，才能还这世间一个清静。

"我没受过伤，不知道流血会让人这么难受，听说药可以让伤口好得快一点，小浅去帮你拿药好不好？"

自己挨了揍，回头却想到别人身上的伤，觞昊刚想耻笑她两句，他这金链锁身，链不去，伤不好，涂什么药也是白搭。但他转念一想，心头忽然闪过一计，一个让他可以离开舍利塔的方法。

【三】

"有人帮我去拿药自是极好。"觞昊道，"只是那药却不是那么容易拿到的。"

小浅立马抹干泪,站起身道:"你说,我去拿!"

见她如此坚定,觞昊挑起了眉:"何以为我摆出这么一副拼命的样子?"明明,他对她半点也不好。

小浅呆了呆:"你是我最亲的人,不然我还能为了谁拼命?我被狗咬了之后,看热闹的小童子都摆手说回家,那时我就想到你了,你一直在这里陪着我,你就是我的家人。我自然要对你好。"

觞昊盯着她好半晌也没说话。

"觞昊,药在哪儿?我去取。"

"在天宫……"他说了开头便顿住,头一次觉得自己是不是有点卑劣。适时,身后的金链忽然开始绞动,每到月圆之时,穿透他琵琶骨的链条便会转动起来,天界意图用钻心的痛让他铭记他现在只是个天界的犯人。觞昊忍过第一波疼痛,不管身后的金链如何绞动,他只面色如常道:"在天宫最东边的地方,有一处高台,高台之下燃着烈火,能治我身上伤口的宝药便在那烈火之中。"

小浅点头记下,她琢磨了一会儿又道:"可是,我要是被火烧死了,怎么办?"

"你且过来取我身上一滴血饮下。从此以后你与我心意相通,你走到哪儿都能听见我的声音,另外,我的血能使那火无法烧伤你。"

小浅老实点头,取了他一滴血咽下:"那我现在便去。"

觞昊沉默了一会儿道:"现在外面约莫已经天黑,你还是缓些时候再出去吧。"

小浅不疑有他,乖乖坐下来望着他道:"觞昊,你是为什么被关在这里的呢?"

"杀了人,推倒了几座房子,被一个满头长包的老骗子给关了进来。"

"那老骗子一定很厉害。"小浅若有所思地点头,"那你当初为什么要杀人,推倒别人的房子呢?"

觞昊怔了许久,愣是没给当初自己那些作为想出个理所当然的原因来,他隔了好半晌才答道:"因为……无聊。"

小浅也不觉得这个理由有哪里不对,她又继续问道:"那你要在这里被关多久?一直关下去吗?"

"看你身边那盏灯，火熄了我便能出去。"

小浅盯着那灯看了一会儿，觉得她也研究不出个眉目来，便又转了话题道："那你知道我是怎么到这里来的吗？"

觞昊垂了眼眸不答话。小浅气呼呼地嘟囔："又不搭理我，我也不搭理你了。"

要如何搭理？觞昊想，告诉你，你死了我才能活着出去吗？

突然之间，觞昊竟有些怨恨起了当初做了那些无聊举动的自己来。若不被关在这里……现在又何至于如此纠结。

【四】

小浅又离开了舍利塔，觞昊想，她大概不会再回来了。

舍利塔中的死寂恍然让他忆起很久之前，那个爬在他身上撒野的小屁孩。他生来便煞气缠身，从未有人敢在他面前如此放肆。以后……或许也不会有了。

一时间，他竟有种通过灵犀术将她唤回来的冲动。

"觞昊！"他正想着，忽听小浅的声音在脑海中响起来，她带着哭腔，"又是三眼神君的那条狗……它又要咬我！"

觞昊面色一寒，想到小浅手上的伤，冷声道："把它的腿给折了。"

"折……怎么折……"小浅的声音抖得厉害，觞昊倒忘了，这个家伙极为蠢笨，灵力半点没有，法术一个不会。除了被欺负，她还真就没别的本事了。

他叹气道："你照我说的做。"

"好。"

待小浅按照他说的做完之后，没一会儿觞昊便不出所料地看见她慌慌张张地跑回了舍利塔。

她一边喘一边说："我那么一拍，按你说的，那么一拍，狗腿就让我给拍断了，全断了！三眼神君要抓我，他好凶……我不敢出去了。"

"早就听闻那三只眼爱狗成痴，你打断了他那狗的腿，他自是不会放过你，往后两三百年的时间，你还是莫要出这舍利塔的好。"觞昊语带打趣，却急不了小浅。

"那你的伤怎么办？"

"看着办。"他说得事不关己，心底却莫名地暗舒了一口气。

小浅好一会儿没有吭声，觞昊细细打量了她一阵，叹息道："你哭什么？"

"我……没用，说好了给你取药，结果却弄成现在这个样子。你以前痛，我不知道便罢了，可是现在知道你痛，你一直痛，我却什么也做不了，我难受。"

觞昊心底莫名一暖，更多的却是不解："又没伤在你身上。"

"我就是难受，我想看见你开开心心的，能和我一起自由地活动。"

觞昊默了许久道："这都是我应当还给天界的。"他顿了顿，语气中带了些许不明的意味，"什么都不知道的蠢丫头。你要是聪明点……"你要是聪明点该多好，别被这样心甘情愿地被我利用啊。我会……愧疚。

觞昊威胁小浅说三只眼神君在门口等着她落网，不许她出去。小浅老实信了他的话，半步也未曾踏出舍利塔。

两人如往常一般在塔中日日相伴，不同的是，觞昊会主动开口与小浅说话，讲讲他的过去，讲下界的春夏秋冬和魔界的奇异景色，偶尔还会看着小浅胖嘟嘟的脸情不自禁地微笑。

他甚至开始觉得，这样平和的日子也没什么不好。只除了……

月圆之夜的钻骨之刑。

这一晚的金链仿似动得比以往更厉害一些。觞昊闭上眼静静地忍耐着，但是那痛仿似附骨之疽要钻入他的骨髓中一般。他恍然记起，这好似已经是他被关入舍利塔的第五百个年头，亦是天地清气最盛的时候，对于天魔之身的他来说，这本就是极为难熬的一夜。

他疼得苍白了脸，汗如雨下，连耳边小浅的声音都听不大清楚了。

他只记得她很慌张，像一只兔子，红着眼，手脚无措，如同天塌了一样慌张。

"觞昊，你忍忍，你忍忍，小浅去给你找药，小浅一定把药找来给你！"

不许去……

他紧咬的牙关却一个字也吐不出来。

【五】

小浅急匆匆地跑出了舍利塔,一路往天宫东边奔去,适时天上月亮大圆,照得整个天界一片紫气盎然。小浅跑到岔路口的时候犯了难,正巧看见一位粉衣仙子自远处而来,她急忙跑上去,拽住别人的衣襟道:"仙姑仙姑!我问路,那个那个……"

仙子好脾气地笑道:"我叫叶子,你莫急,有什么慢慢说。"

"我想问,天宫最东边的那个高台怎么走?那个下面一直燃着火的高台。"

"你说的是诛仙台?走这边。"叶子给她指了路,又奇怪地看着她,"大半夜的,你去那骇人的地方做什么。"

"诛仙台?"小浅微微一愣,"可是,我要下去找宝药,我最喜欢的人病了,他很难受,那下面有宝药可以救他。"

"你在说笑吧,诛仙台下万物寂灭,哪里有什么宝药。"

小浅的手一松,有点呆怔。

叶子拍了拍她的肩道:"这么晚了,快回自己宫里歇息去吧,你是哪个仙君屋里的小灯灵,可要我送你一程?"

"你说什么……灯灵?"小浅怔住,"我是灯灵?我是……灯灵。"

许多事在这一瞬间似乎都串联了起来,觞昊不愿吐露的她的来历,长明灯,还有诛仙台下的"宝药"。小浅并不傻,若到现在她都还想不通其中关键,也实在是太浪费这副仙人的模样了。

只是,她不愿相信这是真的,她最喜欢的觞昊,竟然是这世上最想让她死的人。

"小灯灵,你住哪儿?"叶子的声音在小浅耳边渐渐飘远,她失神地踉跄了两步,在叶子尚未反应过来之时拔腿便跑,仍是往东边而去。

时至清晨,金链的绞动总算慢慢停息下来,觞昊的神智渐渐清晰,他举目四望,不见小浅的身影,心头登时闪过一抹不安,带着些许慌乱的意味，他立即用灵犀术唤了小浅几声。

隔了许久，那边才传来小浅轻轻的应答声。觞昊登时便怒了："你在哪儿？"

"觞昊……"她的声音有点茫然，隐约还带着点哭腔，"你被关在那里多久了？那两条金链一定让你很痛吧。我……"

听见她哭，觞昊的眉头紧紧地皱了起来，语气不善地道："我痛不痛与你何干，快给我回来。"

"觞昊，小浅心疼你。我知道放你出塔的方法了。"

"你在哪儿？"觞昊的声音微微低哑下来，心头的不安让他握紧了拳头。

"诛仙台。"

觞昊默了许久，既然小浅能说出"诛仙台"三字，便一定是知道了其间因果，他一声叹息，闭上了眼："你……"你回来吧。

这话尚未说出口，小浅便道："觞昊，根本没有宝药，也没有避火的法术，你只是，你只是想诓我跳下诛仙台，让我灰飞烟灭而已。"小浅从来不是个坚强的灵物，说完这话她便哭了出来，"觞昊，你不喜欢我，你想杀了我。"她声音哽咽，想来已经哭花了脸。

觞昊蹙眉道："你自己在那里胡言乱语些什么！"

小浅打断他的话，大声道："可是我喜欢你！我最喜欢的就是你！你好好和我说，我不会不干的……"

听出她言语中的决绝之意，觞昊气红了眼："小浅！你胆敢自作主张……"

"觞昊，我不会牵绊你的。"

言罢，灵犀之术陡然断裂。觞昊心中蓦地一空，他转眼看向地上的那盏长明灯，不熄之火猛地往上一蹿，而后化作一股青烟，灯……灭了。

禁锢他数百年的舍利塔开始慢慢颤动起来，穿透他琵琶骨的金链和锁住他四肢的铁链逐一脱落，世界本应当极致喧闹，可在他耳边只有寂静一片。他死死地盯住那已熄灭的灯，耳边仿似听到小浅软软地说："你一直在这里陪着我，你就是我的家人。"

蠢丫头……

明明，是你一直在这里陪着我。

天魔之体令伤口愈合得奇快，没了束缚和舍利塔的封印，通天神力尽数恢复，他缓步走到长明灯前，轻轻将它放入怀中。

觞昊眸光一凛，佛塔舍利，瞬间分崩离析。

【六】

天魔觞昊破塔而出，天宫之上一片惊惶，在众神尚未做好迎击的准备之时，那抹黑色的身影却自己跳下了诛仙台。众神皆茫然了，关了这么多年，觞昊终于出了塔，却是想死极了？

诛仙台下万物死寂，即便是不死不灭的天魔也不能全身而退。然而待众神赶到诛仙台边时，却见觞昊竟已满身是血地重新爬了上来，而西天的大佛也正坐在半空之中，一脸慈悲地望着他。

觞昊身上的血淌在地上，仿似能汇成一片血泊。他将一盏灰扑扑的灯放到地上，虚弱地道："你不是佛吗，我抢回了她的生魂，救她。"

大佛目带悲悯，却道："我若不救，你又待如何？"

如何？他能如何？觞昊无比清楚地知道，现在杀了谁都没用，小浅灰飞烟灭，因为他而灰飞烟灭。都是他的过错。

见昔日为祸天界的大魔头眸中死寂一片，大佛终是叹道："阿弥陀佛。觞昊，你天生魔胎，生性乖戾，脾性暴烈而极为自私，若不经此一劫，你又如何能真正痛入骨髓，深省过往？当初你为一时兴起而害数万生灵性命，可知他们一如此灯灵般无辜。而今，你可是悔了？"

觞昊的脸贴在诛仙台冰凉的地上，他摸着长明灯，艰难地点了点头，悔，又痛又悔。

大佛微微浅笑："佛法慈悲，念在长明灯灵并无过错，生性纯良，我便以这长明灯再化一个肉身给她。觞昊，你将这生魂放入其中，至于能不能苏醒，全在于你。"

言罢，大佛一手轻挥，那盏长明灯便化作了一个婴孩，竟是觞昊与小浅初见的样子。只是那时的小浅会乐得满地打滚，会爬到他身上放肆地撒野，会软软地唤他"娘，亲亲"。

　　觞昊忍着胸腔中撕裂般的剧痛，将掌心之中小浅的生魂慢慢渡入婴孩身中。可是等了半响，孩子仍未有半点动静。
　　"为何会这样？"
　　"阿弥陀佛，想来定是这长明灯灵生了怨念，不愿苏醒吧。"
　　不愿苏醒。觞昊看了小浅许久，苦笑着想，你这么蠢笨却还会怨恨我，想来跳下诛仙台的那一瞬定是伤心极了吧。他低声问："她要如何才能不怨？"
　　大佛默了半响："下界有一人，名曰百界，她兴许能助你。"
　　觞昊抱起小浅，一步一个血印地往天门走去，只给众神留下一个孤绝的背影和沙哑的承诺："我承你此恩，从今往后，觞昊不再害一人性命。"
　　他是不死之身，能听他立下此誓，众神顿时安了心。
　　觞昊，终于不再是三界的威胁了。

　　小浅虽未苏醒，身体却在一天天长大。觞昊这才发现，原来她成长的每一个模样他都是记在心里的。不知在下界寻了多久，小浅已长得如同她跳下诛仙台时那般大了。觞昊渐渐开始心慌起来，若是永远也寻不到百界这样一个人呢，若是小浅永远也醒不过来呢……

　　春日桃花灿烂，觞昊背着小浅走过落花的小巷，恰好路过一户老宅门前，听见里面有人声传出："我名唤百界，是来收走你心中执念的。"
　　觞昊一怔，推门跨入老宅之中，听闻屋里有老妇人微弱无力的声音。不过片刻之后，百界出了房门。
　　觞昊将目光落在她身上，触及她手中的笔时，觞昊微微一怔，若他没看错，那应当是妖族之物，一个不是妖族的人拿着妖族之物，唯一的可能……便是她与笔的原主人做了交易。
　　不过既是不打诳语的老秃驴让他来找她，想来应当不会有假。

百界将院子里的两人打量了一番，心下立即了然："倒是头一次自己有人找来。"

觞昊静静看了百界一会儿，将背后的小浅抱到身前："我欲请你帮我收走她身上的执念。"

百界静静看了他一会儿："何人告知你我能收取执念？"

"大佛。"

百界默然。

"怎么，你不愿帮我？"觞昊微微眯起了眼，周身杀气四溢，悄然将小院围了起来。

"我没想询问你的意见，今日这忙你帮也得帮，不帮也得帮。"

"你想多了。"百界全然没理会他肆虐的杀气，淡然走到他身前，"助你，亦是在助我自己。只要你有我想要的东西，我便不会不收。"

她把手中的笔放置于小浅眉心，催动法力，笔尖慢慢寻到小浅心中执念。

觞昊见状，周身杀气消散："你倒是不矫情。"

笔尖尚未离开小浅额头，百界道："有一事你可得清楚。"

"何事？"

"她的执念是关于你的，我收走她的执念，她不再怨你也就不再爱你，忘却前尘，对于她来说，这是新的一生，而这一生不再有你。你是自己寻来的，若你现在不想让我收走她的执念，我便不会强人所难。"

觞昊倏地笑了："我有永恒的生命来闯入她的生命中，她忘一次我便让她记起来一次，忘两次我便让她记起来两次，直到再也忘不掉为止。"

光华在笔尖闪烁，百界收回笔："你也不矫情。"

【七】

小浅醒了，却如百界所说，前尘忘尽。她会睁着大眼睛问他："觞昊，你是我爹吗？为什么对我这么好？"

他面不改色地给她擦了擦糖葫芦糊脏了的嘴，道："我是你相公。"

"可我为什么记不得你？"

"你现在可识得我？"

"识得。"

"如此便好。"觞昊埋下头亲了亲她的唇，糖葫芦的甜味也沾染上了他的味蕾，"以前的事情都不重要，你只需记得，我喜欢你，你喜欢我就行。"

小浅眨了眨眼，奇怪道："可我总觉得你是不喜欢我的。"

"我喜欢你。"他在她耳边重复，一遍一遍又一遍，仿似在弥补那日没有说出口的解释，又仿似要小浅深深地将这句话刻在心里，永远也忘不掉。

小浅对这个浮华的尘世十分好奇，觞昊便带着她四处游玩，走走停停。以往在舍利塔中总是小浅的言语多过觞昊，而现在却是他牵着她，走过小浅从未见过的春夏秋冬，诉说着她从未听过的奇闻逸事。但不管是在孤寂的舍利塔中，还是这纷扰的红尘之中，觞昊都成功地让自己变成了小浅的唯一。

仅有的唯一。

夏日大雨倾盆，小浅在客栈的二楼坐立难安，她在窗前来来回回地晃悠，可等了许久，仍旧没有看见觞昊的身影。

她急得红了眼眶，终是忍不住拿了把伞，跑进雨幕之中，她在青石板的街道上一路喊着觞昊的名字，大雨湿了鞋，风又吹乱了她的头发，小浅提了裙子顾不了头发，顾了头发又提不了裙子，她一心急，索性将油纸伞扔了，找一会儿觞昊又哭一会儿。走过大半个小镇，浑身都湿透了。

她爬台阶的时候脚下一滑，摔破了膝盖。她左右张望，皆不见觞昊的身影，她便在大雨中像个孩子一样号啕大哭。

一声叹息在她身后响起，一只有力的手将她拉入了熟悉的温热怀抱。

小浅反应过来，看见觞昊的脸，立即将头往他怀里一埋，蹭了他一胸膛的鼻涕眼泪。觞昊拍了拍小浅的头，声色中带着莫名的颤抖："如此，便别忘了，再也别忘了我。"

想来，被遗忘的人，再如何掩饰，始终是心存惧怕的。

这场大雨之后，小浅病了，一张脸烧得通红，望着觞昊竟开始说胡话，一会儿唤他"娘"，一会儿又叫他"亲亲"。觞昊尚在琢磨着要不要将小浅抱去天界，命那司药神君好好将她看一看。哪想三天之后小浅却突然好了。

觞昊摸了摸她的头，道："下次我不见了，你还那样去找不？"

小浅望了他好一会儿，一句话也没说，觞昊微微蹙了眉，还没说话，小浅老实点头道："还得找。"她说得极为认真，眸中不似往常的空洞，带着更为深沉的东西，看得让觞昊几乎失神。

这一瞬间，觞昊几乎以为小浅是不是想起什么来了。可她又接着笑了，一如往常般清澈，毫无阴霾："觞昊，接下来我们去哪里玩？"

"你想去哪里？"

"沙漠，前些天听人念叨什么长河落日圆，大漠孤烟直，我想去看看。"

觞昊笑了："你亲一亲我，我就带你去。"

小浅眨巴眨巴眼，然后一把将被子掀开了："觞昊，人家说夫妻之间还有更亲密的事。我躺好了。"她巴巴地望着觞昊，生生将这大魔头看得微微眯起了眼。

他一声叹息，拉过被子将小浅盖好，道："你才病好，咱们缓缓。我先去收拾东西。"

客房的门被轻轻掩上。小浅的眼里闪过一抹得逞的笑意。

她确实想起什么来了，可是，也正如觞昊所说，以前的并不重要。现在她只需要知道，他喜欢她，她喜欢他就好。

第十二章·觞昊

第十三章・麒麟

【引】

　　树林深处，一团明亮的火正在急速奔走，在火焰之中竟包裹着一只似马非马的动物。它的背上插着数十支箭，显然是被人所伤。
　　林中有一片宽广的湖泊，火麒麟看了看身后，见没有追杀者跟来，慢慢行至湖边，埋头喝水。
　　忽然，一个陌生的气息靠近。火麒麟立即戒备起来，抬头一看，忽见一个男子浑身是血地从树林中跑了出来。
　　男子出了树林，没走几步便摔倒在地，又生生呕出一口血来。
　　麒麟好奇地踱步到他身边，男子眸光迷离地看着麒麟。两个伤残人士怔怔地互望了一会儿，男子叹道："又是妖怪，竟比方才那只更丑几分……"
　　麒麟不满地撅了撅蹄子，道："吾乃麒麟。"它的声音阴阳难辨，带着几许天生的威严。
　　男子怔了好一会儿，虚弱地呢喃道："若你真是祥瑞之兽，便替人除去那破开封印的树妖，还此方一片宁静吧。"
　　"树妖？"麒麟往树林中一望，果然看见许多树枝在诡异地摇晃，"你是被树妖所伤？"
　　"受人所托，前来除妖。却不料……"
　　麒麟一笑："凡夫俗子，不自量力。"说完这话，它却沉默了。
　　现在追杀它的大批人马也逐渐开始往湖边靠近。这些人类想要它的内丹，而树妖也绝不会放过它，前后皆是绝境……
　　麒麟的目光落在了男子身上。此人气息清正、心肠正直，且命格带煞，是极阴之命。他天生便注定不能吸收麒麟内丹的力量，若将内丹寄放在此人身体中，既能保住他的性命，又可保住内丹不受侵蚀，而自己也能逃出生天。只要内丹还在，它便能在祥瑞之地重生，彼时它再寻到此人拿回内丹即可。

　　"汝唤何名？"

"胤莲。"

"胤莲，吾应你所求。"

胤莲一怔，忽见一颗血红色的珠子自麒麟口中吐出，然后慢慢行至他唇边。

"这是什……"不等他将话问完，珠子便强硬地钻进了他嘴里。

一股灼心的热立即从体内烧了出来，仿似要将他点燃一般。胤莲难受得满地打滚。火麒麟将他拖到湖水之中，任由他慢慢沉入湖底。

它知道有内丹护着，他死不了。麒麟转过身，听见树林中传来人类惊恐的惨叫声，想来是树妖对来追杀麒麟的人动了手。橙红的火焰自周身燃烧起来，它冲入树林之中，炙热的火焰擦过茂密的枝叶。它能听见树妖低沉的痛呼，无数的枝丫横扫而来，是树妖想与它同归于尽。

可对于麒麟来说，形体的毁灭，从来就不是死亡……

【一】

两年后。

一群黑衣人顺着河水边的血迹急速追去。

青衣白裳的男子因失血过多神志渐渐迷离起来。他看了看身后越来越近的追兵，又望着前方湍急的河流，心想，他好不容易才从安山王府逃出来，跳河也比被捉回去做药人来得好。

麒麟血……

胤莲冷笑，江湖中人梦寐以求的至宝，他却并不觉得这东西有多好，除了能吊着他一条命，既不能让他拥有神力，又不能令他身带异能。他没有栖身之所，没有亲近之人，只成了江湖人追杀的目标，俎上鱼肉。

麒麟……若再叫他遇上那只麒麟……

身后追兵已至，领头者看出他欲跳河的意图，立即下令道："给我射断他的腿！"

胤莲眸光一凝，跃身欲跳入河中，忽然之间，不知从哪里蹿出一名红衣女子,她狠狠扑上前来将胤莲的腰紧紧箍住:"别啊!"

胤莲失了重心,重重地摔在地上。追兵的箭跟着射来,女子抱住他就地打了几个滚,狠狠地躲开射来的利箭。

第一轮箭一停,女子也顾不得站起身来,坐在胤莲的身上,拽了他的衣襟恶狠狠地吼道:"我寻了这么久才寻到你,多不容易知道吗!你敢跳河试试!"

他……何时认识过这样的女子?胤莲惊得忘了言语。

那方追杀者的领头立即大喊道:"上!"

红衣女子冷了眉目,抽出了一根通体漆黑的长鞭,随手一挥,所有追兵手中的武器应声而碎,众人皆是大惊。

红衣女子淡淡扬唇道:"他是我要救的人,谁敢动?"她声音带着点天生的沙哑,语气虽平淡却不失威严,犹如山中之虎不怒便自使人畏惧三分。

追兵们面面相觑,一时竟真不敢上前。女子拉了胤莲起身:"咱们走。"

胤莲不动,只淡漠地望着她,那眼神并非仇恨与戒备,只是单纯的空洞:"你不过也是要取我的血吧,我为何要与你走?"

见他如此神色,红衣女子一怔:"我不要你的血。"

胤莲一声轻嘲:"只来救人?谁会如此好心。"

红衣女子皱了眉,她没料到,不过两年时间,生活竟给这个男子造成了如此大的改变。不过想来也是,日日活在被追杀的阴影之下,只怕圣人也得疯了。她柔了眉目道:"我只来救你。"

这边他们俩话尚未说完,那领头者面色一狠,右手刚凝起了内力,却不知那女子是怎么察觉到的,手中竟然丢出了什么东西,落在地上登时响起了巨大的爆裂声,等浓重的烟雾散去,哪还有那两人的身影。

【二】

"为何救我?"

山洞中,失血过多的男子倚墙坐着,静静打量着正在生火的红衣女子。

"只是想救，不行吗？"

胤莲一声冷笑："方才是谁说寻了我许久？虚伪。"

女子也不生气，淡淡地道："信不信随你。我去找吃的。"说完她起身便离开了山洞。

胤莲见她果真走远，歇了一会儿，感觉头没有那么晕了，他又扶着墙站起身来，一步一步向外走去。

他死不了，所以只有好好活下去。做药人的痛苦让他简直生不如死。他不想再过那种生活，只有不停地逃。

夜幕已慢慢降临，胤莲凭着自己的感觉不停地往前走，耳边只有他粗重的喘息声，忽然，前方的黑暗中两点骇人的绿光闪过。

胤莲脚步一顿，屏住呼吸。

林间草丛窸窣一响，一只绿眼大虎猛地蹿了出来，四肢飞跃径直向他扑来。

胤莲下意识地想逃，可还没迈出脚步便被老虎扑住了，血盆大口直接往他脖子上咬去。

生死之间，他却忽然有种解脱的感觉。

正适时，虎头不知被什么东西蓦地揍偏。温热的牙齿在他颈边磨过，死亡擦身而过。

紧接着一道红色的曼妙身影不要命一般从侧面冲上前来，冲撞上老虎的腰身，径直将数百斤重的老虎生生撞出丈远。老虎发出惊天怒吼，胤莲摸着自己的脖子，撑起身子惊骇地看着骑在虎背上死死揪住虎皮的女子。

她说……她叫凌星。

"快逃！"

急促间她只对胤莲吼出了这一句话，接着便一拳打在老虎的头上。

一个女人只身斗猛虎……

胤莲失神地想，她肯定是要他的血有大用处的，是要救她自己的命，还是救其他人的命呢？她既然能与虎斗，身体定是健康的，那她要救的人是谁呢，于她而言值得用命来换……

不管那人是谁，都太幸运。

第十三章·麒麟

凌星的力气大得出奇，十几拳之后，绿眼大虎头破血流当场毙命。她也脱力一般从虎背上摔倒在地。一头的汗，满手的血，她喘着粗气，望着胤莲，声音是一如既往的沙哑："你是在找死吗，嗯？"

胤莲沉默不语，呆呆地看着她。

歇了好一会儿，凌星抽出鞭子，将老虎的四肢套在一起，道："回去吧，今天烤虎肉吃。"轻松得像她捉了只兔子一样。

胤莲静默着，在破开云雾的月光中望向凌星，冷声道："我不欠人情，你既然救了我，我会报你此恩。说吧，你想救谁？"

凌星眨巴着眼看了胤莲许久，待反应过来之后，她倏地大笑起来："我说了是为救你而来，只是为救你而来！"

弯得似月牙的眼里映着朗朗明月，好似一片动人星光，晃得胤莲兀自失神。

【三】

火堆上炙烤着虎肉。胤莲仍旧靠墙坐着，一言不发地盯着凌星。

凌星看了看肉的色泽，估摸着能吃了，她偷偷瞄了胤莲一眼，后者接触到她的眼神，冷冷地转开了头。凌星背过身，立即在怀里掏出了一个瓷瓶。

胤莲斜眼看着那个彪悍的女子笨拙地将瓶里的药粉撒在虎肉上面，其手法粗劣得几乎令人耻笑。淡淡的味道飘散过来，胤莲做了这么久的药人，一闻便知这是最低劣的蒙汗药。想来这家伙定是被无良的药店老板坑骗了。

凌星转过身来，见胤莲仍旧神色淡漠地望着洞外，她将撒了药粉的虎肉递给他："烤得挺香的，你尝尝。"

胤莲接过虎肉，一言不发地吃了起来。他想，以她徒手打死老虎的手段根本犯不着对他下蒙汗药，而普通的迷药于他而言根本就没用。不过他倒是可以顺着她的意，借此查清这个女子的真实目的。

吃完东西，胤莲"睡着了"。

凌星等了一会儿，便伸手解开胤莲的腰带，过分专心地扒男人衣服的女人没注意到手下的身体越来越僵硬。

掀开男人的胸口，凌星看见白皙的胸膛上留下了各种丑陋的伤疤，看样子是这两年内留下的。她微微有些叹息，接着灼热的掌心便贴上了男人的胸膛，里面的心跳似乎有一瞬间的停滞，但是，凌星并不在意，她兴奋地感觉到在他的心跳之中混杂着另一个东西的震动。

凌星大喜，她的内丹半分未损，找回内丹，她就终于可以变回麒麟真身的模样了。

可是当她接着探查内丹的状况时，却慢慢皱紧了眉头。

凌星知道胤莲被关在安山王府里。他做了近两年的药人，一直处于体弱的状态，若是常人只怕早已丧命，而麒麟内丹却将他的命护着。本来一个是阴性体质，一个是极刚烈之物，根本不可能融合在一起的两个个体却在一次次救与被救的过程中慢慢磨合。水火相融是一件极为痛苦的事情，但这个男子却承受了下来。

而今麒麟内丹与男子血脉相连，若是强行取回内丹，胤莲的性命只怕也是走到尽头了……

凌星犯了难，当初她将内丹藏于此人身体中本是好意，觉得做了一件两全其美之事，不料竟会弄成今日局面。

凌星一声叹息，她摸了摸胤莲胸膛上的伤疤，皱眉道："怎么会伤成这样呢，他们到底怎么欺负你了？"

犹豫再三，凌星终是将他的衣物重新拉好，就像她药晕了他只是为了替他查看伤口一样。

这一晚，凌星没睡着觉，胤莲也没有睡着。

仿似一直有一只手带着让人感动的温热，软软地摸过他胸口上所有刺痛的伤疤，混着怜惜的轻叹声，抚慰他狼藉的过去。

就如她所说，她是来救他的，只是来救他的。

【四】

凌星与胤莲在山林中待了几天。凌星没有刻意看住他，胤莲也不跑了，日日吃着凌星捉回来的野味，身体倒养得比这两年来什么时候都要好。

过了几天，凌星见胤莲脸色红润，心想这样下去，他不再需要内丹续命，内丹是不是就能和他的心脉分离开来。

于是某天夜里，凌星又用笨拙的手法在食物上下药。这次她心里堆着事，药下完了，她鬼使神差地将自己下了药的兔肉啃了两口，待反应过来，她失落得像吃了大便一般。

凌星转过头去看胤莲，却见他望着洞外漆黑树林的眼微微弯了起来，宛如微笑。

其实，这个男人笑起来是很好看的。凌星心头诡异地飘过这个念头。正在这时，胤莲转过头来眸光淡淡地看她，一如往常，刚才那个微笑就像是凌星的错觉。

"肉烤煳了吗？"他破天荒地先开口与她说话。

凌星晕乎乎地答了"没有"二字仰头便往后倒去。没想到她连低劣的蒙汗药也扛不住，胤莲忙伸手将她拽住，才没让火焰烧了她一头黑发。

将她放到一边躺好，胤莲在她身边坐了下来。看着她的手，有些发呆，这样一双与寻常女子无异的手为何能那般凶悍地制伏猛虎，又能如此温柔地抚摸他胸上的伤疤……

想到这个，胤莲脸颊微微一红，好似那样灼人的温暖又在他胸膛上游走一般。

胤莲忙退开身子，倚墙坐好，不再看凌星一眼。

这个女人太奇怪了，每次看见她他都能感觉到心跳之外，身体内还有什么在奇怪地跳动。有时像是实物，有时又虚幻得无法捉摸。

清晨时分，凌星一声嘤咛，醒了过来。她捂着脑袋坐了好一会儿才想起昨晚自己蠢成了什么德行。

胤莲和平时一样倚墙睡着，他好似从来不肯将后背露出来，时刻提防着被偷袭的危险。凌星凑过去，细细打量了他一会儿，觉得今日他睡得出乎意料地沉，她才大着胆子拉了拉他的头发。

他还没醒，凌星了然，熟练地扒起了他的衣服。手在他心口贴了一会儿，凌星发现内丹和他的心脉似乎没有分开的迹象。她有些失望，

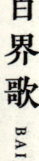

不愿意相信自己的手,亲自贴了耳朵上去听,结果还是一样。

"你在干吗?"

胸腔震动,胤莲的声音在头顶响起。凌星吓了一跳,忙抬起头,慌乱间四片唇摩擦而过,酥麻的颤动直击心灵,胤莲克制着情绪,却克制不住脸颊微红。

凌星也是一片怔然:"你……这是在求偶吗?"

胤莲咬了咬牙,刚忍下情绪,凌星一脸严肃道:"不行,季节还没到。"

你是动物吗……还要等春天?

他这话还未来得及问出口,忽闻山林外惊鸟纷飞。

他脸色一沉,凌星却先他一步站起身来道:"有三四百人,从东北方追来的。"她思索了一会儿,问道,"胤莲,你希望拥有麒麟血吗?"

她第一次主动提出这个话题,换得胤莲一声冷笑:"你说呢?"

"可若没了麒麟血你便活不了了,你又当如何?"

胤莲默了许久,道:"这两年来,我无数次地想过,若是那天晚上,我没有遇上火麒麟,就此死在树妖的手里……该有多好。"他垂下眼,看着自己手腕上永远也消除不了的疤,苍凉了眉眼。

凌星心头一抽:"你恨那只麒麟?"

"恨极。"仿似仇深刻骨。

【五】

凌星准备带着胤莲去苍山之巅,那是火麒麟的栖身之地。

雪峰上的寒气能抑制住麒麟内丹的躁动,而寻常人耐不住雪山寒冷,登不上山顶,那里又隐蔽,极不易被人发现。凌星打算到了那里再设法取出内丹,或许山里的灵气能护住胤莲一命。

深夜,寻偏僻小径而走入荒林中的两人没有点火,怕不慎引来追兵。一棵大树分了两根粗壮的枝丫,两人一人坐一根,靠着歇息。

连日来体力的消耗让凌星憔悴了不少,没有内丹,她只是在消耗自己的血脉之力。这不是长久之计,现今内丹已与胤莲的心脉渐渐相融,他开始不自觉地吸收内丹中的精力,这对于凌星来说是个致命的伤害。若有朝一日胤莲将内丹的力量完全吸收,那她便会彻底消失了。

"麒麟血在你身体里面,别人是怎么发现的?"凌星望着辽阔的星空轻声问。

"与我有姻亲的女子病重,我救了她。"

他只答了一句,凌星便能猜想到后面发生的所有事情,定是那女子出卖了胤莲,他的血虽比不上麒麟内丹的功效,但若长时饮用,确实有治病救命的作用。

或许这是他恨麒麟的又一个理由。凌星一声长叹,却听胤莲冷冷地道:"不用同情。"

"不是同情,我只是……"凌星哽住,她也不知道自己到底怎么了,有点愧疚,有些可怜,还有些莫名的情绪,她摸不清楚。

她话只说了一半,胤莲也不深究,仿似思量许久,他终是将最在意的事问出了口:"为何这般拼命救我?"

初始的相救或许是因为所谓的侠义,之后的生死相护怕是至亲之人也无法做到。她坚韧、倔强,从不说自己受了伤,但胤莲都知道。看见她独自在河边擦洗皮肉翻飞的伤口,他的胸腔会不由自主地紧缩,紧得类似疼痛。

"为什么?"凌星疲乏地眨了眨眼,神志慢慢昏睡,她模糊地呢喃,"嗯,兴许是心疼你吧。"

心疼?

胤莲凉凉地嘲讽:"骗人。"

然而他的脸颊却情不自禁地爬上了红晕,心中仿似有潮汐的浪潮,一波一波,拍着心岸,令礁石松动。

清晨,凌星是被利箭的呼啸声唤醒的。

她头一偏,只听"咚"的一声,箭头没入她耳边的树干里,箭尾颤动。

凌星居高临下地望着树下的女子:"母的?"

女子冷冷一笑:"今日你们休想逃得了。"她话音一落,黑压压的一片黑衣人自树丛中走了出来。

凌星蹙了眉，她身上伤势未愈，若要强斗如此多的人，只怕……

"姚瑶。"沉默的胤莲静静开口，"我与你回安山王府，放过她。"

另一树枝上的胤莲翻身落地。他直直地盯着那女子，仿似在看一个死物。

【六】

姚瑶面容一僵，冷笑道："你为了她甘愿回去做药人？"

她眼中的怨毒让凌星了然："哦，原来你便是那背信弃义的未婚妻子。"

姚瑶脸色一变，凌星也不看她，跃下树枝，一把将胤莲的手拽住。"我还不至于要求别人放过。"

胤莲的态度一反常态地强硬起来，他反手捏住凌星的手腕扣住她的命门，他武功不弱，只是被废了而已。

"多谢你这些日子以来的拼命相护。"他能感觉到凌星的疲惫，也越发不能忍受她的憔悴。"到这里就足够了。"让他相信，这天下还对他留有余温，便够了。

按捺不住心口涌动的情绪，他的唇轻轻擦过凌星的额头，连亲吻都算不上，只是一个触碰，然后他决绝地放手向姚瑶走去。

额头的温度微微扰乱了凌星的心弦，待她回过神来，胤莲已走到了姚瑶身前。眼见那女子的手便要抓上胤莲，凌星不知心头猛地蹿出的这股情绪是什么，二话没说，抽鞭打去。

姚瑶蹙眉，一脚踩在凌星的鞭子上，挥手道："杀了她！"

数十名黑衣人一拥而上，凌星长声大喝，一鞭扫去，数人当场重伤倒地。

姚瑶见状，极快地点了胤莲的穴道，拖了他便往林中深处跑去。她轻功极好，眨眼便不见了踪影。

不知走了多远，行至一处岔道口，姚瑶忽然停住脚步，低声道："方才那女子看来是真心对你好的。安山王世子病重，安山王爷布下天罗地网寻你，你若回去，活得只会比以往更痛苦。我只能助你这一次，赶紧逃得远远的，这世间，总有王府势力到不了的地方。"

她将胤莲藏在一处深草之中,最后看了胤莲一眼,沉声道:"胤莲哥哥,之前他们以爹的性命要挟于我,而今我爹已去……"姚瑶声音一顿,"你……好好活下去。"

姚瑶一边向远方跑,一边拔出袖中匕首,在自己腰腹上扎了一刀,她捂住伤口倚着树干,冲远处追着凌星而来的黑衣人大吼:"休要再管那女人了,药人跑了!往东追!"

众人收了攻势尽数往东追去。

凌星能感觉到麒麟内丹的气息在附近,胤莲没有逃走,她脱力地瘫软在地,涓涓流出的血染红了土地。

从早晨躺到傍晚,胤莲身上的穴道总算是解了,他寻过来便看见凌星宛如没了气息的布偶一般,死寂地倒在地上。

一时间,心脏仿似被人骤地捏紧。

"胤莲……"地上的人察觉到他的脚步声,连眼睛也懒得睁,"去苍山……那里,人少,不危险。"

胤莲顿住脚步,咬牙道:"我独自去便行。你走吧,别和我待在一起了。"

凌星这才睁开了血糊糊的眼,眼神迷离地望着他:"不。"

胤莲仿似气急:"离开我。"

"离开不了。"凌星艰难地弯唇笑了笑,"动不了。"

胤莲紧紧握住拳,转身便走,忽然,背后传来凌星沙哑的一声唤:"喂……不知怎么搞的,我好像喜欢你啊。"

胤莲红了眼眶,没有应声。

【七】

月朗星稀,苍山之上白雪茫茫。又是一场厮杀方歇,刮骨寒风吹走了她满身腥气。

独行脚印留在雪地之上,混着鲜血,红衣女子每踏一步都沉如千斤。忽然,她脚下一滑,狠狠地摔在雪地里,冰雪浸骨,仿似就要将她掩埋。

一双同样冰冷的手将她从雪地里拖了出来。凌星吃力地睁开眼，眼前是一双藏青色的长靴，她努力抬起头，看见青衣白裳的男子神色淡漠地站在她面前："你走吧。我不值得你如此相待。"

不值得……可有时候，值不值得哪能自己说了算。她沙哑地呢喃："我觉得挺值。"

男子看着她灰白的脸色，转过身，带着些许僵硬地说："我不会感激你。"

凌星忍住胸中翻涌的腥气，一边爬起来，一边轻声道："我也不要你的感激。"她走上前，轻轻拉住男子如寒冰一般冻人的指尖，两双冰冷的手在相握的时候也会不经意地摩擦出一丝温暖，宛如凌星此人，是那极寒中带着点点让人心底也为之震颤的温暖，令他不由自主地……沉迷。

"我把他们赶走了，咱们回去吧。"语气温和，像是在哄一个闹了脾气的别扭小孩。

他在凌星看不见的角度垂下了眼睑，心头的悸动被巨大的无奈死死按捺下去，他如同笼中困兽，被现实的铁栏禁锢了脚步。胤莲抽出手，往前走了两步，冷声道："我与你并无干系。"

"有啊。"苍茫白雪中，青衣白裳的男子身影开始慢慢模糊起来，凌星的身子不由自主地向旁边倒去，"我们……关系匪浅。"

身后一声轻响，再无动静。胤莲回头一看，却见红衣女子昏倒在地，而她周身的血染红了遍地苍白。

宛如利爪撕心的痛，胤莲脸上露出再也装不下去的崩溃。他疾步走回凌星身边，将她抱在怀里，细细地探查，直到感觉到她鼻息微弱地起伏着，胤莲才敢放任自己害怕地颤抖。

"你走吧。"他喑哑地说着，却埋首在凌星的脸颊边，紧紧贴着她不多的温暖，无助又绝望，"离开我……求求你。"

体内的血液随着他情绪的波动慢慢翻涌起来，在大雪的天几乎瞬间让他感到了灼心的热，带着焚毁一切的力量在他身体中来回冲撞，令他痛得犹被凌迟。

麒麟血……这一切命运的捉弄皆是因麒麟血而起。若没有这

第十三章·麒麟

东西……

胤莲的喉头回响着如困兽般的沉吟低哮,恨得想杀死自己。可他连死也要受麒麟血的禁锢。

凌星再醒来的时候发现自己已经在苍山的某个山洞中待着了,洞里明媚的火光与洞外的冰天雪地形成了鲜明对比。她望了望只穿了一件单衣站在洞口的胤莲,心道麒麟内丹想来已与他的血脉完全连在一起了吧,只是他还不会运用内丹的力量。而今凌星的身体也已经到了极限,若是再不取回内丹,她只怕是真的要彻底消失在世间了。但取回内丹,胤莲的命怎样都保不住。

你死我活之局,对现在的凌星来说是最简单也是最困难的题。

"胤莲。"她一声轻唤,站在洞口的人转过身来,他一手的血,将凌星吓了一大跳,"手……怎么了?"

胤莲随意甩了甩手腕上的血:"无妨。"他冷冷一笑,满面嘲讽,"反正我已是不生不死的怪物了。"

他面上的神色扎得凌星垂下眼眸。凌星默了许久,终于道:"若我说,我可以助你摆脱麒麟血,但却要以你的性命为代价,你当如何选择?"

"求之不得。"

【八】

是夜,凌星将藏的最后一点蒙汗药给胤莲吃了,和从前一样,没一会儿他便沉沉睡去。她解开他的衣裳,这次她的手指先在胤莲身上的伤疤上游走了一遍,然后轻轻贴上了他的心口。她的手掌不复从前温热,凉得胤莲下意识地汗毛战栗。

感受掌心下的心脏的平稳跳动,还有内丹的轻微颤动,凌星指尖不由自主地颤抖起来。她要亲手杀了胤莲,让这个温热的胸膛变得冰冷,让沉稳跳动的心脏慢慢静止。

"对不起……"凌星沙哑着嗓音道歉,"我没想到会变作今日局面,让你如此痛苦……"她紧咬牙关,颤抖的手指弯曲,开始吸引着胤莲体内的内丹与他的心脉慢慢脱离。

胤莲浑身一震，内丹离开心脉的那一刻，巨大的疼痛席卷全身，几乎让他痛得痉挛。胤莲觉得自己不能再装下去了，若是再不睁眼，他便永远也看不见凌星了。

凌星面色苍白、汗如雨下，仿似比胤莲更痛上三分。麒麟内丹的慢慢回归让凌星皮肤之下逐渐浮现出麒麟鳞甲，她头上长出了角，真身渐现。

看着眼前这张脸，胤莲恍然大悟。之前心中的所有疑惑，在此时尽数解开。她救他，拼命相护，原来不过是因为她的内丹在他身体里藏着。

胤莲一直清楚凌星如此对他定是有什么理由的，只是那个理由一直是个谜，他便放松了警惕，甚至相信"喜欢"这样可笑的理由。但当真正的理由摆在他面前时，胤莲一时觉得，自己被彻底戏弄了。

她不喜欢他，只是利用。这样的想法让胤莲沉了眉目。

"你若想寻回内丹，一开始直说便好了，我不稀罕你这东西，要拿走拿走就是，何苦如此大费周章。"胤莲静静开口，凌星骇了一跳，手上一松，内丹又吸附回了胤莲心脉中。

"你花了这么多心思想拿到这个东西，不知为何，我现在却是不想给你了。"他冷冷地盯着凌星，"火麒麟，你害我至此，我为何还要让你过得舒坦？"

凌星面色一白。

"我胤莲便是日后活得再痛苦难受，今日也不会让你取回内丹，你我不死不休。"

凌星看了他一会儿，倏地笑了："胤莲，我是真的喜欢你的，和内丹无关，我想对你好，也是因为喜欢你，我……"

胤莲此时心绪极乱，不管凌星说什么，他都认为她一定有别的目的，一想到她对他说的每一句话，做的每一件事或许都是虚假的，他就觉得心仿似在被撕咬一样，难以忍受。

"滚。"他打断凌星的话，"别再让我看见你。"

凌星静静地看他："可我还想看看你。"没有内丹，她也就几天的时间了吧。

"滚！"澎湃的内力喷涌而出，径直将凌星扫出丈余远。

他……能用麒麟内丹的力量了。凌星捂着胸口呕出了一大片血，有些高兴又有些失落地想，以后他能把自己护得好好的，再也不需要她了。

【九】

凌星当真走了。

胤莲在山洞之中一步也未动地等了她三天。他坐立不安地想去寻凌星，又怕凌星回来找不到他，他知道凌星的内丹在他这里，她一定不会走远，她一定还在，只是因为前几日他气急说了重话，让她不敢回来而已。

胤莲不是傻子，冷静下来后他心里比谁都清楚，日夜相处，他还没有糊涂到连真情假意都分不清楚。那时他只是气狠了。

风雪中忽然传来浓郁的血腥气，这几日，他的感官比以往要灵敏许多，一下便嗅出来是凌星的血……

心中陡然升起不安的感觉。他冲出洞口循着味道而去。

苍山山脚，光秃秃的木杆上吊着一个红衣女子，她浑身是血，滴滴答答地落在地上，又被沙一般的雪吸了进去，寒风呼啸中唯独没有她的呼吸。

胤莲慢慢走到她下面，呆怔地抬头望着她，阳光割裂的世界在他眼里慢慢崩塌，只留下了凌星破碎的身子和她还未闭上的眼。

"凌星……"

苍山脚下寒风刮得苍凉，他仿似听见凌星的声音"可我还想看看你"，未阖上的眼在此刻终是慢慢闭上了。

最后一眼，他赶上了。

他捂着脸，脱力一般直直跪了下去，遮住表情的指缝间，竟渐渐渗出血泪，分不清是痛是悔还是恨。他不是真的想赶她走的，他只是，他只是不曾料到那一别，竟是永别……

窸窸窣窣的脚步声在四周响起，安山王府的追杀者围追到了苍山脚下，领头者手执长剑，大步走了出来，他一声冷哼不屑地道："此女竟妄图以一人之力挑战我数百精卫队，螳臂当车，不自量力！药人胤莲，你日后若还想过得舒坦些，我奉劝你不要再白做抵抗。否则，这便是你的下场！"

不自量力……

胤莲犹记得他与火麒麟初见，麒麟也说他不自量力。那时她救了他，现在还想救他，想替他将追兵尽数除净，想还他一个安稳宁静的后半生。可是这个自作主张的女人全然不问一句，他到底愿不愿意让她救……

如此痛苦地活着，要拥有比接受死亡更多的勇气。

他不够勇敢，便只能用悔恨与鲜血来祭奠余生。

胤莲望向远处安山王府围追过来的追杀者，血红的眼里澎湃的杀意再也遏制不住。

【尾声】

二十年后，血麒麟以一人之力屠尽安山王府，天下皆惊。

苍山之巅，胤莲静静望着漫天风雪，心中空得连寒风也呼啸不进去了。

"你又来了。"

银铃声渐近，最终在他身后停下脚步。

"二十年之约，你承诺在今日给我的东西，我来收走。"女子一身雪白仿似要与漫天苍凉融为一体，她声音有些沙哑，与胤莲心中的那人有些相像，但她的声音里却没有半分感情。

胤莲微扬嘴角，手抚上心口："大仇已报，我要麒麟内丹再无用处，你要拿走便拿走吧。"

百界拿出笔，轻轻点在胤莲的后背上，取出麒麟内丹的时候，胤莲忽然道："你若是早一点，在凌星寻到我之前便将这东西拿走，多好。"

"我要的,不过是你附在这麒麟内丹上的悔恨和执着。"百界沉默了一会儿,开口问道,"报了仇,会感觉开心一点吗?"

"不会。"

他做了这么多,拼尽一生去报复,回头一想,却觉得自己所做的这一切竟比不上他在凌星活着时,给她一个微笑。他悔的、恨的,不过是当初自己的无情和愚蠢。这样的痛与恨,再多的鲜血和报复也无法消除。

他想赎回的、想补偿的,早就被淡漠岁月无声抹去,再也找不回来了。

笔尖离开胤莲的后背,麒麟内丹连在笔尖上被拖了出来。胤莲眼神一空,身子直直地往万丈悬崖下摔去,飘零如苍山之巅永不停息的风雪。

百界握住内丹,眺望远方天地相连处,一声喟叹:"快了……"

第十四章 · 陆昭林

【一】

陆昭柴今天感冒了，头晕眼花、腰腹无力、手脚颤抖，给主菜装盘的时候，一个喷嚏打出，手一抖，煎好的银鳕鱼便落在了地上，他下意识地伸手去捡，忽然食指传来一阵尖锐的疼痛。

他眨了眨眼，有些愣神地望着自己冒出血珠的手指，上面两个深深的牙印有些骇人，转眼一瞅，灶台之下一只黄色的花猫站在那里，高耸着背，炸了毛，用金色的眼瞳恶狠狠地瞪着他。而它的脚边正是他刚才掉下去的银鳕鱼。

一人一猫对峙了一会儿，陆昭柴淡定地道："好吧，这鳕鱼我不要了，不过你不可以在这里吃。"

他的话音未落，一个打杂的助手突然大叫起来："天哪！这里怎么会有野猫！看我不把你打出去。"说着，提了扫帚便往这边走过来，黄色的花猫咧着嘴发出威胁的低吼声。

陆昭柴咳嗽了两声，拦住了助手："我把它扔出去就好。"他将猫脖子一提，黄色的花猫立即发了狂，四只爪子不停地乱舞，将陆昭柴的手抓出了不少伤口。

陆昭柴也不生气，提了它扔在厨房后门外便关了门。

此时正是冬夜，天际的雪花飘啊飘，寒冷的空气冻得花猫一阵发抖，它不死心地用爪子刨着大门，好像这样就能把门给刨出个洞来一样。

"喵！喵……"

猫的叫声从极度的愤怒到悲伤的呻吟，大门就像一个冷面门神，把它和食物分隔开，寒冷和饥饿或许在今晚就能要了它的命。

它耷拉着脑袋，蜷着身子，倚着墙壁，保留着最后一点体力。

忽然，一道微光在它身边亮起，是厨房的后门打开了一条缝，鳕鱼被装在盆子里推了出来。花猫饿得有些迷糊了，只看见一个男人的剪影在微光中晃来晃去。

"慢慢吃。"他说着揉了揉猫的脑袋，手上被花猫抓出的伤口有的还没止住血。

花猫定定地望了他一会儿,然后在他手心用尽全力的一蹭,颤抖着"喵"了一声。它埋下头,狠狠地啃起鳕鱼来。

陆昭柴看了它一会儿,站起身来,大脑有瞬间的缺氧,他眼前黑了黑,扶着头去洗了手,又接着做起菜来。

下班已是晚上十一点,陆昭柴一身的疲惫,晕晕乎乎地开着车,前方路口应该左转,忽然大脑像是失去了感觉一般,他猛地将方向盘打向右边。

"咚!"路边的行道树几乎被拦腰撞断,安全气囊弹出。陆昭柴的世界瞬间变得混乱起来,嘈杂的声音,刺眼的路灯,汽油的味道,腿骨撕裂般的疼痛,可是渐渐的,所有的感觉都离他越来越远,只有一声弱弱的猫叫,仿佛在耳边一般,一直不停地回响。

他感觉有东西拉着他的衣襟将他往破碎的窗户外拖拽,转眼一看,是那只黄色的花猫。

见他看向自己,花猫叫道:"你挺住啊,我还没报恩,你不能死啊!"

猫……说话了?

陆昭柴觉得他不是被撞傻了就是疯了,他两眼一闭,彻底晕了过去。

【二】

再次醒来的时候,是在充斥着消毒水味道的医院。床头有护士正在给他换吊瓶,见他睁眼,护士道:"你可算醒了。"

"我……"他的声音十分沙哑,"怎么了?"

"车祸,这都住院两天了,你都不记得了吗?听说救护车到的时候你躺在车子外面,车子已经燃烧起来了,你的腿都粉碎性骨折了,当时还那么坚强地从车里爬了出来,真是不容易。"

是吗……原来,他那么坚强。

可是为什么只要他一回忆当时车祸的场景却是满脑子的猫叫呢?

护士离开之后,陆昭柴静静地闭目养神,他想,他这个老板兼主厨两天不见踪影，餐厅肯定是一团慌乱，现在必须尽快和经理、主管们取得联系才行，可是他记不住他们的电话号码，手机又不在……

"你醒了吗？"一个稍显稚气的声音突然在他耳边响起，他睁开眼睛，看见一个护士打扮的女生站在他的病床边，目测年龄不超过十六岁，头上的护士帽歪歪斜斜地戴着，一双金色的眼睛直勾勾地盯着他，"身体好些了吗？还有没有哪里不舒服？我是来服侍你的。你想要什么样的服务，我都可以给你提供哦！"

陆昭柴沉默了许久，打发她道："精神科出门右转。"

女孩看了他一会儿，拍手道："啊！你这句话就是在嫌弃我！"

于是，陆昭柴的表情果真变得嫌弃了："病房不能随便乱闯，小孩子就该乖乖地待在自己应该待的地方。"

"可是。"女孩委屈地噘着嘴，"我真的是来服侍你的啊。我什么都还没做，你怎么就嫌弃我了……"

做了……还了得？陆昭柴不再理她，闭上眼睛静静地养神。没一会儿便感觉一阵凉凉的风吹在他扎了针的手背上，他也没睁眼睛，问道："你干吗？"

"帮你吹吹，这样就不痛了。"

"不用。你安静一会儿我更舒服一点。"

女孩老实安静下来，隔了一会儿她又开始往他被子里塞东西，陆昭柴眉头越皱越紧，在感到床铺一阵湿润之后，他终于不耐烦地睁开了眼睛："你又干什么！"看着女孩一脸的无辜和委屈，陆昭柴一声叹息，觉得自己过于凶恶了，毕竟对方只是一个生病了的小姑娘。

但是当他掀开被子，看见自己被窝里血淋淋的猪内脏时，他瞬间凌乱了，再看向小护士，只见她手中一个蓝色的塑料口袋里还装着几块带皮的生猪肉。

"你……"已经无法用任何语言表达他的心情了。

女孩着急地解释："大冬天，窝里没有食物，你会饿死的，我给你寻找了食物……"

在窝里存食物过冬……所以你现在扮演的是野生动物吗？陆昭柴的嘴角抽了抽，不知自己该做出怎样的反应。

"我好不容易寻找到的，你……你不喜欢吗？"女孩撇了撇嘴，脸上是满是失望的表情,她垂下脑袋,眨掉眼睛里的湿意,弱弱地呢喃道:"你不喜欢,我就再去给你寻找别的。"

陆昭柴忙道:"不!别找别的了,我很喜欢。"这句脱口而出的敷衍的话却让女孩的眼神从失望的灰败慢慢亮了起来,她呆呆的模样让陆昭柴心底一软。算了,反正不过是个生病的小姑娘,他顺着她一点,也没什么大不了的,陆昭柴这样想着,脸上的神色缓了下来,他认真地重复道:"嗯,我很喜欢。"

女孩的唇角慢慢拉出了一个明媚的笑容,整个人像雨后的阳光一样灿烂:"招财大人!你真是温柔的好人!"

招财大人……陆昭柴还没来得及对这个称呼做出表示,女孩又从生猪肉里掏出了一个手机,上面沾满了血丝,女孩说道:"这是你的手机,物归原主。"

陆昭柴看着自己血淋淋的手机默然无语。女孩高兴地冲他挥了挥血红的手道:"我明天还会来照顾你哦,今天的时间到了,我先走了!"

说完,她一阵风似的跑出了门,门被大力地关上,立刻又被推开,女孩探进脑袋来大声说道:"差点忘了,我叫阿喵!"房门再次被关上。这次是真的彻底安静下来了。

陆昭柴看着自己一床的生鲜食材,四溢的鲜血,还有那被个血泡坏了的手机只能仰天长叹。

"其实……是谁买凶来玩我呢吧?"

【三】

第二天一大早,陆昭柴不顾医生、护士的劝阻强行要求出院,他身上都是些轻微的伤,只是折了腿,行动不大方便。

他没注意到的是,一只花猫尾随着他的脚步一直偷偷跟着他出了医院大门,直到他乘坐出租车离开。花猫对着渐行渐远的出租车可怜巴巴地叫了两声,像是在说:"招财大人,带上我啊……"

陆昭柴去了餐厅,本想坚守阵地,但是餐厅的众人见他瘸着腿,问清楚了前天发生的事,忙把他往家里赶,陆昭柴无奈,这才独自回了家。

可是他万万没想到,在自家大门口守着一个少女,歪歪斜斜地戴着护士帽,一双金灿灿的眼睛看着他:"招财大人,我跟来服侍你了。"

陆昭柴有瞬间的无力感,他揉了揉太阳穴,呢喃着道:"到底是怎么找来的……医院都不把病人看好吗?"

阿喵"耳尖",听了这句话立刻气嘟嘟地说:"对啊,都不把病人看好,招财大人都残了,怎么能让你到处乱跑,要不是我偷了医院的档案找了过来,你一个人要怎么孤苦伶仃地生活,光是想想阿喵就觉得心酸。"她抹了两把眼泪,又握拳道,"不过没关系了!现在招财大人有阿喵在身边,我会帮你打理好一切的。"

听完她这番话,陆昭柴径直掏出方才新买的手机打了120:"喂,您好,你们有个精神病人跑出来了,嗯,没错,现在在我家,求助。"

不等他报出地址,阿喵忙扑上去将他的手机抢下来,挂断了电话。她转过头来,含着泪水气愤地说道:"招财大人怎么可以这么污蔑阿喵!阿喵这么聪明哪里像精神病人!"

哪里不像……陆昭柴还没来得及反驳,又见阿喵擦干泪水,一脸坚定地拍了拍他的肩膀说:"不!没关系,阿喵无所谓!因为,阿喵对大人深深的爱苍天可鉴!"

"喂……"爱是怎么冒出来的?

"大人虐喵千百遍,喵待大人如初恋!不管天崩地裂,我都是会一直坚守在大人的身边的!"

陆昭柴抚额叹息,末了毫不客气地劈手夺过被阿喵抢去的手机,强硬地道:"你该坚守在医生身边,我不需要你的爱也不要你的照顾,你独自跑出来让父母多担心!赶快回去吧,别让我报警。"

阿喵脸上的神采在接触到陆昭柴冷漠的表情之后慢慢变得黯淡下来,她埋下头道:"父母……早就不在了,他们才不会担心。"

陆昭柴掏钥匙的手微微一僵,脑海里对这个女孩的身世有了各种悲惨的猜想,看见她失落的神色,陆昭柴真想把刚才说的话收回来。但是语言的伤害一旦造成,用什么都弥补不回来。他清咳两声掩饰了尴尬:"总之,我这里不是你该待的地方,回医院去吧。"

说罢,他开门进去。阿喵一直耷拉着脑袋,直到陆昭柴关门的前一刻……

"招财大人不喜欢阿喵吗,阿喵……给你造成困扰了吗?"

门缝中,女孩的身影看起来单薄而可怜,歪歪斜斜的护士帽又往下滑了滑。

不能可怜她,不能可怜她!陆昭柴一狠心,"咔嗒"一声将门关上。

安静的楼道里安静了半晌,最后只有女孩弱弱的声音轻轻回荡了一会儿:"对不起。"

【四】

"唉……报个恩也能搞砸。真是蠢得没救了。"黄色的花猫趴在小区的花坛上仰天长叹。

正是阿喵,此时,离她被陆昭柴赶走已经有三天了,她一直在这个小区里面转悠,希望躲在远处悄悄地打量陆昭柴,但是这三天陆昭柴没下楼。阿喵深深觉得,人类果然是个神奇的物种。

她打了个哈欠,无聊地动了动耳朵,刚一抬头便瞅见陆昭柴终于走出了那栋楼,他拄着拐杖,走得有些吃力。阿喵浑身一震,立马撒了欢似的跟了上去。

陆昭柴没走多远,他出了小区,去了一个最近的超市,没一会儿就采购了一大包东西出来。阿喵立刻跑到他脚边打转,本来是想去看看他的腿伤如何,哪想陆昭柴见了她,居然从一大包东西里掏出了几条鱼干,递到她的嘴边。

阿喵睁大眼睛抬头看他,此时的陆昭柴在她眼里巨大非常,但是神色却很温和,一如那次他将鳕鱼装在盆子里推出来喂她吃一般:"慢慢吃。"

还是这句话,阿喵眼眶一热,刚在他掌心里蹭了一蹭,陆昭柴的身子却重重地摔倒在地了。阿喵惊慌地让开,又见一个穿着黑夹克的男子捡起了陆昭柴掉在地上的钱包,拔腿就跑。陆昭柴腿伤未复,挣扎了半天也没爬起来。

阿喵只觉一股冲天怒火登时烧没了她的理智。

敢抢她喵星人护着的男人!

她四条腿一伸，跟着便追了过去，男子转过街角，跑进了一条僻静的小巷子里，阿喵捏了个诀，立刻化为人形，她冲上前，飞身一脚径直踢在小偷的背上。小偷登时失去重心，狠狠往前扑倒，阿喵"喵"的一声大叫冲上前去，抓住了小偷的两条腿，随即抬起脚狠狠地往小偷裤裆中间踩去。

小偷白眼一翻，大叫一声，直接晕了过去。

阿喵还嫌不够解气，又狠狠地跺了两脚。

于是，一瘸一拐赶过来的陆昭柴便看到了这么一幕让所有男人蛋疼的画面，他张着嘴，不知道该说什么。阿喵察觉到身后有人，回头看见陆昭柴，心里一慌，立刻扔了小偷的腿捂了脸便跑。

"站住！"陆昭柴大喝，"给我回来！"

阿喵老实地站住脚步。

陆昭柴也没有管小偷偷走的钱包，上前抓了阿喵便问："不是叫你回医院吗！"

阿喵的眼睛盯着地面，不敢回答。陆昭柴火了："什么混蛋医院竟然放你一个人在外面走！"说完，他自己先对自己唾弃了一番，前几天，不正是混蛋的他将她一个人赶了出去，让她在外面流浪……

"阿喵就想待在招财大人身边。"她委屈地说，"阿喵很能干，长得漂亮脾气好，会看大门会打扫，能打小偷捉老鼠，招财大人是哪里嫌弃阿喵了？"

这番话说得陆昭柴彻底无语，沉默了许久他终于问道："为什么不想回医院？"

阿喵很不解，招财大人对于把她送回医院那个地方似乎有种超乎常人的执念，为了打消他的执念，阿喵道："那里有人虐待我，阿喵会死在那里的。"

陆昭柴面色一沉，蹙眉问道："医院的人虐待你？"

"嗯。"

他眼中的神色从愤怒到沉重，最后他摸了摸阿喵的脑袋，声音中带了几分难以察觉的温柔怜惜："既然是这样，那你……"

"那我就留下来了！"阿喵抢过他的话头大声地说了出来。

"不……我只是想说，那你换个医院待吧。"

他这句话说迟了，阿喵已经牵住了他的手，睁大眼睛满眼期待地望着他："招财大人你果然是温柔又善良的大人！"陆昭柴抽了抽嘴角，无言地落下两滴汗，阿喵笑嘻嘻地说，"咱们一起回家吧！"

陆昭柴没动，阿喵奇怪地看着他："招财大人？"

拒绝的话在喉头转了一圈，看着阿喵金灿灿的大眼睛，陆昭柴叹了口气："没事……我只是在想回去吃什么。"

"不用担心，阿喵做饭给你吃！"

【五】

陆昭柴后悔了，非常后悔！

他默默地看了看眼前这一盘焦煳的块状物，又回头瞅了瞅一片狼藉的厨房，再抬头望向一脸邋遢的阿喵，道："所以……你其实根本就不会做家务事？"

阿喵耷拉着脑袋可怜兮兮地道："阿喵很会吃。"听见陆昭柴的长叹，阿喵立即紧张地抓住他的手说道，"招财大人要赶我走吗？我可以学啊，我很聪明，学得可快了。"

陆昭柴看了她一阵，摇头道："算了……"

阿喵脸色一变："可别算了啊！你别嫌弃我……我……"她想了好一会儿愣是没想出来自己能做些什么，于是神情越发焦急不安起来。

陆昭柴拄着拐杖站起身来，往厨房走去："你想吃什么？"

"招财大人……"

陆昭柴哭笑不得地望她："问你想吃什么？"

阿喵呆呆地回答道："鱼。"

陆昭柴一边准备厨具一边揶揄她："明明笨得像小狗一样，却喜欢吃猫爱吃的东西。"厨房的灯光温暖而柔软，就像是陆昭柴的脾气一样，温暖地带着煎鱼的香气，让她无法不为之着迷。

她突然觉得自己方才说得也没错，真想吃掉招财大人啊，"嗷呜"一口吞掉，让他慢慢融化在自己身体里。

阿喵便这样站在厨房里看着他直到晚餐做好。白瓷盘里放着煎得金黄的鱼肉，迷人的香气让阿喵美美地眯起了眼。陆昭柴揉了揉她的额头：“慢慢吃，小心刺。”

阿喵赶紧点头，咬了一口鱼，又恍然想起陆昭柴方才的动作，面色一沉，忙摸到了自己头上，感觉护士帽还好好地戴着，她这才放下了心。陆昭柴瞟了她一眼：“讨厌别人摸你脑袋吗？”

喜欢招财大人摸……这话阿喵没有说出口，她迟疑了一番，然后点了点头。

陆昭柴理解道：“嗯，抱歉，以后不摸了。”

阿喵神色复杂地噘了噘嘴，不是讨厌啊……只是，如果摸到了猫耳朵，你会讨厌我的，会因为害怕而离得远远的。那才是她最害怕的事情。

可是不管阿喵内心多么复杂，陆昭柴心里多么纠结，这只喵星人终于在他家落了户。阿喵如她自己所说的很聪明，没几天便将家务事全都学会了，只是做饭这件事还是由陆昭柴负责。

时间一久，陆昭柴也觉得有阿喵在身边陪着似乎也没什么不好。陆昭柴本就是个温和的人，他知晓了阿喵"悲惨的过去"，对她心怀怜惜，又因为自己曾狠心地将她赶出了家门而难免愧疚，加上阿喵总爱黏在他身边招财大人招财大人的叫，像只小猫一样乖巧又可爱，在种种情绪的综合下，他对阿喵一日比一日好，甚至是……宠溺。

陆昭柴不知道，在他这日复一日的宠溺之下，阿喵对他本来只有几丝的爱慕之情，日渐壮大成了如滔滔长江水般势不可挡的龌龊心思。

此时正值春日，小区楼下的野猫们成日成夜叫得销魂，阿喵心里也发慌，日日思索着怎么将陆昭柴给扑倒办了。但好歹她是一个知廉耻守礼仪的喵星人，除了本性外，她尚还存着一种名叫理智的东西。

于是，在理智的驱使下，阿喵在某日的食物采购之中，顺道去逛了一下药店，顺手买了两瓶那啥药和一包塑料状的安全防护物。然后，她紧张地回了家。

【六】

到家的时候陆昭柴并不在，但是餐桌上却规规矩矩地摆着两盘做好的蒸鱼。

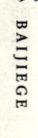

紧张的阿喵无心顾及陆昭柴去了哪里，她趁这个机会将药放到了陆昭柴的食物里，本来只放了一瓶，但阿喵考虑到招财大人其实是个温柔的男子，若是不逼至绝境，他是绝对不会对她做出坏事来的，于是阿喵狠心地放了两瓶，决计要让陆昭柴走上回不了头的绝路。

下完药，阿喵就坐在桌子的另一头死死盯着那盘蒸鱼，紧张得直哆嗦。

没过一会儿，大门"咔嗒"一声，是陆昭柴开门回来了。阿喵立刻屏住了呼吸，僵硬地转过头跟他打招呼："哈……哈，你，你回来了，回来了啊！"

陆昭柴拄着拐杖，不大方便地脱下披风应道："嗯，你等很久了吗？自己先吃着啊。我还得再做一份鱼才行。"

"啊……"阿喵一阵失神，大脑里瞬间闪过"招财大人你通神了吗，你怎么知道我今天下药了"的想法，但是，当她看清陆昭柴怀里抱着的东西的时候，什么紧张、害羞立刻被一股莫名的酸气冲走了，她阴森森地道，"这只猫……是哪里来的？"

陆昭柴怀里正抱着一只黄色的大花猫。他解释道："这家伙不知是被谁抛弃了，像是快要饿死了，我见它可怜就捡回来了，喂点吃的就放走。"陆昭柴一边说着，一边走过来端了桌子上的蒸鱼过去。

阿喵只顾着恶狠狠地瞪着那只猫，紧张地在戒备着它，像要冲上去将它打一顿拖走一般。

直到大花猫开始吃起蒸鱼来，阿喵才反应过来哪里不对劲。她回头看了看对面空荡荡的桌面，那里原本属于陆昭柴的蒸鱼，不见了……

阿喵僵硬地转过头，看着将她"精心"准备的食物吃得正欢的野猫，突然有种想将它分尸的冲动。"不能给它吃！"阿喵拍案而起。

陆昭柴吓了一跳："怎么了？"

"鱼……鱼……"阿喵结巴了半天终于大吼出一句，"鱼是我的！"

陆昭柴十分不解："你不是还有一份吗？不够的话，我再给你做就是。"

阿喵指着那只大花猫气得浑身发抖："这家伙……这家伙太讨厌了！我要把它丢出去！"

陆昭柴不赞同地沉了脸色："突然使什么性子，吃完这顿就把它放走，你着急这一会儿……"他的话音未落，大花猫像是突然受了什么刺激一般，眼睛一下就亮了，急冲冲地奔到阿喵脚边，猛地抱住了她的腿，急吼吼地想往上爬，爬不上去就在下面来回地晃动。

阿喵浑身僵住了，她没想到这原来是只公猫。

陆昭柴也愣了一会儿，他极不自然地咳了两声。阿喵火了，拖着腿走到门边，拉开大门一脚把大花猫踢了出去："楼下这么多嚎的，自己找去！"

狠狠地关上门，阿喵觉得丢脸死了，她低着脑袋不说话，陆昭柴沉默了一会儿道："我再补条鱼给你？"

阿喵抬起头，一张脸憋得通红，眼里竟含着亮晶晶的泪水："你这种取了个小狗的名字却喜欢猫的人类最讨厌了！阿喵今天不想看见你！"说完，她回了自己的房间，将房门落了锁。

陆昭柴望着紧闭的房门，呆了许久："不就是……一条鱼的事情吗？"

招财大人，你不懂，这是尊严的事情。

【七】

陆昭柴将刚蒸好的鱼放在阿喵门口，然后使劲儿往门缝里扇风，清香的蒸鱼味道一阵又一阵地飘进屋子里。陆昭柴诱惑道："阿喵，饿了没？"

屋里没有响动，陆昭柴又唤了几声，阿喵还是不理他。他有些无奈地长叹，他敲了一下午的门，说尽了讨好的话，阿喵却硬了心肠不理他。陆昭柴心道，这丫头如此的倔，要养一辈子是一件多么艰难的事啊！这个念头一出便将陆昭柴吓到了。

养一辈子？开什么玩笑，阿喵又不是一只猫，她迟早会有自己的生活，会嫁人生子，而他也会娶妻。他们迟早会分开，除非……

"你娶我吧！"

阿喵的房门突然打开，她站在门口，严肃地说出了这句话。陆昭柴蹲在地上仰望着阿喵，呆了许久："什么？"

"招财大人，阿喵喜欢你，你娶了我吧。"说着她也蹲下了身子，直视陆昭柴的眼睛道,"你也喜欢阿喵的,对吗?对吗?"面对阿喵的步步紧逼,陆昭柴慢慢向后退,终于坐在了地上,阿喵也不客气,直接往他身上爬,眼瞅着唇与唇便要相遇,最后关头陆昭柴终于大喝出声:"等一下!"

阿喵停住,往他腿上一坐,睁着大眼睛望着他问:"你不喜欢阿喵吗?"

陆昭柴揉了揉自己的额头,好不容易才按捺下了翻涌的情绪:"怎么突然之间说这个……"

"我早就想说了,因为我很矜持,所以一直藏着自己的心思。"陆昭柴听得直抽嘴角,你现在这副模样叫作矜持吗?矜持吗!阿喵不管他如何想,继续说道:"你不喜欢阿喵吗?"

"不……可是你还小。"

"才不呢,用你们的年龄来算,阿喵已经二十岁了。"

此时内心慌乱的陆昭柴全然没有注意到阿喵的用词,只一门心思地在想如何拒绝她。阿喵却在这时一手搂住陆昭柴的脖子,一只手贴在他的心口,然后勇敢地将自己的唇贴在了陆昭柴的唇上。

陆昭柴懵了。

软软的小舌头舔着他的唇,然后调皮地钻进他的嘴里将他狠狠纠缠住。阿喵的吻青涩却又极具挑逗性。不知过了多久,在两人都有些气喘吁吁的时候,阿喵终于离开了陆昭柴,然而男人的唇竟还依依不舍地将她含住了片刻。

阿喵笑眯了眼,她贴着陆昭柴的耳边说道:"招财大人,你骗不过我的,你也心动的。"

"你喜欢我。"

就像一句咒语解开了陆昭柴的定身咒,他猛地推开阿喵,起身,瘸着腿快步离开阿喵,然后拉开大门,落荒而逃……

看着紧紧关上的大门,阿喵失神地呢喃:"我……扑上去了啊。"她坐在冰凉的地上,摸了摸自己的唇,然后脸颊烧得通红,"哎呀,招财大人的味道真心不错,比什么鱼都还美味!啊,好害羞!"

这一晚,陆昭柴坐在公园的椅子上抽了一宿的烟。

他很清楚地知道在阿喵坐在他身上时那股莫名的冲动是什么,喜

第十四章·陆昭林

不喜欢阿喵,他不知道,活了这么多年,他根本就没有尝过恋爱的滋味。但不管他对阿喵是怎样的感情,在他冲动的那一刻,陆昭柴觉得自己就像一个诱拐了少女的猥琐大叔。

真……让人唾弃……

【八】

一直躲避也不是办法。陆昭柴终于还是在翌日清晨回了家。打开房门,陆昭柴一眼便看见了趴在客厅地上的阿喵。他一惊忙走上前,仔细打量了她一番,发现她只是睡着了,这才放了心。

看她这模样应该是昨晚一直待在这里没动过。陆昭柴心中有些愧疚,昨天他就那么夺门而去,阿喵心里会怎么想,以为他厌恶她了吗?这丫头应该很难过……

陆昭柴将她抱回了床上,刚想抽身离开,却忽然被阿喵拉住了衣角。她还睡着,迷迷糊糊地唤:"招财大人。"一遍又一遍,唤得他心生柔软。

从没有人如此依恋过他,他曾经以为这样的感情会是一种负担,但他现在忽然觉得,这样的负担竟令人愉悦。陆昭柴一声叹息,在阿喵的床边坐了下来。

他见她的头上还歪歪斜斜地戴着护士帽,心想她肯定睡得不舒服,便动手将她的帽子取了下来……

猫……耳?

陆昭柴看见阿喵头上的两只耳朵,一时有些愣住。他觉得奇怪,这丫头干吗戴着这样的装饰品,但是当他捏到那对猫耳上时,陆昭柴的神情宛如被雷劈了一般僵住了。这个……这个居然是真的。

耳朵被挠痒,阿喵在陆昭柴的掌心舒服地一蹭,然后转了转耳朵,咂了咂嘴,接着睡。

过去了一分钟,阿喵陡然惊醒,她慌张地摸了摸头,惊觉头上的护士帽不见了,然后转眼便对上了陆昭柴震惊的眼神。阿喵石化了一瞬。待反应过来,她立即紧紧拽住陆昭柴的手,声泪俱下地哭诉:"不是你想的那样啊招财大人!你听我解释!"

陆昭柴幽幽地说:"是吗,原来这才是你待在医院的真正原因,原来是因为这个他们才会虐待你。阿喵……你真不容易。"

"啊……"这回换阿喵一阵发呆。

"因为害怕别人知道你的耳朵长得与常人不一样,所以你才一直戴着护士帽,所以你才一直装疯卖傻,不告诉我你的过去吗?"陆昭柴心疼地将阿喵搂进怀里,"你放心,以后我不会让别人欺负你了。没事了没事了。你别紧张,我不在意。"

喂……你是不是误会了什么?阿喵张了张嘴,但在陆昭柴温柔的怀抱之中,她终于选择了什么都不说。

房间里气氛正好,阿喵正在思索着要不要就此将事情办了,忽然听到一阵刺耳的门铃响起。陆昭柴拍了拍阿喵的背,然后独自去开了门。阿喵坐在床上恨恨地捏了捏拳头,她发誓,如果是保险公司来推销的,她一定会让他哭着出去。

"你好,我叫流波,是来找蠢喵的。"

门外传来一个男人冷漠的声音,让坐在床上的阿喵僵住了身形。她悄悄躲到卧室门边,往大门外望去。然后……瞬间石化。

陆昭柴打量了门口的男人一眼,心底下意识地起了戒备之心,可是还不等他说话,黑衣男人的目光便落到了屋内,他招了招手,命令道:"过来。"

【九】

他就那么轻轻地一招手,阿喵便耷拉着脑袋老实地走了过去。

经过陆昭柴的身边,他下意识地想伸手将阿喵拽住,但是还没碰到她便被流波伸出的手隔挡开:"先生,不好意思,叨扰多日,今日我便将这祸害带走。"

带走?陆昭柴的心头一惊,近乎强势地拽住阿喵的手,他直勾勾地盯着流波道:"这得问问阿喵的意思。"如此与人针锋相对,这对于向来温和的陆昭柴来说还是头一次。

阿喵的耳朵动了动,眼睛亮亮地望向陆昭柴,他这句话的意思是,只要她不想走,谁都不能把她带走吗……招财大人的心里果然是有她的!如此一想,阿喵立即感动得泪花滚滚。

流波眼睛眯了眯,这才将陆昭柴上下打量了一番道:"我的意思便是她的意思。"

陆昭柴将目光转到阿喵身上,挑着眉问:"你的意思?"

"不不不!绝对不是!"阿喵连忙摇头否认。流波变了脸色。

陆昭柴心中暗爽,面上还说:"你看,不是她的意思。"

流波一声冷笑,一把掀开了陆昭柴拽住阿喵的手,不再说一句话,拖了阿喵便走。陆昭柴面色一变,还没发作,便听阿喵大叫道:"父亲,父亲,我不走啊,我找到丈夫了,你瞅瞅他,你瞅瞅他啊!"

父……亲?陆昭柴愣住了,看起来与他一般年纪的……父亲?

阿喵,果然是未成年……他果然是诱惑无知少女的猥琐大叔吗?这个认知宛如晴天霹雳般轰在了陆昭柴身上,让他傻傻地僵住了身子。

但是阿喵却不知道陆昭柴的心思,她对流波说道:"昨天我才与他说了这件事,他刚要答应我,父亲你就来了。"阿喵语气中带着抱怨,流波听了这句话却气笑了:"嫁人?"他一把拉住她的耳朵,"玩心未退,心智不熟,连耳朵都没进化干净就嫁人,我不是养你来祸害人类的。"

"我不会祸害招财大人的!"

阿喵急着要解释,陆昭柴插话进来道:"没错,你还没成年,不该这么早就结婚。你还是跟你……爸爸,回去。"

"我成年了!"阿喵心中着急,一把挥开流波的手,拉住陆昭柴道,"我二十岁了,我只是,我是……"她咬了咬牙道,"我是喵星人!外表看起来要比人类小一些,可是我已经二十了,我只是心智未熟,没办法让耳朵消失而已……"

"喵……星人。"陆昭柴被接二连三的天雷轰得外焦里嫩,此时已忘了自己该做何表情。

阿喵撇着嘴可怜巴巴地望着陆昭柴:"你……讨厌外星人?"

他对外星人……根本就谈不上感情啊!

流波将阿喵一拽,径直往门外拖去:"连身份也未曾告知就想和他成亲。胡闹!"

阿喵这次没再挣扎,只是一直依依不舍地望着陆昭柴,哪怕他只是上来拉她一下,下意识地挽留她一下也好。不要让她觉得这段时间的付出是那么失败。

可是陆昭柴只是傻傻地站在大门口，没有任何动作。

"招财大人……"你又要抛弃阿喵了吗？

"等一下！"陆昭柴恍然回神一般大喝道，"等等！"

流波停下了脚步，陆昭柴急忙走上前来，眼神中仍有惊讶之色未褪，他捂着脸冷静了好一会儿，才深吸一口气道："我或许接受不了外星人。"

阿喵失望地垂下了头，满脸失望。

"和你相关的事还真是每件都这么令人惊讶，我方才在想，如果今后我娶了个平凡的老婆，和你相比，生活是不是会变得更无聊……"他一声叹息，无奈地笑道，"所以，如果外星人是阿喵的话，我大概可以一边养一边试着去习惯。我等你慢慢长大，你也等我慢慢习惯，好不好？"

阿喵抬起头，满眼皆是阳光。

可是她仍没忘记身后拽着自己的那人，她一转头，含着满眼的泪，望着流波："父亲，好不好？"

流波沉默了许久："没出息……"然后他叹息着放了手。

【尾声】

一年之后。

"咦……阿喵，你的耳朵……"

"不见了，不见了吧！昨天有个叫百界的女子来过了，她说了一通莫名其妙的话，然后拿笔在我耳朵上一点，它就不见了。她说我该长大了呢！"

陆昭柴笑了笑："嗯，确实成熟了不少。"

"那招财大人你习惯了吗？"

"嗯，差不多习惯了吧。"

"好！那我们今天拾掇拾掇把事情给办了吧。"

"什么事？"

"羞羞的事。"

第十五章・胡露

【一】

下班的时候，胡露在公司办公楼下看见了一个美丽纤细的少年。

他一身古装打扮，身披白色绒毛大氅，穿着鲜红的衣裳，脚踏青花布履，一头长至腰间的青丝，头顶两个小小的耳朵，还戴了一副红色的美瞳，引起了不少路人的打量。

胡露想，这是哪个剧组落下的演员？大热天的穿这么多，讨生活真是不容易啊。

第二天上班的时候，胡露看见那少年还站在那个地方，一动不动地望着对面大楼墙上的大屏幕。下班的时候，胡露看见少年还站在那儿，她听说，这个少年从今天早晨到现在就没挪过地方。

经过一天的暴晒，他的脸颊像被火灼烧过一般的红，像是被晒伤了皮肤。美丽的面庞一直仰望着对面的屏幕，表情却有些茫然失落，看起来很是可怜。

他到底在看什么……

胡露正猜测着，忽然看见一个小姑娘捧了杯凉茶过去。姑娘娇滴滴地说："你要不要到阴凉的地方……"

"离我远点！愚蠢的人类！"

他一开口，极度的不满和不耐烦便冲了出来，像是隐忍了许久终于被人点燃了一样。四周围观的人都被这句突如其来的怒喝吓得一抖，小姑娘也怔住了。

见面前的人没走，少年毫不客气地一把抢过姑娘手中的凉茶，"咕噜咕噜"两口喝光了，又把空杯子蛮横地塞到姑娘手里。他傲慢地扬起下巴，被晒得通红的脸上摆出不屑的表情："给你个伺候的机会，退下吧！"

"啧啧……"胡露暗自咋舌，将同情收了回去。

周五傍晚的时候下了场暴雨，路上的行人脚步匆匆，没有人再停下脚步来关心少年。

胡露下了晚班，走出公司大门的时候看见穿着一身华服的少年孤零零地站在雨里，路灯衬得他面色青白，嘴唇发紫。胡露看了那个带着莫名沮丧情绪的身影许久。她一声轻叹，心软地从包里摸出了两把伞，撑开太阳伞给自己打着，又撑起雨伞，走到少年身边。

耷拉着脑袋的少年听见有脚步声走近，他猛地抬头，眼中带着轻视与敌意。

胡露一言不发地将伞放到他面前三步远的地方，又默默地走开。

"哼。"少年一声冷哼，"我会用你们这些弱小人类的东西吗？"

走了几步的胡露听到他这句嫌弃的话，心想着自己应该回去把伞捡回来，她可没大方到随便把自己的东西扔给一个根本就不需要的人的地步。不承想她一扭头，正好瞅见少年弯腰捡起伞遮住雨后长舒一口气的表情。

少年看见胡露回头，眼中还带着好笑的神色，顿时微微红了耳根，恼羞成怒道："我大发慈悲的用了你乞求我用的东西，还不谢恩！"

胡露低声嘟囔道："真是个口是心非的家伙。"她也懒得跟一个半大的孩子计较，转身往公交车站走去。

下了车步行回家，胡露听见身后有如影随形的脚步声，她心里害怕，几乎是小跑着赶到了自家楼下，明亮的灯光给了她一点勇气，她猛地转过身去，却没看见有人。

胡露心头一舒，随即心又高高地提了起来，方才明明是有脚步声的，如果没有人，那是……

忽然一个气喘吁吁的声音在她身旁问道："你终于肯停下来了吗？"

"啊！"胡露扔了伞捂着耳朵惊声尖叫，"你别杀我！我……我我我心地善良，福泽深厚，上头有人，杀我会遭天谴、谴的！"

"啊，是吗，那我试试天谴是怎么个谴法。"

胡露惊讶地瞪大了眼睛，可她一瞅见这个藐视天道的"鬼"的模样，顿时抽了嘴角。她咬了咬牙，忍下被戏耍之后的怒火，恨恨地道："你跟着我干什么？"

来者正是胡露公司楼下的红衣少年，他扬了扬下巴道："我从不欠人情，还你的伞。"

胡露愣怔了一会儿："你……一直从公司追着公交车来的？"从公司到她家好歹也有六站路的距离。

少年怒道:"那方盒子是个什么玩意儿,跑得倒快,追得大爷想卸了它。你这丫头一路还没命地跑,累得爷更想卸了你。"

胡露沉默了半天,心想这小子拍古装戏拍疯了吧,她撇了撇嘴道:"伞你拿去用吧,不用还我了。"她顿了顿,有些迟疑地道,"你这个年纪……不管和家里有什么矛盾,还是应该回家去解决。"

"家人都死了。"少年毫不在意地道,"我到这里来就是为了找我哥哥。"

胡露没想到看起来如此桀骜不驯的少年竟然有个凄凉的家世。她还在愣神,少年将伞往前一推递给胡露:"拿去,我不爱欠别人东西。"

明明有人给他送伞他那么高兴……胡露撇了撇嘴,接过伞,转身上楼。

少年默默地蹲下身子,坐在台阶上,神色有些茫然地望着茫茫雨幕。胡露在楼道转弯处情不自禁地回了个头,看见了他湿漉漉的背影,头顶上那两个道具小耳朵丧气地耷拉着,看起来无比可怜。胡露微微一心软,鬼使神差般地开了口:"如果……你没地方去,可以到……"

她的话音未落,只见少年利落地起身,几大步跨到她身边,睁着亮晶晶的眼睛看着她:"到你家去,带路啊。"

胡露抽着脸干笑:"呵呵,你还真是自觉呀!"

"嗯,我自然是聪明绝顶的。"

【二】

胡露泡了两碗泡面放到桌上道:"将就着吃吧。"

少年夹起面条很是诧异地打量了一会儿:"这怎么像条线虫?"胡露一口面呛了出来,顿时没了食欲。少年迟疑着尝了一口,突然,他眼睛一亮,二话没说,两三口便将泡面吃了个干净。

喝完了汤,他捧着空碗,睁大眼睛望着胡露:"再来一碗。"

胡露无语地望着他:"你到底是有多饿?"她转念一想,这孩子有三天没有吃饭,还能活着追着公交车跑六站路,已经算是个奇迹了。少年脸颊微微一红,倏尔又摆出傲慢的神色来:"哼,给你一个伺候我的机会,还不快去。"

"你这小鬼就不会好好说话吗。"胡露嘟囔了两句，还是给他又泡了碗面。少年捧着第二碗面幸福地咧嘴笑了，连带着头上的耳朵也高兴地动了动。

等等……耳朵动了？

胡露眨巴着眼，忍不住好奇，一把掐住了少年头顶的耳朵，这一瞬间，她的表情变得微妙起来，毛茸茸的，又软又暖，居然是真的耳朵……但，如果这耳朵是真的……

胡露倒抽一口冷气，少年含着面，嘟着嘴奇怪地抬头看着她，胡露清楚地看见了他红色的眼睛——他根本没戴美瞳！

她心底发寒，连连倒退，最后脚一软，径直摔倒在地。她浑身都在抖："你你，你是是……妖妖妖……"

少年想了想这两天在对面大楼的大屏幕上看见的东西，接口道："切克闹。"

胡露两眼一翻白，生生背过气去，也不知是被吓的还是被气的。

少年喝干净最后一口方便面汤，把躺在地上的胡露打量了一会儿，道："看在你做的东西还不错的份上，我就大发慈悲，让你伺候我一段时间吧！"他十分感慨地摇头叹息，"对愚蠢的人类如此仁慈，我真是太善良了。"

胡露醒过来的时候，发现天色已经大亮，而自己横尸一般躺在地板上睡了一晚，腰和肩膀疼得像快断了一般。胡露敲了敲脑袋，严重怀疑昨天自己是不是被人下了药，居然会撞见妖怪。她扶额笑了笑，站起身来。

"醒了？很好。"

鲜衣少年坐在沙发上，霸气地跷着二郎腿，骄傲地打量着她，一双立在头上的耳朵俏皮地抖了几抖。胡露愣了愣，随即一巴掌甩在自己的脸上，转身便向卧室走去。她捂住眼睛呢喃："胡露，你还没睡醒吧。"

"站住。"她脚步未停。少年又说道，"我无意伤人，但偶尔杀一两个人没什么大不了。"

胡露身形一僵，捂着眼睛，不敢面对现实："不……别说你是妖怪。"

"没错，我是妖怪。"

胡露无言地泪流满面,她昨天是怎么了,居然敢捡个陌生人回家,如今终于遭报应了。她转过身来,没出息地哭丧着脸:"我的身体不好,没精气让你吸,我家楼上是个健身教练……他体格不错。"

"我说了,我无意伤人。"少年站起身来,慢慢走近胡露,他扬着下巴,傲慢地说,"卑微的人类,做我的侍女吧。"

胡露沉默了许久:"啥?"

"昨日我已说过,我来这里是为了寻找我哥哥,但这里的物什……嗯,有那么一点点在我的意料之外。所以,我勉强允许你做我的仆从,伺候我起居饮食,直到我找到哥哥将其带回为止。"

"我?"胡露无语地道,"为什么是我?"

"你做的食物不错。"

胡露一怔,大呼冤枉:"泡面谁做出来都是一个味道啊,我送你一箱,你去找别人吧!"

少年一挑眉:"你既知晓了我的秘密,又不愿伺候我,那便伺候阎王去吧!"他眸中红光一盛,指甲登时长长了寸余。

胡露哭了:"不不,我愿意伺候您的,心甘情愿的,只是幸福来得太突然,我一时没反应过来。"

少年这才满意地点了点头:"嗯,态度不错,那咱们这便走吧。"

"走?去哪儿?"

"寻找我哥哥。"

【三】

妖怪说,送他来这里的巫师是把他送到了离他哥哥很近的地方,他出现在胡露她们公司楼下,证明他哥哥一定在那一带活动,所以只要去那里寻找,应该很快便能有结果了。

可是!

"你不能这样出去。"胡露拦住少年,少年不满地望她,胡露解释道,"你这身打扮,过于引人注目……"跟这样的人出去会被笑死吧。

少年兀自琢磨了一下,道:"你说得没错,入乡随俗。"他顿了顿,又理直气壮地道,"侍女,伺候我更衣吧。"

"你不是不欠人情吗！"

"你是我的侍女，不再属于人的范畴。能有机会伺候我，高兴得颤抖了吧，弱小的人类。"

这家伙……胡露咬牙，恨得一阵牙痒痒，然而，看了看他锋利的指甲和血红的眼睛，胡露终于按捺下满心的怒火，从衣柜里找出了一件短袖和一条牛仔裤。

"这是我表弟之前来玩落在我这里的衣裳，你应该能穿。"

"啧，无能的侍女。"少年嫌弃地瞅了她一眼，像是无可奈何极了的模样，摇头叹息着拿着衣裳，进了卧室。

胡露握拳，她真想把这小鬼那双气人的眼睛给抠出来。

少年更完衣，走出来时让胡露眼前亮了一下。果然，一张祸水的脸不管在什么情况下都是杀人于无形的利器。她轻咳一声，转开视线："你过来，我把你头发给梳一梳，待会儿好给你戴个帽子挡住耳朵。"

少年这次倒是很配合地坐了下来。胡露没想到经过这么多天的风吹日晒，这家伙的头发居然还柔滑得能一梳到尾，果然……上天是不公平的！胡露一边腹诽着，手上一边动作，不料少年却忽然一把抓住了胡露的手。看着他尖利的指甲，胡露吓得直结巴："做、做、做什么？"

"唯有妻子才可把丈夫的头发一梳到尾。"少年正色道，"此乃禁忌。注意点，侍女。"

他放开她，胡露长舒了一口气，小声抱怨："要求还多……"

不过，也就忍这么一会儿了。

带着少年出门后，胡露一直在动着小心思，她想找个人多的地方把这家伙绕晕了丢掉。她回去将东西收收，这几天随便找个宾馆将就着好了，他要找人，应该没那么多时间缠着她。

胡露认为自己的计划很完美，把她自己都美笑了。

而她没想到的是，这家伙黏人的功夫出乎意料的厉害，有几次在急匆匆的人流中差点甩掉他时，又被他拽住了头发。胡露心急得直挠头，少年也有些不耐烦了。

"你怎么像个孩子一样，老是走丢。"

胡露心里急得大骂：老娘要是能像个孩子一样走丢了就该捂着嘴偷

笑了。这不是走不丢吗!

少年不知胡露心有千千结,他有点蛮横地一把握住了胡露的手,温热的掌心烫得胡露一怔。胡露从来不会告诉别人今年二十五岁的她还是个处女,就像她永远不会告诉别人,她的初恋从来没有发生过一样。被男生这样握住手的经历,好似自小学最后一次春游之后,就在她的生命中消失了。

胡露慢慢红了脸颊。她……她居然被一个少年给调……调戏到了。

"好好牵着。"少年不耐烦地说道,"再走丢我就揍你!"

一句话打破了胡露所有的遐想,她抽了抽嘴角,把他卖掉的心情越发强烈。第一次作战失败,她开始琢磨另外的方法,分散他的注意力,然后……甩了他。

"那个,你要找你兄长,可是,你兄长是什么模样,总得告诉我吧。"

"低等的人类是看不见他的。"

"什么?"

"我哥哥被九个道士打散了魂魄,魂散四方,我已将其余魂魄凝聚了起来,唯剩这一魂流落异世,我只有找到了这一魂,将哥哥的魂魄修复完整,他才能再入轮回,获得新生。"

胡露点了点头:"也就是说,你要找的哥哥是一只鬼魂。鬼?"

"没错。"

胡露几乎是撕破脸皮一样立即抱住了身边的一个路灯柱子,她哭道:"不,你不能害我,找人是一回事,找鬼是一回事,我胆小,一吓就没了。"

少年被她突然的用力拉得一个趔趄,他皱眉看她:"侍女,你好没出息。"

"没了命要出息干吗!"胡露哽咽着说,"还有,我叫胡露。"

少年亮了亮自己的指甲道:"葫芦,我没那么多时间陪你耗,断手还是断你抱着的这家伙,选一个吧。"

胡露心道自己左右都是个死,登时也横了心,她闭着眼道:"你断吧,我死了就再也不用伺候你不用给你煮泡面了!"

听见泡面二字,少年略有迟疑,他烦躁地挠了挠头:"好吧好吧,你把路带我走熟之后我就自己来找。你每日伺候我梳洗进食便好。"听到这个条件,胡露才放了手。

"真的?"

"我叶倾城从不食言。"

夏日的阳光倾泻在少年绝色的脸上,胡露这才知道了这个妖怪的名字——叶倾城,果真是倾城之色。

不过……

"你怎么取了个女人的名字?"

"葫芦,你想死了吗?"

【四】

胡露卖掉叶倾城的计划最终是失败了。

躲不掉,她便只能来想想应对之计,好在叶倾城这个妖怪除了傲慢、自大、狂妄、自恋又脾气暴躁之外,总的来说还是不怎么过分的,至少他从来没有真正伤害过胡露。思及他不可能待在这里多久,且一天六包泡面就便足以喂养,胡露也就勉强忍受了下来。

"葫芦,你今天太慢了。"叶倾城不满地抱起手臂,"竟然敢让主子等这么久,真是大胆的侍女。"叶倾城每日都要到她公司附近来转悠,傍晚时分便会顺道来拖她回家,自然,是为了早点吃到他最爱的泡面。

胡露今天被客户缠得头痛,也懒得和他计较,有气无力地说了声走吧,便疲惫地走在了前面。

没有接收到平时敢怒不敢言的反抗眼神,叶倾城觉得有点无趣。他看着前面揉着额头不断叹息着的胡露,眉头皱了皱,还没说话,忽然听到身后传来一个男人的声音:"哎,胡露,晚上要不去吃个饭?"

叶倾城眼神一冷,胡露浑身一僵,她慢慢转过头来,勉强笑道:"不用了。"

"别一开口就拒绝呀。"走过来的男人说着便要去拉胡露,叶倾城脚步一动,挡在胡露身前,毫不客气地道:"猥琐的秃顶人类,现在你有两个选择,消失或是死在这里。"

男人被这句话震住,呆呆地望着叶倾城,胡露的脸抽了抽,她忙拽住叶倾城的手一个劲儿地往后拖:"那啥,你看,我去不了,先走了啊！"然后半是拖半是拽的把叶倾城拉走了。

徒留男人在那里失神地摸了摸自己的头顶，一脸神伤的表情。

回到家，叶倾城十分不满地抱起了手臂，皱着眉打量她。胡露忙道："我这不是担心吗。"

叶倾城更不满了："我两根指头就可以捏死那个肾虚的男人。"

胡露抚额："我就是担心这个啊……"她叹了口气，看着叶倾城的脸稍稍有点羞涩，"不过，还是谢谢你方才为我出头。"

"你出去吃饭，谁给我煮泡面。竟敢不管主子的膳食……"叶倾城絮絮叨叨地抱怨着。

胡露黑了脸色提了两包泡面进厨房，锅碗瓢盆的声音摔得老大。

与叶倾城在一起生活了整整一个月，公司的人都说胡露的脾气变好了，做事更有耐心了。胡露暗自抹了一把心酸的泪，她觉得，与叶倾城比起来，再难缠的客户也是好对付的，再难听的讥讽也是能忍受的。她也因此小涨了一点工资。

周五下班，叶倾城竟然没来公司接她，胡露感到有些不习惯。她等了一个小时也没见着叶倾城的身影，她想，或许那家伙已经找到了他哥哥，然后回到自己的世界去了吧。

突如其来的自由并没有让胡露感到多高兴，她反倒有些失神的坐车回家，心道那小鬼居然无礼到连个招呼也不打就离开了，好歹相处了一个月……

胡露推开门，被躺在玄关处的东西吓得倒抽一口冷气。

"狗、狗……狗！"

一条巨大的白色犬类躺在地上，呼吸急促地喘着。听见胡露这声惊呼，他似极度愤怒地睁开眼睛，恶狠狠地道："老子是狼！"说完又无力地耷拉下脑袋，头上的耳朵愤怒地转了转，"葫芦蠢毙了。"

"说、说话了！"胡露捂住心口连退三步。

白狼恨恨地道："我是叶倾城。"胡露凸着眼睛瞪他，他把前腿往脸上一搭，仿佛无脸见人一般，"我伤风了……"

胡露沉默着瞪了他许久——

"噗！"

叶倾城发烧烧回了原形。胡露拧了条毛巾搭在他毛茸茸的脑门上，道:"你不是厉害的妖怪吗,也会生病?"

"生老病死乃天地大道,无物可幸免。"

"老天总是会惩治恶人的。"胡露态度恶劣地捏了捏他的耳朵,叶倾城十分不喜却也没法反抗,看着他任人宰割的模样,胡露很是开心:"叶倾城啊叶倾城,你也有今天。"

"等我好了,你就会为玩弄了我而付出代价。"叶倾城如是说,胡露却学着他平日傲慢的样子道:"那我现在就把你杀了好了。"

叶倾城吃瘪,恨恨地闭上了眼。

这一睡便睡了整整两天。叶倾城再醒过来的时候总算是变回了人形,他迷迷糊糊间听见胡露在窗边压低嗓音打电话,沙哑的声音难掩疲惫:"……要请两天的假,对不起,真是不好意思。"

自己的侍女这么低声下气地去求别人,真让他不爽。叶倾城眼睛眯成了一条缝,他很想说大爷还没弱到让你一个卑微的人类来救,但刚一张口便呛咳出声,那边的胡露忙挂了电话,走到他身边:"两天了还烧得这么厉害,又不敢带你去医院……"胡露一边说着,一边摸着他的额头,微凉的手心让叶倾城一声轻吟,又不由自主地蹭了蹭,胡露没察觉到他的小动作,反而忧心地道,"你要是烧死了还好,随便挖坑就埋了,你要是烧傻了……我哪有钱养你一辈子。"

叶倾城听到自己的牙齿咬得咯咯作响,他现在若能活动一下指头,只要能动一下指头,他定要把这蠢葫芦捏死!

房间里沉默了许久,胡露给他换了条毛巾在头上搭着:"叶倾城,你要是气愤,就努力康复起来吧,这样我就不敢欺负你了。"

这一句话,即便傲慢如叶倾城,也听懂了她的担心。

她的担心……

心头情不自禁地一暖,叶倾城嘴唇动了动,艰难地说:"病好了……就收拾你。"

"好。"

【五】

叶倾城的病终于有了起色,可没给他收拾人的机会,胡露便投入了忙碌的工作中。这日大雨倾盆,胡露早早便要去公司,叶倾城裹着毯子坐在沙发上看电视:"泡面有新口味了,晚上给我带点回来。"

"你病才好,我晚上回来给你熬粥,好好看家。"她一边穿鞋一边交代,话音还没落,人便出了门去。

叶倾城恨恨地揉了揉鼻子:"都说了老子不是狗。"

这天,叶倾城等到晚上八点胡露也没回来熬粥。

屋外电闪雷鸣,叶倾城心里也宛若被雷劈了一般焦灼,莫名的焦灼。他烦躁地挠了挠自己的耳朵,他告诉自己,那不过是个愚蠢的人类而已,但却忍不住拿起伞跑到了楼下去。

他想去找又不敢走远,只能跑到公交车站去来回张望。

一辆辆公交车在叶倾城眼前停下又开走,他的表情越发的不安,甚至……无助。雷声阵阵如同他心间不安的跳动。这个世界他不懂的太多,唯一熟悉的只有葫芦,缠着她、欺负她的同时又何尝不是在依赖她?

久寻不到,叶倾城有些慌张,他决定回家看一看,若胡露还没回去,他便到公司去找。

哪想他刚跑到楼下,却见胡露从一辆出租车上下来。叶倾城心底一安,接着又烧起了一股邪火,他恶狠狠地瞪着胡露,疾步上前一把抓住了她的手,心里的害怕惶然此时都化作了冲天怒火爆发出来:

"你死哪儿去了!都这么晚了,又下这么大的雨,你不知道跟我知会一声吗!不知道我会担……担……"叶倾城咬牙,别扭地说不出那个词。火发到一半,把自己吼了个面红耳赤。

胡露被叶倾城吼得呆住,她的脸色有些不同寻常的苍白,声音也比往日弱了几分:"担心我?"她接过叶倾城的话,又被叶倾城快速打断:"我会担心你?愚蠢到不可思议的人类!我……"叶倾城顿了顿,"我只是想吃泡面了,愚蠢!新口味的泡面呢?"

胡露上下打量了他一下,看到他满身泥泞,知道这个别扭的男人确实是着急地出门找她来了,胡露心头一暖,也好意地不戳破他,只挑眉道:"你就这么爱吃泡面?"

叶倾城扭过头,长发遮住了慢慢红起来的耳朵:"对、对啊,爱吃。"

胡露叹了口气,转身上楼:"傲娇受。"

"什么兽？都跟你说了老子是狼。"叶倾城跟在胡露身后，看着她微微垮下来的肩问："今天你都干吗去了。"

胡露又是一声深深的叹息："今天……"她似想到了什么，眸光陡然一亮，她猛地转过身来，盯住叶倾城问，"你说，你来这里是为了找你哥哥对吧？你哥哥是一只鬼对吧？在离我第一次看见你的地方很近对吧？"

叶倾城点头。

胡露微微眯起了眼，正色道："叶倾城，今天我遇见鬼了，在公司里。"

叶倾城一怔，脸上的神色也微微收敛起来："明晚带我去。"

【六】

阴暗的楼道间，绿色的光照得人心慌。

胡露拽着叶倾城的衣袖，胆战心惊地靠着他走着，走到楼道一个拐角处，胡露声音颤抖地说道："就是这个拐角……昨天有个白花花的人影，和我打了个照面，然后从我的身体里穿了过去。"她的身上冒出了鸡皮疙瘩，那样的寒意似乎又缠上了她的心头，"接着我怎么也动不了，在这里站了一个小时……"

叶倾城眉头皱了皱，他一把拉住胡露冰凉的手，道："你抖什么，今天我不是在这里吗。"

他说得那么理所当然，胡露怔了怔，噘嘴道："说得像你会保护我一样。"

"不然呢，你保护我吗？"他的语气刺得胡露嘴角一抽，直想骂人，但转念一想，这家伙还真的承认了自己会保护她，承认得那么自然而然。

胡露脸颊一红，顿时觉得被他抓住的那只手奇异的灼热起来。她想了想昨天叶倾城找到她的时候脸上的慌乱和脆弱，心里涌出一个问句，哽在喉头，她垂着头，看着自己的脚尖，烧红了耳朵，结结巴巴地问道："那个，其实昨天我就想问了……那个……你是、是不是喜、喜喜、喜……"

叶倾城皱眉，不耐烦地道："别笑，他出来了。"

胡露很想告诉叶倾城，她现在是想很严肃地确认彼此的心意，而不是在开玩笑。但当她一抬头，陡然看见一抹鬼影从叶倾城身前飘荡而过时，脸色一白，瞬间便被吓到了："鬼、鬼……叶倾城，我怕死。"

"真没出息。"叶倾城一声嗤笑，左手将她护在身后，右手凝出一道金印，可还不等叶倾城有所动作，楼道里陡然吹起了一股诡异的风，混着银铃的声音吓得胡露直打哆嗦。

叶倾城微微眯起眼，看着凭空出现的白衣女子。白衣女子淡淡地扫了叶倾城与胡露一眼，友好地点了点头，随即手中捻出一道金绳倏地缠在鬼影身上，鬼影仿佛被定住，慢慢显出人形。

那是个极漂亮的男子，只是浑身的气息阴冷得令人胆战心惊。看见他的面容，叶倾城欣喜地说道，"倾安大哥！随我回去吧。其余二魂七魄我已替你聚齐，唯剩主魂。你若回去，便可投胎，忘却前尘，不再受永世飘零之苦。"

"投胎？"叶倾安散乱的目光慢慢凝聚在叶倾城的脸上，他倏地大笑起来，莫名地让人感到苍凉，听得胡露感到一阵莫名的心酸，"我若想投胎，还用你来救？"

"大哥……"叶倾城欲言又止。

站在另一端的白衣女子忽然道："今日你想投也得投，不想投也得投。"她声音清冷，说的虽是强硬的言语，可神色却极为淡漠。

叶倾城的脾气被这女子刺了出来，他一声冷哼，骂道："哪来的闲杂人等，扰了我兄弟俩说话！"说着撸了袖子就要上去揍人，胡露忙拽住他一个劲儿地提醒道："她看起来是来帮你的，帮你哥哥去投胎的。"

白衣女子对叶倾安说道："我名唤百界，能收人心中的妖鬼、执念，此次受故人所托，前来收你魂中的执念，助你投胎。"叶倾安一声冷笑，还未说话，又见百界拿出一支青玉发簪，她道，"故人遗愿，你若不成全，我便只有用强。"

"遗愿？"叶倾安狠狠一怔，"她死了？"

百界默认，她缓步走到叶倾安身前，掏出袖中的笔，在叶倾安眉间一点："你心中的鬼，我收走了。"

叶倾安兀自失神,百界看了一眼叶倾城道:"若要将你兄长的魂魄带回去,便趁现在吧。"

"咦?"胡露一怔,只觉叶倾城蓦地松开她的手,疾步向叶倾安走去,他手中凝聚起来的金光越来越耀眼,几乎要掩盖了他的身影,胡露急忙向前追了两步,伸手向前抓去,却扑了个空。

她抬头,眼中写满了惊慌和不知所措:"你现在就要走了吗?"

全心吟咒的叶倾城听见胡露这句话,恍然记起似的转过身来:"蠢葫芦……"

胡露突然破口大骂道:"你妹的!老子出门前给你煮了那么大一锅粥,我一个人几天才能喝完!"

叶倾城没有如往日那般嫌弃她,而是紧紧地蹙着眉头。他的身影在金光中渐渐变淡,胡露愤怒的眉眼也逐渐软了下来,她嘴角一撇,眼眶盛上透亮的泪:"叶倾城……"

她头一次把他的名字唤得如此不舍。

好似不管不顾了一般,叶倾城蓦地伸出手,穿过灿烂的金光,伸到胡露面前:"和我回去。我娶你。"

胡露看着他,忘了动作。

"快点!"

她凝望着叶倾城的眉眼,在泪光盈盈中倏地笑了出来,她捂住嘴,笑得越发开心,眼泪也落得越快,而脚步却在往后退。一步两步,离叶倾城越来越远。

叶倾城眉头紧锁,胡露哽咽道:"对不起……对不起,我还没有那么喜欢你……"

她还没有喜欢他到不顾一切的地步,抛弃过去,不管父母,不顾亲朋好友,她还没有那么痴恋叶倾城,所以她退却了。

"笨……葫芦……"

叶倾城的声音中带着难以言说的温柔,而后随着金光的消失,他的一切尽数退出了胡露的世界。

她捂着嘴,靠着墙,无力地滑倒,在深夜空无一人的楼道中情不自禁地泪如雨下。

第十五章·胡露

【尾声】

一个月之后。

胡露正在厨房煮泡面,她哼着歌,似乎心情不错。

忽然灶台中的火焰诡异的一跳,胡露还在奇怪,忽然听到一个熟悉的声音嚷嚷道:"笨葫芦,快快,馋死大爷我了。"

她深吸一口气,不敢置信地转过身去,餐桌边坐的那个人可不就是叶倾城那个祸害吗!

"你……你怎么回来了?"

"哼,我都说要娶你了,难不成要我当个鳏夫,要你当个寡妇吗?"

胡露收拾了一下自己震惊的表情,她抹了抹眼泪道:"不,你再多离开一会儿我就打算找人嫁了的。"

"你敢!你这辈子都得伺候大爷。"

"你还是走吧,伺候你太累了……"

"哼,口是心非的女人。"他看了看胡露哭红了的眼睛,心头微微一暖,探手便将她拉进怀里,"罢了,我就是太善良,勉强允许你和我平起平坐了。"

第十六章・百界

【引】

一片火海,烈焰之中男子温柔的声音仿似还在耳边回响:
"好好活下去。"

她惊醒,夜空之中繁星闪烁,哪有什么灼人的烈焰,只是心头那窒息的感觉犹在,让她不由得蹙了眉头。还是这个梦,可是她已经渐渐记不清那人的模样了,岁月无声,却敌过刀光剑影,杀人无形。

百界坐起身来静静仰望空中银河,百年、千年,到底独自走过了多少岁月,她自己也记不得了。幸好,在她将所有都遗忘之前,这一百个执念终于收完了。

百界走入瘴气弥漫的山林间,枯木荒草遮住了上山的小径,许久未曾来过,她寻了好一会儿方向才找到上山的路。

罗浮山不高,没一会儿她便登上了山顶。

山上除了她再无二人,因为早在很多年前,罗浮山便已是一座寸草不生的荒山了。可百界记得,在更早之前,山林间有小溪穿流而过,青草悠悠遍野,树木常青不败,她闭上眼,似乎还能闻到那时残留下的淡淡花香。

可睁眼,记忆里那些场景早不复存在,被一场大火彻底焚毁。

百界仰头一望,阴霾的天空下是已经枯死的巨大榕树,树根错杂,静静地盘踞在那方,树干笔挺,枯枝向四周延展开,摆出苍凉的姿态。能想象得出,在榕树还活着的时候,这里会有怎样的阴凉。

百界走上一根巨大的根系,行至粗壮的树干旁边,她摸着树干,垂了眼眸,神色难辨。

多年夙愿,今日终于可以了结,她不知自己是该做什么表情。

静静地站了一会儿,她从袖中掏出那支收了一百个执念的笔,用它轻轻地在树干上写了一个"活"字。霎时,这不见痕迹的一字蓦地散出一缕柔和的光,百界笔从中间裂出一道痕迹,一声脆响之后,百界手中的笔化为齑粉,随着山风一吹,飘飘扬扬,不见了踪影,而"活"字慢慢隐入树干之中,仿似为这死掉的榕树注入了春天的生机一般,枯枝之上慢慢生出嫩芽,生机渗入大地。

像是被一场雨水洗刷过一般,山中浓厚的瘴气褪去,青草与花朵破土而出,一整座罗浮山宛如新生。

仰头望着枝繁叶茂的榕树,百界脑海中那久远的被时间封锁的记忆像是冲破了重重枷锁一般,清晰地呈现在面前,许多年前,她与容兮便在这里相遇。

彼时,她一身是血、满脸肃杀,他白衣翩翩、笑容轻浅。
"来,我护着你。"
一眼便烙入了心里,刻进了骨髓,再也抹不去。

【一】

正值春日,林间落英缤纷,满月的银辉混着落花零落在土地里,在空气里孕育出一抹暗香。

"嗒"的一声,一只未穿鞋的脚在土地上踩下一个带血的脚印,粗莽地踏破这一方宁静,急促的脚步飞快地奔远。

"分头找!她跑不掉!"

树林之外,领头的黑衣人一声高喝,他身后的人便跟着行动起来。

他的话音被林间的凉风吹上了山坡,惊扰了山上的老榕树。榕树叶子被风吹得沙沙作响,一根粗壮的枝干上正有一名白衣人垂脚坐着,他手中拿着书,正借着白月光静静地读着,但闻被风带来的这声呼喝,像是万年不变的气息忽然被惊扰一般,他转了眼眸,看见了在林间四散寻人的黑衣人。他们身上浓厚的妖气让男子微微皱起了眉头。

在黑衣人的前方,茂密的灌木丛中,浑身是血的少女一刻不停地向着他所在的这处山头奔逃而来。

寂静的夜,柔和的风声带来少女粗重的喘息,男子耳郭微动,敏锐地分辨出少女如鼓的心跳不是因为惊慌失措,而是因为奔逃疲惫。

被这么多妖怪追杀,却不害怕的小姑娘。男子放下书,支着脑袋饶有兴趣地打量林间那名十三四岁的少女。荆棘与树叶挡不住他的目光,他静静盯着少女的眼睛,看见她那双映着月光的漆黑眼眸里,沉着超越年龄的冷静和稳重。

但饶是少女再如何冷静,她现在显然已是强弩之末,一步一个血脚印显示她伤得不轻,也为追杀的人提供了线索。

忽然,她背后一支利箭射来,少女有所察觉,偏头躲过,但动作太大,让她脚下一滑,狠狠地摔倒在地,地上尖利的石块划破了她的脸颊,让本就染上血污的脸更加狼狈。

有黑衣人高喝:"她在这里!"

少女咬牙,支起身子,奋力地继续往山上跑。山顶清气盎然,她知道,到了那处,对这些妖怪会有极大的遏制。

背后数不清的箭呼啸而来,她避无可避,唯有一心向前,然而出人意料的是,却没有一支箭射中少女,那些箭仿似都在空中被什么力量挡了一下似的,窸窸窣窣地落在少女背后或身旁。

她安然爬上山头,仰头一望,只见银白月光穿过摇曳的榕树叶,如星星一般倾洒而下,落在榕树隆起的巨大树根上。而在榕树一侧,白衣男子扶着树干站着,他衣袂微扬,笑容轻浅。

"过来。"他冲她招了招手。

在绝境中尚且冷静的少女此时竟看得有些呆了。她没动,男子也不急,向她这方行了两步,伸出修长的手递到她面前:"来,我护着你。"

少女愣愣地看了他许久,像被蛊惑了心神一般,慢慢抬起了手,欲将自己交到这陌生人手中,可手上的血污提醒着她现在的处境。少女手一缩,侧身往后一躲:"你是何人?"

小小年纪,语气中便有了肃杀之气。面对质疑,男子只是笑:"我叫容兮。"

"我不认识你。"少女半点不客气地回绝了他。

容兮也不生气,张了张嘴,还没开口,便听下方有脚步声踏来,是黑衣人跟上来了。

少女面容沉了下来,心知要凭自己的力量逃跑已是不能。她心中略一思量,盯着容兮问:"你为何要帮我?"

"因为……"话开了个头,数支利箭直射少女后背而来,容兮眯眼一笑,那些利箭便如被无形的力量握住了一般,停在了空中,"你长得好看啊!"

就因为……这个?

黑衣人奔上山头,但见他们射来的箭皆在两人身边浮着,一时皆有些发怔。

"何人敢扰我族中事?"为首的黑衣人厉声喝道。

容兮却并不理他,伸出的手还放在少女面前。

少女一咬牙,终是将手放到了容兮手中。血与泥污了他一手净白,容兮并不在意,将她护到自己身后,这才转头看向那为首的黑衣人:"我乃罗浮山山神。"

山神?

众人闻言一呆。少女也是一怔,望着他挺直的背脊有几分不敢置信。她垂下头,容兮还握着她的手,他的白衣袖染了她的血,看起来那么触目惊心。少女垂着眼睑,一双漆黑的眼眸里不知是什么神色在流转。

面对惊骇的众人,容兮笑道:"真是抱歉,干涉了你们族中之事。"

见他如此客气,为首的黑衣人稍稍缓了语气:"我魅妖一族无意冒犯山神,只消将那少女交给我们……"

容兮一笑:"可我已经干涉了。"他一挥衣袖,但见黑衣人脚下法阵一闪,众人惊慌,只见容兮谈笑间挥了挥指头,"你们便委屈一下吧。"

法阵光芒大作,不过眨眼之间,数名黑衣人连带着那些浮在空中的箭一并不见了踪影。

"你将他们弄去哪儿了?"少女问,声音带着天生的清冷。

"自是他们该去的地方。"容兮回头将她打量了一番,"小丫头,我帮了你,你可得老实告诉我,你是如何招惹上这些妖怪的?据我所知,魅妖可不喜欢乱找事。"

少女垂着眼眸道:"我父母与他们有仇,已在前些日子被他们害了,我是逃出来的。"

"哦?"容兮饶有兴趣地打量她,"你一个人类女孩,没有半点法力,如何从他们手下逃出？"

少女手心一紧，握住她手的容兮自然感觉到了，可他还没来得及摸清楚这少女的情绪，便见她抬起头来，眸光清澈地盯着他，道："我父亲是北国的除妖师，他把能保命的法器给了我，自己丢了性命。"

容兮一怔。少女言语背后的故事让他感慨，而更让他惊讶的是少女的态度，冷静得像是在说别人的事情，但容兮能看到，她眼底有一簇深深掩藏的恨意，像是地狱里的火，只在阴暗的地方炽烈燃烧。

"你还有什么想知道的。"她问得有些生硬，可见并不喜欢被人如此盘问。

"有。"容兮笑道，"你叫什么名字？"

她默了一瞬，有些抗拒地不想回答。

容兮抬手揉了揉她的脑袋："不用对我这么戒备，书上写的山神都是好人。我是好人。"

她知道。

她知道他是好人，因为他的眼里没有一点恶意。但糟糕的是，她并不是好人。

"百界。"她轻声答道，"我名唤百界。"

【二】

容兮收留了她。

百界泡在大木桶里，仰头看了看上面破旧的房梁，有点不敢相信，这便是传说中的山神居所？比山下农夫的房子还要简陋。

百界敲了敲不知用了多少年的木桶，心想，这山神大概是犯了什么错被上天罚到此地来关禁闭的吧。然而一转念，百界想到了容兮挥手间便用法阵将那些黑衣人转走的场面，她眸色微微一沉。

"小丫头，泡了澡自己擦干净出来哦，药我都磨好了。"容兮在外面敲了敲门，然后百界便听见了他哼着悠闲的小调走远的声音。

山神不应该是挥一挥手就能把人身上的伤治好的吗……这神还真……接地气。百界在心里嘀咕着，出了浴桶。

走到客房。客房的桌子上已林林总总地摆了许多小瓷瓶，容兮手里正整理着药物，也没多看百界一眼，只拍了拍身旁的凳子："过来，坐。"

百界看了看凳子摆的位置，站在门口没有动。容兮鼓捣了半天，没见人在自己跟前坐下，一抬头，但见清瘦的小姑娘睁着一双黑不溜秋的眼睛一眨不眨地将他盯着。

"怎么了？"

他开口询问，百界这才走过来，默默地将凳子拉得离他远了点，挺直背脊坐下。

容兮愣神，对于她的戒备心感到哭笑不得："你坐远了我没法给你上药。"

"我自己来。"百界伸出手，递到容兮面前，却暴露了掌心被利刃划过的伤痕。

见容兮的目光落在自己的掌心，百界五指一握，飞快地要把手掌抽回，却在半路上被人拽住。

容兮轻叹："我当真是好人。"他打开白瓷瓶，倒出里面的粉末，撒在百界掌心的伤口上。

微微的刺痛感让百界下意识地往回抽手，容兮拽着没松，只是轻轻吹了吹："忍忍。"

他嘴里温热的风吹得百界掌心有些痒，从没被这般对待过，让百界一直凉凉的目光染上了几分羞涩："我自己来。"她抽不回来手，索性去抢容兮手里的瓷瓶。

但不知为何，不管她如何动作，皆被容兮轻描淡写地躲掉了。他只轻笑着打趣道："你也会害羞啊。"

过了两三招，百界老实坐着不动了，她知道，大概十个自己都无法从这人手上抢到东西。

她老实坐着，任由容兮帮她包了手、腿，还有腰上的伤，弄完了之后他抬手揉了揉她的脑袋："真乖。"

整个过程，他没有一点不好意思，便像在给一只捡回来的宠物包扎伤口一般。

没错，宠物。

百界冷着目光任他的手在自己脑袋上揉乱了一头青丝。强者为王，她打不过他,忍了。

容兮揉了一会儿,手往下一滑,轻轻触碰她脸上被石头划破的伤口:"女孩子破相了可不好,我得好好帮你弄脸上的伤口。"

百界心里冷笑,原来他还知道她是女子吗……

未待她想完,容兮蓦地站起身来,一张脸瞬间靠她极近,近得连彼此的气息都能感受到。百界呼吸一窒,转了目光望向墙角,情不自禁地收敛了气息。容兮却全然未觉她的紧张,挖了药膏在她伤口处轻轻涂抹。

他指腹的温度都随着药化进了她的皮肉里,让她的脸颊不由自主地热了起来。这个人……这个山神……一点都没有男女大防的心吗!

手指离开她的皮肤,让百界心里松了口气,但听容兮一笑,道:"你一个丫头片子,心里弯弯绕倒多,你这么小,我能对你做什么。"言罢,他像逗小孩似的捏了捏她的鼻子。

百界脸上冷得都快结霜了:"我已有十六,按礼当是嫁娶年纪,山神如此调戏,还望自重。"

容兮愣住:"你有十六?"

百界额上青筋一跳:"重点是让你自重!"

容兮摸了摸鼻子,然而不过片刻的尴尬后,他又笑开了:"十六也好六十也罢,对我来说你都是个小丫头片子。什么重不重。"他拍了拍百界的脑袋,转过身一边收拾桌上的药品一边道,"小小年纪,何必整日一副苦大仇深的模样。今日早些睡,你的身体得好好养。"

瞥着容兮离开她的屋子,百界抓了抓头发,不适应别人在她身上触碰之后留下的感觉。

翌日,百界被"吱呀"的推门声惊醒,她猛地立起身来,下意识地便去摸别在腰间的小刀,她动作太大,身体又还没恢复力气,身子一偏便往床下栽。在电光石火间,只见光华闪过,她被一只温暖的手扶住,待回神时,她仍旧安安稳稳地坐在床榻边。

门口的容兮指尖一弹,光华转瞬即逝。他笑道:"若我是要杀你的妖怪,你以为自己还能剩几两肉渣?"

百界望着他没有说话,直到他将餐盘放在桌上。百界才道:"你法力很高深。"

"不高深如何做山神。"

百界垂眸沉默了许久，终是开口道："魅妖不会放过我。若离开这里，我还是会继续被他们追杀。"她顿了一顿，调整着自己的语气和态度，"你可以教我一些法术吗？"

"是要我收你做徒弟的意思？"

"不，只是教我些法术便可。"

"不是我徒弟我不教。看家本事可不外传。"

"我做你的徒弟便是。"

"可我为何要收你？"

百界看着他笑眯眯的脸，默了半天，道："因为我长得好看。"

"哈！"容兮笑了好一会儿，"好理由。"

百界仰头看他，只觉他的笑容在晨曦逆光之中显得过于诱人。她想，其实这个山神才好看，真正的好看。只是性子，一点也不像个山神。

"要我收你也行，不过我有两个必要条件与一个附加条件。"容兮笑容未敛，但眼里却多了几分认真，"必要的是，其一，我教你法术，你不得去寻仇；其二，十年之内，你不得离开罗浮山。"

百界迎着他的目光，很干脆地点头："好。"

容兮眼里的厉色方收敛了些许，言语轻松道："至于附加条件嘛。"他随手一指，"我在后山垦了片地，从明天开始，你便帮我去施肥吧。"

施……什么？

百界以为自己听错了。容兮走到窗边，撑开窗户，指着山坡下的那片长得蔫头耷脑的菜道："就那儿，一亩三分地，不大。种了些平时吃的瓜果蔬菜，若不好好照料，你可就得饿肚子了。"

这……这家伙，真的是来做山神的吗？冷淡如百界也不由得额上青筋直跳，忍不住道："你其实是农夫假扮的山神吧？"

被如此质疑，容兮也不气，只笑道："这才是生活。"

【三】

百界成了容兮的第一个徒弟，她急着想学法术，容兮却不教，只道：

"你身体未大好之前不宜修习法术。"于是他丢了把锄头给她,"先下田干活吧。"

原来在他看来,锄地这种体力活竟是比修习法术更养身体的……

百界一锄头垦地里,她抬头看了看时辰,又抹了把汗,自打容兮丢给她锄头之后,已有一月时间了,这一月里,她一个法术没学,倒是把农活干得越发熟练。

"小徒弟。"山头大榕树下的木屋前,容兮敲着锅唤她,"回来吃饭了。"

百界扯下搭在肩头的抹汗布,冷眼瞥了容兮一眼,一边擦汗一边往山头上走。

她深深地有一种被骗了的感觉……

"下午地里没什么事要忙了吧?"容兮轻声问。

"嗯。"

"那便来学点术法吧。"

"嗯。"

百界应了之后才反应过来方才容兮说了什么,她惊讶地抬头望他,米粒沾在嘴上也不知道。

容兮放下筷子好整以暇地打量她:"真是难得啊,我的冷面徒儿居然会露出这么可爱的表情,师父不得不摸一摸。"他伸手将百界脸上的米粒摘掉,然后拍了拍她的脑袋。

百界没有在意,只目光灼灼地盯着他:"你现在便教我?"

容兮失笑:"自是得吃完了饭再教的。

百界两口扒完了饭:"我吃好了。"她说着便继续目光灼灼地盯着他。

容兮噙着笑,无视她的目光,仍旧慢腾腾地吃饭。直到百界目光都等得冷了下来,容兮才放下碗筷道:"这世间,最磨人的便是等待。最能成就人的,也是等待。"容兮笑道,"小徒弟,你还得多磨炼磨炼。"

容兮下午当真开始教她法术了。仅教了一个下午,容兮便有感而发:"你学种田要有这干劲儿,咱们一年都不用愁吃了。"

百界嘴角一抽,这是你一个山神该说的话吗……

容兮习惯性地去揉百界的脑袋："你天资不错，就是学得晚了些，不过没关系，在我的指导下勤加修炼，或许四五十年便能有所得。"

四五十年……

百界垂了眼睛，她知道，对于修仙来说，这已是个很短的时间，但这时间对她来说却太长了，她等不了，她必须找到短时间便能让自己变强的法子。

容兮每天都抽出一两个时辰教她心法，别的时间百界还是要到地里去干活。可她一刻也没闲着，每时每刻心里都琢磨着"法术"两字，起早贪黑地修炼。容兮看在眼里，也并不说她什么，每天叮嘱她最多的便是别忘了去施肥。

如此过了三月，百界隐隐能感觉到自己体内的气息流转了，她极是高兴，吃饭的时候难得主动地与容兮说了话："你前日教我的法子管用，今日我已觉有气息在丹田转动。"

容兮点了点头："地里的瓜该熟了，明日摘个回来吃，解暑热。"

他对她修行方面的事向来不大在意，百界早已习以为常，只道："你今日要教我什么心法？"

容兮拿筷子敲了敲她的脑袋："小徒弟，要叫我师父。"这个要求他提过许多次，但总是被百界忘记，或许说，她总是不愿开口叫他师父。

容兮瞥了一眼因为挨打而变得沉默下来的百界道："前日那心法你只习得了皮毛，今日不教你别的，你自去将那心法练好便是。"

百界应了。可她没想到接下来的十多天容兮都没再教她新的东西，那个心法她已倒背如流，体内气息也已梳理得极为顺畅，她想自己该抓紧时间学点新的东西了，但容兮却怎么也不肯教。

百界心里着急，却奈何容兮不得。但没学新东西，并不妨碍她用自己的方式把学到的东西重组……

是日，百界刚走到菜园子边上，忽听一阵窸窸窣窣的声响。她眼睛一动，恍见种瓜的那片地里有一只棕色的猴子在啃着西瓜。听见人声，猴子立起头来，看了百界一眼，"嘎嘎"一叫，立时有其余三只猴子从田里冒出了头，拔腿就跑。

百界定睛一看，田里的瓜与菜已被糟蹋得不成样子。她不喜欢做农活，但也拼死拼活地将这些瓜菜养得好好的，她费了那么大力气倒腾出来的一片荒地居然被几只猴子给践踏了！

百界心里气得不行，当即冷哼一声，调动体内气息，集中于腿脚之上，凭空一踏，眨眼便行至其中一只野猴身前，撤了脚上的力，她曲指为爪，径直擒住野猴的胳膊，但听"咔"的一声，竟是生生将猴子的胳膊给折断了。

野猴疼得大叫。另外两只猴子见状，发出威胁的声音向她奔来，一只抱住百界的腿，张嘴便咬，百界擒住它的后颈，体内气息一动，将野猴从她腿上扯下，如同扔石块一样将它丢了出去，另外一只猴子吊住了百界的胳膊，一口将她小臂咬住，百界狠狠给了它一巴掌，直将野猴打翻在地，它甩了甩脑袋，似被打得痛极。

百界手上亦是被咬出了鲜血，疼痛让她心里极为愤怒，想到自己学了这么几个月法术，和几只猴子打架却还会被咬，她又觉得自己没用至极。怒上心头，她一抬脚便欲将那野猴踩住，正在这时，旁边一只野猴猛地跳起来一头顶在了她肚子上。

百界不该有这样的速度与力道，她只是在攻击的时候将身体里所有的气力皆集中在了一个地方，踏空而行之时，气力便在脚上，打斗之时，气力便在手上。身体其余部位根本没有留一点力气来防御。这是她用法力的方法，不守只攻。

是以被这野猴猛地顶了肚子，她只觉胃里翻江倒海般难受，一仰头，摔在了地上。三只野猴趁机跑远。

百界捡了块石头，对着它们离开的地方砸去，可哪还能砸到什么。

她捂着胃坐起来，越想越觉得自己没用。地里一片狼藉也不管了，就在菜地边耷拉着脑袋坐了一下午。

晚上回去吃饭，容兮见她一身狼狈，问道："你这是和山上的野猪抢地盘去了吗？"

百界默不吭声地扒饭。容兮见她手臂上有血："还抢输了？"语气里是满满的嫌弃。

百界咬牙："只是摔了一跤。"她没好气道，"我若与野猪抢地盘输了，那也是因为你不肯多教我法术。"

这几个月，百界头一次抱怨容兮教她的东西少。话一出口，她自己便沉默了。

她知道自己实在是无理取闹，这人救了她、收留了她，还教她东西，她虽整日冷着一张脸，但心里却是清楚的，没有谁该理所当然地为谁做事情，所以他救她、收留她、教她法术，皆是这人的心善施舍，她不该要求更多，也没有道理要求更多。

可是今日被这几只猴子打败，实在让她受了不少打击，如果像她这样学下去，等四五十年后学成之日，她要这些法力还有什么用？

她看了容兮一眼，容兮也没生气，只是平时挂在脸上的笑容稍稍隐了些许下去。

她心里三分不安、三分愧疚，还有一些她自己也说不清道不明的情绪，总的来说，她觉得自己真是糟糕透了……

"是我失言，我回屋思过。"她不知怎么面对容兮，索性放了碗要走。

容兮拽住了她的手，迫使她停住了脚步："我没收过徒弟，但还是从书里看过一些，别人家的徒弟受了伤都是哭着喊着让自己师父给自己治伤报仇，你怎么就不会哭一哭撒撒娇呢。枉费我一番期待啊。"

百界嘴角一抽。

容兮笑道："不吃也坐着，等我吃完了给你上药。"

百界坐下，她虽也没拜过师，但她知道，别人家的师父是断不会允许自己徒弟如此冒犯自己的。容兮对她，是真好……

【四】

百界以为那几只猴子打了便打了，自己被咬得也不严重，伤好之后便全然忘了这回事，只是被毁了的菜园子让她有几分难做。令人没想到的事，在百界尚未将菜园子打理好之前，有个麻烦找上了门来。

看着大榕树前围了一群叽叽喳喳的猴子，还有站在猴子中间的一个金发金眼的男子，看起来像是这群猴子的王，百界想，自己或许闯了个挺大的祸。

"容兮，你那看菜园子的仆从便是这个小矮子？"猴王指了指百界，"她伤了我小儿手臂，你将她交给我，今日我便不扰你了。"

百界这才明白，那日被她打断手臂的那只猴子，竟是这罗浮山山精金猴王的小儿子。

罗浮山有山精，却生性不坏，罗浮山有神，却是个懒神。山精不作恶，神自是懒得除妖，素日金猴与容兮井水不犯河水，几百年打不了一个交道。若无此事，容兮怕是任完山神这一职都不会与他们有交集。

容兮往旁边瞥了一眼，只见百界站前一步。

"猴子是我打的。"她道，"我与你们走。"

金猴王冷哼："你倒是有点担当。"他伸手向前，一股力量缠在百界身上，抽手便要将她拉走，可却还没来得及使力，妖气便被人从中切断了。

百界一愣，望向身边的容兮。

金猴王眯眼，周身杀气四溢："山神，我不欲与你动手，但你若要护短，休怪我不客气。"

"护短啊……"容兮只如往常一般笑，"如果在你眼里她是短，那我今日便是护短，在你眼里她是长，我今日便要护长，总之，今日我便是要护着她的，你看着办吧。"

金猴王一怒，也不再多言，但见他身影一隐，转瞬间便移至百界跟前。金猴王直取百界双臂，却在碰到她手臂之前被一道金光拦下。容兮屈指一捻，咒印推出的法力令离得较远的猴子们皆胆战呜咽，金猴王靠得近，更是直直被金光推出了三步远的距离。

金猴王大惊，容兮笑道："你爷爷关魈在时，可有与你说过不要招惹榕树下的老头子？"

金猴诧异地盯着容兮，山神一职乃天界所派，五百年一任期，金猴一族占山为王已有千年时间，照例说山神早该换了两拨，而他居然还识得他先祖……

罗浮山的山神极为神秘，几乎从不离开这个山头，金猴还以为历届山神皆是如此，原来从始至终，这里的山神只有他一人……

小猴子们在短暂的压抑之后叽叽喳喳地吵开，方才那一招，已让金猴王知道自己斗不过此人，但此时此刻若要他打道回府又实在太过丢人……

"你来此无非是想讨个说法。"容兮的话音打断他的思路,"若我将你小儿的手臂治好,咱们这笔恩怨可能算勾销?"

一个台阶摆在金猴面前,他咬了咬牙:"好,你若能治,我自是不必找你这奴仆麻烦。"

"她是我的小徒弟。"容兮拍了拍百界的胳膊,"把为师的药瓶都拿来。"

百界尚盯着他的侧脸失神,突然听得这声吩咐,连忙应了,转身往屋里跑。抱出容兮的那盒药时,山精猴子们已将那伤了胳膊的小家伙放在了容兮面前。

容兮捉住小猴子断掉的手,小猴低低叫了两声,已没力气叫痛了。百界方知,自己那天下的手有多重。

容兮侧眸看了她一眼,神色间没有往日温和的笑颜。明明没有责怪,但百界心里却猛地一懔,连忙蹲下,将药盒子递给了容兮。容兮便也没再理她,专心地给小猴子治手臂。

两个时辰后,躺在地上的小猴子已安稳地睡着了,手臂被白棉布包了起来。容兮叮嘱金猴道:"这段时间看着点,别让小猴子再胡乱跑了。"

小猴子既已治好,山精们也没理由再留下来,金猴王撑着面子对百界放了两句狠话,带着自己的猴子们走了。

大榕树下恢复了往日的安宁。

百界跪坐在地上没有起来,容兮看了她一会儿:"上次的伤是被那小猴子咬的?"

百界点头。

"你倒是有点本事,不过学了几个月的法术便能伤了山精。"容兮道,"我瞧那骨头是被法力生生震断的,你是半点也没吝惜着力气。"

百界耷拉着脑袋挨训。

容兮静静看了她一会儿:"那日为何与猴子起冲突?"

百界一怔,没想容兮还会问她这种问题,她以为自己的一举一动都被这个人看在眼中,原来……他竟是真的放心大胆地让她在自己的地盘上跑,都没有设法监视她吗……

第十六章·百界

275

"猴子们偷菜……"百界顶着容兮的目光，忍不住为自己解释道，"我也不知那几只猴子是山精……"

容兮仍旧肃着面容："天地万物皆有灵，他人损害了你心爱之物，你伤心气愤情有可原，但绝不该用那般狠戾手法施以惩戒，你可曾想过，你所伤害的亦是他人心爱之物？"

百界不吭声。

"今日你便在树下罚站思过。"容兮拂袖而去。

百界摸了摸自己胳膊上竖起来的汗毛，她才发现，她其实是害怕容兮生气的，怕他一气之下，将她就此赶走。她知道，离开了这里，大概没谁愿意再教她法术吧，但她怕被赶走，又不仅仅是因为学不到法术，她……

百界捂着自己的心口，里面的情绪，她不太理解。

一直在榕树下站到月上枝头，百界也没挪半分地方，腿已经僵得快不像自己的了。

小屋里，容兮站在门口正要关门，百界抬头一望，嘴唇动了动。容兮一眼也没看她，自顾自地将门关上，她心里陡升一股莫名的委屈和害怕。

"我……"她一开口，却见门缝里落了锁，她垂下头，声音极低，"师父……我错了。"

夜风凉，刮起了百界耳边的碎发。

"吱呀"一声，门打开的声音在寂静夜色里尤为突兀。

百界猛地抬头，小屋里的细微灯光在容兮身后跳跃，他站在门里，目光落在她身上好一会儿。

"进来吧。"他叹息，似有一点无奈，"回屋睡觉。"

百界没动，睁大着眼望着容兮。

容兮叹息："怎么？你这是在与为师赌气不愿意回来吗？"

百界快步走上前去，经过容兮身边，她抬头望了他一眼："师父不罚我了？"

容兮抬手揉她脑袋："本来打算让你站一晚长长记性。"他笑，"可小徒弟，为师心软了。"一声弱弱的师父，便唤得他心软了。

百界低着脑袋没应声,任由容兮的手揉乱了她一头青丝。
"快去洗洗睡。"他推她回屋,"对了,日后你不许再用伤那猴子的方法。对你身体不好。"
"嗯。"

关上自己的房门,百界摸到自己的脑袋,发丝里还残留着容兮掌心的温度。她蹲下身来,捂着脑袋在屋子里长长久久地发呆。
他在意她,所以护着她。
百界的脸颊莫名地有些发烫。
他心疼她,所以舍不得惩罚她……
"师父……"百界舌尖轻轻呢喃这两个音节,"师父……"
比想象中的好听呢。

【五】

时光转瞬已过了五年。
五年的春夏秋冬里,容兮教会了她法术和武功,送了她兵器和红装。他说女孩子不能成天只学武,还得学会打扮。五年的朝夕相处,容兮好像在百界心里慢慢变成了一个重要的人,让她不只是想从他那儿得到东西,她更想给他点什么。像是热天的扇子雨天的伞,冬天的暖炉夏日的凉饮,她想对他好。
但百界清楚自己背负的那些不可能放下。她迟早会离开容兮,迟早会违背她拜师时给过的承诺。
只是她不曾想过会这么快……
或者说,时间过得并不算快,但她已经快忘了自己该离开容兮了。

"小徒弟,随为师去山下小镇一趟。"
听到这话,百界才想起今日是三月初三,每年的今日,容兮都会带她下山,去镇上一个大户的宗祠里坐上一会儿。容兮说,他还没变成山神前便是那户人家里的人。那户人家的老祖宗是他的哥哥,姓上官。

"上官容兮。"百界望着宗祠牌位上的字,呢喃出了他的名字。

容兮一声轻笑,不轻不重地敲了一下她的脑袋。

"没大没小。"他训斥她,言语里却带着笑意,"师父的名字也可如此随意叫唤?"

百界瞥了容兮一眼,没再说话。他上前点了三炷香插在香炉里,望着最上面正中的灵位静静站了一会儿。

"走吧。"

容兮从不与现在这家里的人见面,他称此为"避嫌",说他留在此地只为守护故土,而不是庇佑子孙,百界便知,容兮心里或许重义、重礼,却少人情。

每年祭完祖后,容兮总喜欢带着百界去镇外的寺庙拜个佛,说什么得与佛祖搞好关系,日后有事还可以找佛祖帮忙。做完这些,还会领着百界在小镇上溜达一圈,买些有用没用的物什,像打赏小孩一样送给百界。

今年也不例外。

这日正逢小镇赶集,集市热闹非常。在山中待久了,对于这种热闹难免觉得有些不习惯。百界亦步亦趋地跟在容兮身后,容兮却逛得悠然自得。

"你吃不吃糖葫芦?"

"不喜欢。"

"哎?小孩不都该喜欢这种酸酸甜甜的食物吗?"

百界嘴角抽了抽:"我不小了。"

"好吧好吧,那面人呢?"

见百界冷了脸,容兮笑着摸她的脑袋:"一年好不容易下山一次,不给你买点什么,怎么体现出师父宠你啊?"

他宠她,百界已经很清楚地感觉到了。她冷着脸垂着脑袋任由容兮摸了一会儿,倏尔道:"我想吃肉。"

容兮一怔,笑出声来:"走,吃肉去。"

客栈里人来人往,容兮领着百界坐在大堂角落里,待小二报完菜名之后，容兮随意点了几个菜："小徒弟，你还要什么？"

百界盯着桌上的碗筷没有答话。容兮戳了戳她的脑袋："你不是要吃肉吗？"

百界恍然回神一般，眨了眨眼睛。

"哦，嗯，听师父安排。"

容兮笑了笑，取笑了她两句，百界却没有将他的话听进心里，因为此时她已经被旁边那桌人的谈话引去了心神。

"北方那魅妖一族又要开祭祖会了，听说他们这次好像要拿什么灵骨祭祖，好似是上届灵女留下来的东西。"

百界手指一紧，关节用力得泛白，然而她脸上却没有什么表情。

"魅妖一族的上届灵女不是因与一除妖师私奔而被捉回，后来被处以极刑了吗？挫骨扬灰的刑罚，她还能留下什么？"

"她的灵骨啊，像内丹一样的东西，听闻服用后可长生不老呢。"那人笑道，"不过除了这灵骨，她还和那除妖师留了一个孽种呢！这都是听我师父说的，当年那灵女被抓之前已与除妖师生下了一名女婴，后来灵女被处以极刑，那除妖师和孩子却不知去向，现在大概还在哪个旮旯里活着吧。我估摸着，这次魅妖一族这么高调地宣布要拿灵骨祭祖，就是想诱这两人出来呢！"

小二端上了第一盘菜，容兮给百界夹到了碗里："先尝尝这个。"

百界抬头，目光望进容兮清澈的眼眸里。她的身影映在容兮透澈的眼眸里，一如她也是这般清澈。

百界静静地吃了两口容兮夹来的菜。

"我肚子有点痛。"百界道，"想去一下茅房。"

容兮奇怪地道："这菜不干净吗？"

百界没再多言，径直站起身往后院走。撩开大堂到后院的门帘之前，百界转头看了容兮一眼，他正专注地尝着盘子里的菜。百界迈步离开。

不是菜不干净，是她的心不干净。

她从一开始就没打算信守许给容兮的诺言，十年不出罗浮山，不找仇家寻仇,她从没想过要真正答应这两件事。她的承诺建立在谎言的基础上,所以背叛起来,应该格外轻松……

至少在百界的估计里,这应当是件轻松的事。

但……

百界脚步微顿,但为何现在,她心里却有一股怎么也按压不下去的愧疚感与惶然呢?这样的愧疚与惶然拖住她的脚步,让她几乎想要转身回去告诉容兮她心里隐藏的所有想法。

百界咬了咬嘴唇,甩掉脑海里的所有思绪。细心地掩盖掉自己离去的脚印,快步行至巷陌角落,趁着无人,她心中默念遁地术,眨眼间便不见了身影。

与此同时,尚在客栈里吃肉的容兮却放下了筷子,脸上的神色难得地冷了下来。

【六】

月圆之夜,北边魅妖山上下起了鹅毛大雪,魅妖一族的祭祖仪式便在大雪纷飞中进行。厚重的鼓声好似要传遍天下,身着黑衣的战士分列长阶两旁,壮年的族长身披拖地长披风,走上好似能通天的阶梯,行至最高处,将手中黑木盒安然放下。

"祭祖!"族长一声长吟,阶梯两旁的战士皆下跪行礼。族长亦是弯下了腰,便在这瞬间,离高台最近的那名士兵倏尔身形一动,直取台上黑木盒而来。

族长却在此时蓦地将那黑木盒一拍,木盒化为灰烬,那士兵立时退了几步,族长怒斥:"我看你这孽种还能躲到几时!"他大喝,"擒此孽种者重赏!"

登时气氛骤变,数名战士一拥而上,百界的面容在躲避当中露了出来。确定是她,众人所有的心思皆扑在了她身上,连族长也不由得紧紧盯住那方态势而全然忘了身后。

待得一把寒如冰雪的长剑比上了他的脖子,族长才意识到,他们中计了。

只见那还在空中跳跃的"百界"身形猛地一缩,"嘭"的一声化为一片绿叶,飘飘荡荡落在了下方青石阶梯之上。

众人恍然了悟,此刻回头,哪里还来得及,族长已被控制在了百界手中。

他们设了个计,本想瓮中捉鳖,却没料不过短短五年时间,这个一点法力也没有的少女竟能将变化法术修得如此精深,让大家都无法察觉。

"真正的灵骨在哪儿?"百界在族长的耳边轻声问,声色比漫天冰雪更冷厉。

"休想我告诉你这个孽种!"

长剑在族长脖子上抹出了一道血痕,众人一时有些嘈杂,族长喘道:"你今日杀了我,便休想踏出我魅妖山一步!"

"拿不到灵骨,我本就不打算活着出去。"百界冷笑,"你们魅妖一族折磨我至此,能杀你垫背,我心已足。"百界手中寒剑更深地割入族长颈项之中,鲜血如注染了百界一手刺目的红,"灵骨交出来。"

阶梯之下的战士皆有几分躁动。

忽然之间,族长猛地将手中一块灰色物什往战士那方一掷,百界瞳孔一缩,有片刻的失神,就趁这片刻的时间,族长猛地反手擒住百界的手,低喝一声,手肘猛地击在百界腰腹之上,巨大的力量撞击五脏六腑,百界猛地呕出一口鲜血。她却不知痛一般,目中杀气大盛。

"找死!"但听她一声怒喝,寒剑利刃划过族长的脖子,径直将他的脑袋削了下来!

众人惊骇,百界身影未停顿半分,径直往被掷出的灰色骨头那处寻去。

然而族长被杀,众人怔愕而后大怒,战士们皆拔刀出鞘,一拥而上。

百界不管天资多好,在容兮那处也只学了五年法术,单打独斗或还可以智取胜,但在这群起而攻之的情况之下便难以取巧,再加之方才受了那族长一击,百界身体的反应本就迟缓了许多,不过片刻下来,她周身已挨了不少刀。

好歹她总是避过要害,虽伤得多,却伤得不重。

百界像是天生能感觉到灵骨的气息一般,不管这些魅妖一族的战士如何传送,百界总是能精确地找到灵骨所在的方向。眼看着她离拿

第十六章·百界

281

灵骨的人越来越近，孰料那人竟一甩手，径直将灰色灵骨扔往山下了。

百界瞳孔紧缩，一脚踹开身边正与她缠斗的人，飞身上前，竟是不管身后的人会怎么攻击她了！

"放箭！"不知是谁一声高喝，数名背弓箭的战士立刻引弓而射，直直向百界的背脊扎去。百界却半点没分心来挡，飞身扑下，伸直了手臂，只为将那灵骨抓住。

箭势极猛，眼看着便要将百界的身体扎出数个窟窿。

电光石火之间，在漫天大雪的天气里，倏尔劈下一道雷霆，斩断了追随百界而来的利箭。

百界安然抓到空中的灵骨，人却重重地摔在青石阶梯上，她身体止不住去势，顺着阶梯往下滚，她已摔得神志有些不清醒了，却还记得紧紧地将灵骨护在怀里。

死也不能放掉它。

百界想，死也不能放掉。

忽然间，百界只觉自己身子猛地一顿，像是被什么无形的力量拉住了一样，安稳地停在了阶梯上。

浑身痛得几乎已经麻木，她艰难地睁开双眼，迷迷糊糊地往上一望，却见上面两级阶梯上正立着那个她再熟悉不过的白色身影——

容兮，她的师父，这世上对她最好的人……

在她背弃誓言不告而别之后，他还是愿意来找她，还是愿意救她，还是愿意……护着她吗？

他对她那么好啊……

但她却用他教的法术来骗他，用他送的剑去寻仇杀人……牙齿默默咬紧，即便现在容兮背对着她，没有对她说一句话，但百界却还是觉得脸像被谁打了耳光一样火辣辣地疼痛着，几乎盖过了身上所有的伤。

"谁敢伤她？"

冷冷的一句话携着森冷杀气，混合着漫天风雪，刮得青石阶上的魅妖一族的战士们有几分战栗。场面一时静默。

"罗浮山山神大驾，有失远迎是我魅妖一族失礼。"一名壮年男子适时站了出来，却是当初追杀百界至罗浮山的那名领头人，"但望山神休要干预我族内务。"

"内务？"容兮笑道，"她乃我容兮之徒，无论做了何事，奖赏惩戒皆由我说了算，若论内外，她当是我的内务，尔等休得插手才好。"无论何事，无论对错，皆由他来定论罚与不罚，这话是要将人偏袒到底的意味啊……

壮年男子肃容道："我竟不知，原来山神竟也收妖怪做徒弟？"

容兮身体微微一僵，侧过头看了百界一眼，却见百界垂着头，握紧手中抢到的那块骨头，一言不发。

"山神可知你身后那人乃我魅妖一族所出孽障，数年前我族灵女外逃与北山一除妖师私奔而生此孽障，她非人亦非妖，身上无半点妖气，她天生如此，想来山神也未必看得出她的真身，所以才误以为她是人类，收她为徒的吧？"男子冷笑，"五年前我未杀了她，她既已拜山神为师，若诚心修道，我等自是不会再找她麻烦，但今日她先来盗我灵骨，后又杀我族长……"男子声色中戾气越重，让他不得不停顿一会儿，缓了语气道，"且山神可知，她手中那灵骨又有何用？"

百界蓦地抬头，目光狠戾地盯着男子，男子冷笑："那灵骨能助她变化为妖怪之身。你看，她想的是变成妖怪！她根本没拿你当师父，你却要护着这么一个'徒弟'？此孽障乃我族之耻，他日或将成为山神之耻，山神还要留她？"

"住嘴！"百界怒叱，以剑撑地，艰难地站起身来，踉跄了两步，竟是想凭这副身体去与那人拼命。

手腕蓦地被擒住，百界还没来得及侧头看，便觉手腕被用力一握，登时掌心无力得连剑也握不住了，寒剑落地发出铿锵之声。容兮没有看她一眼，只对着阶梯上的人道："是否成耻，还不容闲人置喙，我已说过，她是我的内事，不需尔等插手，便是西方如来、九重天君，亦不得插手。"

那人微怔，随即咬牙讽笑："山神倒是大度。只是你要护她，可还问过她愿不愿意？"

百界张了张嘴，还没来得及说话，容兮便抢在她前面道："我要护谁，谁都不能说不行，你们不行，她也不行。"语气坚定果决，快得就像是不想听到百界的回答一样。

"我如此说了，你们且待如何？"容兮声色虽淡，而言语中却杀气凌厉，"有意见的，且与我一战。"

这是百界第一次知道，原来温和如容兮，也有如此蛮横霸道不讲理的时候，或者说，他其实一直都蛮横霸道不讲理，但只是这些本质被掩盖在了微笑的外表之下，让人不易察觉，而现在他只是把脾气放到台面上而已。

把脾气放到台面上，也就是说，容兮生气了。

很生气。

擒住她手腕的手用力得突起了青筋，百界无力地趴跪在阶梯之上，对方众人听此言语一时群情激奋，壮年男子也是一脸青黑："既然如此……"他一个手势，身后的魅妖族战士立时蜂拥而上，向容兮杀去。

容兮手中捏诀，脚下青光一闪，法力如波推散开来，众人直觉动作受阻，片刻之后，忽见青石板的缝隙之间蓦地钻出无数藤蔓，形成巨大的网拦在他们与容兮之间，且藤蔓还延伸出去，像有意识一般将那些战士尽数缠绕住。藤蔓之中，不停有人相搏，但皆被后来的藤蔓制住了动作。不消片刻，青石阶上的那头已被藤蔓绕满，所有的魅族战士皆被困在藤蔓之中。

容兮脚下法阵收拢："还有何话说？"

藤蔓之中有人怒道："杀我族长辱我族人之仇，有朝一日，定向你报回来！"

"有本事便来吧。"

容兮俯下身子，揽住百界的腰："撑得住？"

百界点头。

驾云而上，容兮带着百界急速往罗浮山赶去。

百界伤势重，在路上便隐隐有心衰之势，容兮用尽了法子却还是没法让百界好起来，最后思虑之下，终是一手抱住她，一手挑起她的下巴，唇瓣相触，他以舌尖挑开百界的唇，渡了一口真气进去护住她的心脉。

唇瓣相离之时，却看见百界睁了眼，四目相接，容兮面无表情地转开了头："你可还记得拜师之时，给我许下的是什么承诺？"

百界没答，待容兮再瞥她之时，却见百界已经闭眼睡了过去。

容兮掌心一紧，却也没有更多的表现。

【七】

百界好像做了个梦，梦见师父亲了她，唇瓣上的温度好似一直能烧到心里。

一睁开眼，是她住了五年的小木屋，屋里的摆设还与她那天走时一样，若不是身上传来的疼痛感，百界只觉得这又是一个平淡无奇的早上，她洗漱完后该去和容兮一起用早膳。但想起先前的事，她又不知，自己该用怎样的面目去面对容兮。

她的背叛和算计已经赤裸裸地到了容兮面前，只等待着……被审判。

"醒了？"房门被推开，容兮端了一碗药走进来，"身体还有何处不适？"

百界静静地打量他，却见他神色一如平常，然而便是这份奇怪的平静让百界心里不停地打鼓。

"师父……"她一开口，容兮便将药碗递到了她面前："先喝药。"

百界素日里沉默寡言惯了，此时也不知该说什么，老老实实地照着容兮的话做了，可刚放下碗，便又听容兮道："既然醒了，你身子已无大碍，这便收拾收拾下山去吧。"

百界愕然，像是听不懂他说的话一般猛地抬头看他。她的眼眸颤抖，像是遇见了什么令人极为惊惧的事。

容兮神色如常，就像他刚才只是说了"马上就吃饭了"般稀松平常的话。他收了碗往外走："不送。"

见他转身离开，微凉的发梢扫过百界的脸庞，百界心头陡然一空，从方才起便盘踞在心底的恐慌如同猛虎破栏而出一般，将她的理智和冷静瞬间吞噬得干干净净。

她一掀被子，赤脚踩在地上，跟着容兮追了几步，惶然地抓住他的衣摆："师父！"喊了一句她却蓦地哽住了喉，不知自己该说什么，默了半晌终是垂头道，"师父，我错了……"

容兮回头看她，静静地掰开她的手："你当初既打算离开，便该做好了再也回不来的准备，我现在不过是成全你彼时心愿罢了。"他声音很轻，话语却如千斤坠一般将百界的心沉沉地拉入深渊，"而且我身为山神，确实也不该收一个妖怪做徒弟。"

"我……我不是妖怪。"百界此时唯想得到这一句话。

但这句对她来说像救命稻草一样的解释却被容兮轻描淡写地带过了："是也好不是也好，如今我都不会再留你。"

话音落下，容兮迈步出门。

"我不会再寻仇了！"百界惊慌地往外追，"我以后再也不会违逆你的意思。我也不离开罗浮山，再也不……"话语未说完，容兮的身影已不知消失去了何方。百界脸色白成一片，看着空空荡荡的院子，无助像是藤蔓缠住了她的双脚，让她无法挪动一步。

"你别将我逐走……"

未说完的话被山间凉风吹散，榕树叶"沙沙"响着，百界孤零零地立在院子里，头一次觉得山上的风和阳光都寂寥得可怕。

百界没敢进屋，甚至连院子也不敢踏进一步。她跪在院门外，在容兮第一次罚她站的地方。挺直背脊不发一言，像雕像一样一动不动地跪着。她记得那次她站了一天，只认了一句错，容兮便心软地放她进屋了，可是这次，她认了很多次错、跪了很久，容兮也没有心软地出现。

他是真的生气了。

百界垂眸看着地上榕树投下的影子在风的吹拂下轻轻摇晃，心想，容兮不肯出现，她也不会离开。

不知跪过了几个日出日落，百界的膝盖已没了知觉，先前身上受的伤也未大好，人有点撑不住了，可不管脸色再苍白、嘴唇再干裂，她也不肯起身，像是被施了定身咒一样。

是夜，春雷阵阵，一场贵如油的春雨簌簌而下，穿过了巨大榕树的叶子，落在百界脸上，她忍不住伸出舌头，将落到唇畔的雨滴舔尽。喝到水，她才感觉自己有多渴。她仰头，微微张开了嘴，让雨滴直接落进嘴里，此时却见天上一道闪电划过，巨大的雷声轰得大地都在颤动，百界眼睛一花，耳鸣了一瞬，身子像忽然失去平衡一般往旁边倒去。

不是泥泞的土地，她脸颊触及一块散发着体温的棉布，鼻尖嗅到了再熟悉不过的味道。

百界无力抬头，但她知道来人是谁，明明浑身的力气都已被抽光了，可她还是抬起手，紧紧地将来人的衣摆拽住："师父……"

雷声未停，风雨未歇，容兮没有推开百界，也没有将她带回屋里，只问道："你既已决心做回妖怪，又何必再求修仙之法？"细细一听，言语中竟还藏着几分难以察觉的无奈。

"别赶我走……"百界却拉着他的袖子，牛头不对马嘴地嘀咕，"我不走。"嘴里翻来覆去便是这几个字，再没有别的话了。

容兮垂头看她，终是将她抱了起来，带回了屋里，只在风雨中留下一句半是叹息半是无奈的话语：

"你这是在使苦肉计啊！"

是笃定了他……会对她心软啊。

百界的手一直拽着容兮的衣袖，任由他如何拉都不放开。容兮看她一身又脏又湿，无奈地寄望于她还能在昏睡中有点神志："放手，我去帮你拿面巾。"

"别赶我……"

看她干裂的唇呢喃出这几个字，容兮苦笑着软了神色："好，不赶你。"

"我错了。"

"嗯，我原谅你。"

"别丢下我……"

"我没丢下你。"容兮顿了顿，"是你丢下为师了。"

"我错了……"

容兮为她答得这般顺畅而失笑:"原谅你了。"

百界的唇瓣轻微地动着,容兮忍不住俯身下去在她唇边倾听。

"师父。"她轻软地唤他。

每次听到这两个字从百界嘴里说出来,都让容兮止不住地心头温热,即便是她做了再多不对的事情,让他生了再大的气,他也会无可救药地为了这两个字原谅她。

原谅,不过是时间长短的问题。

这两字于他而言,简直就像是毒药。

温暖蚀骨。

"我喜欢你。"

容兮愣住。

几乎忘了把耳朵从百界唇边拿开。于是他再一次听到了百界确认一般的呼唤声:"师父。"

她……

容兮头一次不知道该如何去控制自己脸上的表情,像傻了一般,僵了许久。

她喜欢他?

不是敬仰,并非崇拜,而是喜欢?是世俗之爱,是男女之情?

容兮蓦地退了几步,直到抵住身后的桌子才停了下来,他望着百界的面容,呆怔失神。屋外的雨声稀里哗啦地乱弹一气,一如他的心弦,再难平静。

百界再次醒来之时,看见周遭场景,蓦地翻身坐起,动作太大牵扯得她浑身伤口都痛,但她却没来得及喊痛,因为她一眼便瞧见了坐在床边椅子上的容兮。几乎是下意识地,百界一把擒住容兮的衣袖,用力得让容兮也有几分惊讶。

"师父我错了!"她连忙道歉,"你别再赶我走,我不想变成妖怪,我拿会灵骨只因那是我母亲的东西,我不能让她的遗物被魅妖糟蹋。我之前是想过用灵骨变成妖怪,可我知道你会生气,我不想你生气,我此去当真没有用灵骨变妖怪的想法！我不辞而别是错，对你隐瞒身份是错，背弃承诺是错，我愿用所有来弥补过错。"百界从未这般着急地解释，语无伦次，毫无逻辑，苍白的脸竟是被生生急出了几分血色，"你怎么罚我都可以！但……但求你别赶我走……"

最后一句说得百般委屈、万般乞求，从来性子冷淡的百界，何时有过这种小孩一般无助的样子。

容兮垂眸静了一会儿，他感觉到百界手心里出了多少汗。

"跪了这几天，也算将你罚过了。"他道，"既你诚心认错，为师便原谅你这次。"他将手抽出。

百界有几分怔神，不明白为什么这两句原谅的话语竟听得她有几分心凉。

"近来我要出趟远门。这些日子你自己好好将养。"

百界手心一紧："师父……不带我？"

"你伤未好。"

百界垂头："师父何时能归？"

指尖动了动，容兮忍住摸她脑袋的冲动："不知，你照往日那般继续修行便行。"

"是。"

【八】

容兮一走便是七个月，大半年的时间，罗浮山已入深秋，山上除了大榕树，别的花草已凋敝得差不多了，容兮便是在这样萧索的季节回来的，踏过枯叶，迎着秋风，牵着一个小姑娘回来了。

"清坠，她叫百界。"容兮给小姑娘介绍她，"是你师姐。"

百界的目光落在清坠身上，十二三岁的年纪，一张稚嫩的脸庞，水灵的眼睛里面藏着几丝胆怯。"师……师姐。"她这样称呼她，但是却有点害怕地往容兮背后躲。

容兮笑着揉了揉清坠的脑袋："你师姐面冷心热，不用害怕，多处处便好了。"声色温和一如当初收她为徒的时候。

百界紧紧盯着容兮的眼睛，在他清澈的眼眸里，看见了自己的脸冷得有多吓人，难怪小姑娘会害怕啊……她的嫉妒，原来是这样遮掩不住。

百界垂了眼睑，长睫毛掩住她眸中情绪："师父此一别，甚久。"久得都让她以为，容兮不会再回来了。

容兮笑了笑："可做了饭食？"他轻描淡写地避过这句话，就像离开并非几个月，而只有几天而已。

一天浑浑噩噩地过去，到了夜间，清坠与百界睡在一个屋里。百界在屋子靠窗的位置搭了张床，自己睡在那里，将原来那张床让给了清坠，可是睡到半夜的时候，忽觉有人走到了自己床边，百界素来警惕，当即一睁眼，一伸手擒住来者胳膊，身子一转，便将来人摁在了床榻之上。

"师……师姐？"

小姑娘吓得不行，声音都在发抖。

百界闻言，蓦地清醒过来，她松了清坠："为何不在自己床上睡觉？"

小姑娘揉着手腕，忍着痛，抹了把惊慌失措的泪水："我怕窗外有妖怪……"

百界一怔："这里没有妖怪。"说完这话，她自己沉默了一瞬，"没有妖怪会伤害你。"

清坠垂着脑袋："可我还是有点怕……我可以和师姐一起睡吗？"百界没答话，清坠便又道，"如……如果师姐不愿，我就自己睡吧。"

百界将她手一牵，几步走到原来那张床边。

"上去吧。"她道，"我陪你。"

清坠像是不敢相信自己听到的话一样，猛地抬头看她，倏尔破涕一笑，抱着百界的胳膊躺在床上，脑袋在百界的手臂上蹭了蹭："师父说得没错。"清坠笑道，"师姐果然很温柔。"

百界身体微微一僵："师父说？"

"嗯，自打半年前师父将我从妖怪手上救出，这一路走回来，师父常常都在念叨师姐呢，说你勤奋努力，万事细心，性子看着虽冷，但对自己人却很温柔。今天看到师姐，我确实有点被师姐的神色吓到，不过……"她将百界的胳膊抱紧,"还是师父了解师姐。"

细心?温柔?容兮是这样说她的?不是满心算计,不是背弃承诺,不是心狠手辣?百界不由得怔神:"师父,不厌恶我?"

"为什么厌恶?"清坠打了个哈欠,"他很想念师姐呢。"

想念啊……

百界心头一热,却又倏尔微凉,大概是小姑娘看错了吧,若是当真想念,又怎会一别七月,大半年也不曾归来。

耳边传来清坠均匀的呼吸声,是已经睡着了,然而百界却睁着眼,睡意不知被驱赶到了什么地方。

清坠初来,对周遭环境不熟,容兮外出大半年,有许多山神日常该做的事都没做,回来之后忙得不可开交,于是清坠便交给了百界。她领着她熟悉环境,准备开始教清坠东西的时候才发现她其实是有底子的。

"我娘亲是除妖师,以前一直是她在教我法术,只是七月前,她被妖怪……"清坠眼眸微微一暗,随即笑道,"还好有师父救了我,不然我也随娘亲去了。"

除妖师啊……

"我父亲也是除妖师。在我走投无路的时候,也是师父救了我。"百界轻声道,"咱们挺像。"

清坠闻言眼睛一亮:"师父之前也说我与师姐像呢!"清坠笑道,"只是他说师姐更隐忍一些。什么事都憋在心里不说,这样更让人心疼呢。"见百界垂眸不语,清坠拽了她的手道,"要是以后师姐有什么不开心的事,就和清坠说吧,我会负责把你逗到笑的。"

百界看着清坠的笑颜,心头倏尔一暖,随即转了眼眸,只淡淡地道:"我不喜欢笑。"

冬去春来,繁花凋谢之后,又过半年,罗浮山如往年一般跨入了一个寻常的夏季。

清坠早在山林间跑熟了,整日野在外面玩,有时天黑也不回来,用晚膳时,桌上偶尔会少一人,百界对山里的山精野怪心存顾虑,每到此时,总是放了筷子出去找人。容兮却老神在在地继续吃饭,只道清坠知道分寸，不会出事。

是日，清坠再次在晚膳时缺席。百界脸色铁青，她昨日才教训了那丫头一顿，却是一点效果也没，今日还是不归，百界气得不行，沉着脸拍了筷子就出了门，容兮笑笑，自顾自地吃饭。

今夜风大，空气中有泥土的味道，想来是快下雨了。

百界捏了个诀，一路寻着清坠的气息而去，找了个把时辰，才在一个树洞里找见了她。

看见清坠，百界还没来得及指责她一句，清坠便急急地将她拽了过去："师姐！师姐这匹小狼受伤了。"

百界一看枯木上躺着的正是一匹白色的狼，皮毛上染有鲜血，看来伤得不轻。

"师姐你快救救它。"

百界蹲下身子，皱眉打量了白狼一会儿，忽然，白狼猛地转过头来，对百界龇出森森的犬牙，牙上还带着血丝，显得可怖吓人。清坠一巴掌捂住白狼的嘴，将它脑袋摁下去，轻轻地抽了它脑袋一巴掌："我师姐能救你，不准闹！"

白狼被如此一打，倒还老实了，任由百界在它皮毛上翻看了一会儿："它伤得重，得用药，先把它带回去吧。"

百界话音一落，外面白花花的闪电一亮，紧接着一声雷响砸下，清坠忍不住叫出了声："师……师姐……打雷了……"

"嗯，先把它带回去。"

百界起身要走，清坠抱住白狼没动："可……可是打雷了……"

这半年相处，百界心里是知道清坠为何怕打雷的，因为她母亲便是在一个雷电交加的夜晚在她面前被妖怪杀死的。可是她不能一辈子都害怕雷声，她总得迈过心里这个坎儿的。

"跟我走不会被雷劈。"百界劝道，"走吧。"

清坠迟迟未动。便在僵持之际，树洞之外忽闻几声轻唤："小徒弟……小徒弟……"

清坠忽而眼睛一亮，大喊："师父！这儿这儿！"

容兮循声而来，人未到先闻笑声："我见打雷，想你定会害怕，这便寻了来，为师来的可是时候？"

容兮刚一现身，清坠便扑了上去，抱住容兮蹭："师父！小狼受伤了，我得带它回去上药，但是打雷了我不敢走。"

　　容兮笑着揉了揉她的脑袋："那就不准打雷了。"

　　言罢，平地陡然生风，刮向天际。转瞬之间天地气息陡变，虽还是阴天，却全然没了方才浓重的湿气。百界一惊，她虽对神仙之事不太了解，但她也知道，山神怎会有能力管辖起风降雨之事："师父……"

　　容兮摆了摆手："我知你在忧心什么，不过罗浮山地界的事，我自有分寸。"他对清坠笑道，"现在不打雷了，可能回去？"

　　清坠眼睛亮亮的："师父好厉害！"

　　百界皱眉："怎可如此惯她！"

　　容兮轻笑："我统共只收了两个徒弟，自是得好好惯着。是不是？"他问清坠，当然得到了大大的肯定。看着容兮牵着抱着小狼的清坠走在前面，百界拳头握紧，又无力地松开。

　　容兮护短，不是因为她，而是因为她是他的弟子，是他因为怜悯而收的徒弟。他护着她，只是因为，他喜欢护着自己的徒弟，属于自己的东西……

　　带回清坠这大半年以来，容兮让她越来越清楚地认识到这个事实。对于容兮而言，她是特别的，仅仅因为她是他收的徒弟，再无别的情愫。

　　可还能要求什么呢，这样，已是上天给的最大慈悲。

　　百界走得太慢，在夜色的遮掩下，没有看见前面的容兮微微停顿了脚步。

　　清坠抬头看他："师父？"但见容兮望着后方，清坠也跟着往后面看，"要等等师姐吗？"

　　容兮默了一瞬，继续迈步向前："不了，不等了。"

　　清坠奇怪，她又看见容兮脸上露出了她看不懂的神色，这是在之前容兮带着她四方游走之时，每当提到师姐他便会露出的表情，三分心疼、三分无奈，还有更多她不懂的情绪，沉淀出了嘴角微涩的弧度。

【九】

清坠捡回来的那匹狼养好伤后便不见了踪影，连招呼也没打一个。清坠气得直骂"狼心狗肺"，百界和容兮都很默契地没有告诉她，她救的那匹狼是个妖怪，还是个很厉害的妖怪。只是妖怪并无恶意，甚至对清坠还有几分不同，所以他们才救了他。只希望清坠多结善缘，毕竟她修仙的路还有很长。

然而与百界与容兮的期望不同的是，自打那年开始，清坠便一年比一年更频繁地下山，性子也一年比一年更为沉稳。

终是在五年后，一个寻常的夏日，容兮应邀去参加四方山神的聚会，天晚未归，百界正在屋子里静坐修行，忽觉房间里妖气大作。百界一惊，推门而出，忽听清坠一声惊呼："叶倾安！你做什么？"

百界抬头一看，清坠已被黑衣男子擒到空中，百界当即拔剑出鞘，踏云而上，剑势如虹，追着清坠而去。清坠在男子怀里挣扎着往后一看，大惊："师姐不要……"话音未落，男子陡然回身，拂袖一挥，一股凌厉妖气直向百界杀来。

百界挥剑来挡，却全然没料到那人的妖气如此凌厉，似重锤一般击打在她手中的寒剑之上，寒剑应声而断，妖气径直撞上了她的心口。

百界只觉心头一闷，胸腔撕裂一般疼痛，脚下再无力气驾云，径直向下坠去，耳边是呼啸的风声还有清坠怒声的斥骂。

不过转瞬间，所有的感觉都离她远去，世界仿似沉入了一片完全的黑暗当中。

师父……昏迷之前，百界忽然想，若她死了，他……会做怎样的表情呢？她突然没心没肺地想让他心疼一下呢……

"叶倾安！"清坠大怒，手中气息凝注化为一柄利刃径直往他心房扎去。叶倾安也未伸手挡，意料中地看见寒刃停在了他心口的地方，清坠咬牙，"带我回去找她。"

"我是在帮她。"叶倾安看着清坠停住的手嘴角有几分高兴地翘起来，声色还是冷淡地道，"死不了，你那师父自会有法子。"

清坠一愣："你如何知晓我师姐与师父……"

叶倾安轻描淡写地道:"看一眼就知道了。"

百界不知自己在哪儿,四周一片黑暗,她只知道自己要不停地奔跑,像是背后有什么人在追杀她一样,在落花的月下,踏过泥泞的土地,一直不停地奔跑,心肺仿似快要炸开,她绝望又无助。

"来,我护着你。"仿似是从天边外传来的声音,百界抬头一看,月下树影中,白衣男子浅笑着对她伸出了手。

师父……

这两个字,几乎让她湿了眼眶。那是数次救她于危难的人,是护她无虞的人,是她敬仰、崇拜、爱慕、倾心的人,也是她永远不能触碰和亵渎的人。

"师父……师父……"

"我在。"

清晰的声音在耳边响起,百界猛地睁开双眼,还没等她看清眼前人,便被心口处的疼痛拉扯得蜷起了身子,素日里再是要强,此时也不得不痛得出了声。

"百界,百界,不要运气。"有人抓住她的手,强自稳着声音一遍又一遍地在她耳边说着,"告诉我,你母亲的灵骨在哪里?它可以救你。"

百界蜷着身子浑身发抖,听闻此话却还是努力摇头。

"不用……灵骨。"她牙关紧咬,"不用。"

容兮握住她的手将她抱在怀里,掌心的法力源源不断地往百界身体里面输送,却还是压不住在她心口肆虐的妖气。

"你必须用。"容兮沉了声色,压住涌上心头的慌张,"乖,快告诉师父。"

用了灵骨她就会变成妖怪,百界心里明白,她摇头:"师父会讨厌我……"

容兮心尖发颤,声音微哑:"不会,他怎会讨厌你。"他掩住眸中泛滥的情绪,"他永远不会。"

百界仍是摇头,话已经说不清楚了:"他……赶我……不,不要我……"

容兮心头如被千枚针扎过，难掩疼痛。他此生活得恣意潇洒，从没什么事后悔过，而现在却有些后悔当初生气赶她走。

想来，那次是真的让百界怕了，所以即便过了这么多年，百界也不敢做一点不合他心意的事，不敢说一句可能会引起他不快的话，她小心翼翼、如履薄冰，用外表的冷淡坚硬将心里的柔软脆弱都完美地掩盖了起来。她看起来比清坠强硬那么多，可对于他，她却远不如清坠自在。

她害怕他。怕他不要她。

可百界不知，容兮，也怕她。

"别怕。"容兮轻声安慰她，"别怕。"而他声音里却藏了几分惧怕，"先告诉我灵骨在哪儿可好？你要先好好的……"

百界始终不肯说，但容兮却无意间瞥见她捂住心口的手里紧紧握着脖子上挂的锦囊，容兮眸中一亮，强硬地将百界的手掰开，抽出锦囊，那灰白色的灵骨果然放置其中。

用树叶汲了水来，容兮手掌用力将灵骨捏成粉末，助百界饮下混了粉末的水。见她呼吸慢慢平稳下来，容兮方松了一口气。变成了妖怪，身体对于妖气的排斥便不会那么厉害了。容兮替百界擦了擦脸上的冷汗，然后摸了摸她的头。

已经好久没有对她做出这样亲昵的举动了呢。

容兮心想，为了不让百界对他再有更多的感情，他逃避、冷漠，甚至又收了一个徒弟，这些"伎俩"确实对百界起了不少作用，可是他骗得了所有人，唯独骗不了自己。

他心中深藏的念想并没随着刻意的冷漠和逃避而消散，反而越发不受控制……直至此时，他方才明了，原来心尖的那些感情，早已脱离了他的控制。

这么些年，他想了那么多法子不让百界再对他有多的念想，却独独没想过要赶走她，他此刻恍然明白，他对百界，是不舍，是习惯，亦是不能放弃。

既然无法让她离开，那就在一起吧。

容兮看看百界的面容，倏尔一声苦笑："天意啊。"

【十】

妖气在鼻尖流转。百界坐起身，忽觉体内有不一样的气息在流动，她伸手揉了揉太阳穴，却莫名皮肤一痛，像是被自己的指甲挖到了一样，百界皱眉，放下手一看，登时愣住了。

这是……她的手？

妖纹如画一般自手腕处盘旋而上，缠绕至指尖，绛紫色的妖纹弯出极度魅惑人心的弧度，是魅妖一族的象征。

百界僵住。

她蓦地伸手摸向自己的脖子，常年戴在那处的锦囊已然不见！百界四肢忽然无力地一软，可心头还有一股信念让她撑起身子，慢步走向梳妆台那方。

手已无力握住铜镜，她探过头，在铜镜里看见了自己的脸，眉心一簇绛紫色的妖花，脸颊两旁是柳叶一般的条纹，蜿蜒而下，蔓延至锁骨。

百界猛地退了两步。

她……她变成……妖怪了？

门外传来熟悉的脚步声，是容兮。百界心头陡然一凉，只道不能让他看见自己这副模样，她随手扯下一块丝巾，惊慌地将脸包住，往屋子另一边的窗户上一撞，在容兮跨入房门的那一瞬间，百界破窗而出，狼狈地摔在地上，然后跌跌撞撞地跑远了。

容兮端着一碗粥愣在门口，看着破窗外摇摇晃晃跑走的身影，心里又是好笑，又是无奈。

寻找百界不难，她变成了妖怪，一身的妖气。百界在前面慌不择路地跑，但始终死记着不出罗浮山这个规矩，不停地在山林里绕着圈子。容兮算着她会走的路，直接绕到了前面等她。

果不其然，百界方一跑到那里，却见白色身影已在那里候着，她连忙往灌木丛中一躲，拿丝巾捂住自己的脸，缩成一团，掩耳盗铃也好，丢尽脸面也好，就是不出去。

"百界。"容兮却没有径直来抓她，而是在离灌木丛几丈外扬声道，"是为师让你吃下的灵骨，我知你厌恶变成妖怪，为师给你认错。"

百界闻言,悄悄抬起了头,从灌木丛的缝隙中打量那道白色的身影。

"你若不出来,心里便是在怪我。"容兮垂眸说着,像是万分自责的模样,"我这般给你赔罪,你可能原谅我?"言罢,一撩衣袍,竟是一副要向她这方跪下的模样。

百界心中惊惧,连忙奔了出去将容兮扶住:"不行不行!"

不承想容兮却一反手将百界手腕擒住,笑眯眯地看她:"上当了。"

百界喉头一哽,一时竟不知自己该做什么表情。头上丝巾滑落,待反应过来之时,容兮已将她的脸看得清清楚楚。百界陡然醒悟,猛地推开容兮,背过身,惊慌地将自己的脸捂住:"别……别看这些妖纹……"

容兮弯腰捡起地上的丝巾:"百界,你如今已是妖。"他声色淡淡的,却听得百界有几分心颤,"我不能继续收你当徒弟了,会被四方山神笑话。"

百界只觉周身陡然一冷,然而这寒凉尚未流遍全身,一双坚实的手臂却把她拉到一个极致温暖的怀抱里。容兮的气息喷洒在她错愕的神情旁:"做清坠的师娘吧。"

百界错愕:"师……师父?"

"我不想做你师父了。"容兮抱着百界,轻声道,"你可愿答应?"

"为何?"她惊得忘记了挣脱。

"我可能……很早之前便不想做了。"容兮声音很轻,"只是,一直放不下。"他沉默了一会儿,终是叹息一声道,"我好似未曾与你说过,我与别的山神不大相同,我原在九重天上为仙,因生性散漫误事而被罚下界,责令清修三千年方能重归上仙之位。"容兮道,"过了今年,我便只差三年了。"

百界浑身一僵,又听容兮在她耳边笑道:"可是我不想归位了。"他说,"百界,你可愿与罪神之身的容兮,再守罗浮山万年寂寞?"

愿意……她自是愿意,如何不愿意!她……

心中情绪激荡,口中尚未答出话来,忽听"轰"的一声巨响。紧接着,罗浮山北方山脚下陡然升起一片红光,染红了半边天空。

容兮面容一肃:"妖火。"他放开百界,蹙眉细细探查空气中飘来的气息,"去找那金猴王。"容兮沉声吩咐,"让山间灵物走兽速速离开罗浮山。"

百界一怔,容兮素来是一副万事不上心的模样,连清坠被叶倾安抓走也不见他说一句担心,而此时却这般说……百界还没说话,容兮转头呵斥:"还不快去!"

百界肃容,立时转身离去,却在跑远几步之后倏尔听见耳边风声带来一句命令似的话语:"你也一同离开。不准再回来。"

百界一惊,再回头找容兮,他却已不见了踪影。

天边火光愈红,甚至已有包围四方之势,百界心知容兮吩咐的事不能再耽搁,她一咬牙,往山大王之处跑去。

山间灵物早被北边的火光惊动,百界找到山大王,适时通天已红遍,甚至连他们站的地方头顶已像被烧红了一样,看不见蓝天白云,但不知为何,他们四周却没有灼热之感。

百界将容兮的话与山大王一说,金猴王立时明了,一通呼唤,山间躲藏的妖精灵物尽数钻了出来,往还未被火光染红的罗浮山下小镇奔逃而去。

百界见状转身又要往回走,却被金猴王拽住:"你还回去作甚?"

"师父还在那方。"

金猴王斥道:"他哪还会在那方!这罗浮山分明已是通山被点燃了,咱们之所以还能好好站在这儿,全靠的是你师父祭出来的结界!这火分明是妖火,撑起这么大的结界是你师父拿命在拼!如果不想辜负他的心意,就赶快和咱们跑吧。"

百界闻言,呆住了。

金猴王拽百界走,百界却猛地往后一挣,脱开猴王的手:"若这是他心意,我今日注定得辜负。"她脸色白成一片,眼眸却亮得出奇。

没再看金猴王一眼,百界返身往回寻去。

罗浮山间的草木渐渐干枯,有的甚至开始冒出青烟,百界一路往回寻,周身越发炙热,她却像感受不到一般,一路搜寻,不见容兮踪影。在周遭渐渐燃起大火之时,百界终于看见了,在山头之上,榕树之下,白衣仙人固守一片清明不被火光包围。然而他却像是已撑到了极限一般，跪在大榕树前，手无力地撑在榕树树干之上，掌心的光维系着榕树上的光。

见容兮如此，百界似已哑然，她疾步上前，跪在容兮身边："师父……"

容兮转头，脸颊却似被什么烧伤了一般，红得吓人。但见百界，容兮一怔，垂头无奈一笑："只有这时，你不听话……"

百界沉默，容兮问："他们都走了？"

"嗯。"

容兮一笑："就剩你了。"

"我不走。"

"你得走。"容兮蓦地松开撑住大榕树的手，光芒消失，百界这才看见他手背上的烫伤竟是比脸上更为可怖，她心头猛颤。

容兮将她的手紧紧握住，抬头看她："你得走……"

他脸上的灼伤越发吓人，他却咧嘴笑了出来："你得好好活下去。"

话音一落，火光陡然大炙，烈焰仿似要将百界眼睛烧瞎了一般肆虐地在她周身灼烧。百界下意识地闭上了眼，可炽热只有那一瞬，掌心的清凉包裹了全身，与呼啸的大火顽固相抗。

不知过了多久，耳边火声渐消，百界睁开眼，眼前的容兮已不在，掌心唯余一块残破的白衣袖。四周的大火亦不在，她仰头一望，四季常青的大榕树此时已只余枯干。

百界好似明了了什么，但又不敢相信，她颤颤巍巍地站起身来："师父……"

风声一起，好似在说着容兮留下的最后一句话："好好活下去……"她无助四望，这里她本来很熟悉，但此时却像怎么也不认识了一般，一片焦土，一片死寂。

"族长，那孽障还活着！"

过于寂静，让远处的声音也变得那么清晰，百界放眼一望，山头之下，焦土之上，一队黑衣人站在那方，为首的还是当初追杀她的那名领头人，他成为魅妖一族的族长了啊……

原来是他们啊,蛰伏数年,今日……是来报仇了。

是她……害了容兮。

为首之人察觉到百界的目光,他也不躲,迎着她的眼神冷冷一笑:"罗浮山山神与众不同,我穷极数年,集魅妖妖火终将他烧死,而他临死前却也还护着你这孽种。"那人冷笑,"只是他没想到,我们还会再来搜一遍山吧,如今没有那山神护你,你觉得,你可还能活着离开?"

是啊,没有山神护她,再没有谁会对她说"来,我护着你"这句话了,这世间……再没有容兮了。

因为她,也因为这些……可恨的魅妖!

百界将白衣袖贴身放好,一步一步、慢慢地向他们走去。

"族长……她脸上有妖纹……"

"她……她用了灵骨?"那方黑衣人有几分混乱,"那山神竟容得她用灵骨变成妖怪!"

百界对他们的声音充耳不闻,指甲长长,犬牙突出,脸上妖纹暴涨,眉间妖火形状的纹路宛若花一般开遍整个额头。百界眸中血色凝聚,如地狱修罗般:"我死,你们也休想活着离开!"

一场厮杀,天黑之时,满月铺洒遍野焦土,染血的土地泥泞难走。

百界浑身是血,连头发都有血珠顺着往下滴落,她摸出怀里的白衣袖,却发现它被自己手上的污血染脏,她的表情一时变得有些无助,但任由她如何擦,只是让衣袖变得更脏而已。

百界停了动作,只握了衣袖,一步一踉跄地往山下走去。

她没有别的办法了,她唯一能想到的,便是山下的寺庙。师父每年都去祭拜,师父还在九重天上当过仙君……

百界叩首在佛前:"佛祖慈悲,山神容兮为世间生灵,以命为祭,换其生机,望佛祖慈悲,救他一命,百界后生愿倾其所有以为报。"她在佛前磕了三千头,未换来一丝怜悯。她在佛前跪了数十天,未换得半点生机。

可百界不曾离开，好像离开了，就是她放弃了容兮活过来的希望一般。

"别磕了。"
"师姐！"
两声呼唤，伴随着一个扑过来的身影，唤醒了百界不知迷离到何方的神志。
"清坠……"她声音哑得不成样子，"别碍着我，我要救他……"
"师姐……"
"你这样救不了他。"叶倾安自身后走来，瞥了百界一眼，一挥袖，大佛金身应声而塌，尘埃翻飞中，百界死寂的眉眼却没有一丝波动，她只推开清坠继续磕头。

清坠心中悲恸，将她抓了起来："师姐，别磕了！别求了！师父回不来了！师父回不来了！"
"我会让他回来。"

清坠哑言，此时一支笔却被扔在了百界跟前。笔上奇怪的气息让百界转动了目光，她看了看笔，又看了看叶倾安。
"这是妖族之物。"叶倾安道，"吸食宿主气息，足以让强大的妖怪变成普通人。但它还有一个用途。传闻中，只要让它收集完一百个执念，它便能帮宿主完成一个愿望。"叶倾安看百界，"任何愿望。"

百界死寂的眼眸深处似有一簇光亮划过。
她几乎是立刻抓起了地上的笔："何为执念？"
"你这样的，便叫执念。"叶倾安一顿，"笔会带你去找。"

找……一百个像她这样的人吗？
百界沉默，这个世间还真是悲凉呢。
"只是，你得想清楚，你今日有长生不老的本领，有强大的力量，而你若是用了这支笔，你的力量会不停地被它吸走，直到最后达成你的愿望之时，它会让你变成一个彻彻底底的凡人。你没有永恒的生命，你或许根本就等不到山神回来，这样的无望等待，没有希望的期待，你也要？"

"要。"

因为，如果不要，她就不知道自己到底该怎么好好活下去了。

"师姐……"清坠忧心地望她，"师父不愿看到你这样的，你何不……"

百界抬手，摸了摸清坠的头，她一言不发地将手中残片放到清坠手里，那是容兮的"遗物"，她现在不要遗物，她要的是希望，容兮总会活过来的希望。

百界站起身，握了笔，长时间跪拜让她几乎走不稳路，可她还是一步一步地向外走。

"师妹。"她第一次如此唤她，"后会有期。"

"师姐……"

时间太久，记忆中的声音都已经渐渐变得模糊，百界躺在摇椅上睁开双眼，看见山上透过榕树叶的阳光正好，她笑眯眯地望着生机勃勃的大榕树，轻声呢喃："总算……"

【尾声】

重归罗浮山的百界在大榕树边搭了间小屋，住了进去。日日守着榕树，等着它化灵。

不再为了收集执念而四处奔波之后，百界的生活突然清闲下来，她开始常常回忆从前，她与容兮的相遇、相识，到最后的生死相别。

当初容兮为了救她葬身火海之后，百界觉得这一生都再无意义，可经历过这一百种执念，她再回头看时，那样的痛与爱皆已成了昨日云烟。

她守着罗浮山，却也不再执着于见到容兮，只是她此一生，再无他求。

百界笔消失之后，她的生命也开始跟着慢慢流逝，十年、二十年、三十年。这样的时间于曾经的她而言不过是弹指之间,但现在,时光却在她身上刻下不可抹去的痕迹。看着自己一天天老去,榕树也不曾有再孕育出一个山神的迹象。

百界知道,要才恢复灵气的罗浮山再孕育出一个山神,或许要再等百年、千年、万年,甚至永远也等不到。她没有永恒的生命,只能静静地等待。容兮曾与她说,这世间最磨人的便是等待,最让人有期望的也是等待。

而等待,于她而言已不再只是想见容兮这样简单的意义了。

每一天的晨曦日落,每一年的春花秋月,在她的眼中都是不一样的美丽。至此她才明白当初容兮消失之时对她说的"好好活下去"到底暗藏着怎样的意味。

原来,那个温文儒雅的男子将她看得如此透彻明白。

年复一年,关于罗浮山上老妇人的故事已被山下的人传得乱七八糟。百界仍旧只是每日坐在院中摇椅上,赏天地之景,可生命,总是有尽头的。

阳光明媚的午后,百界在院中的摇椅上慢慢闭了眼,恍惚之间,她仿似看见有一个小男孩从榕树上跳了下来,他跑到她身边,左右打量了许久,脆生生地问:"你是谁?为什么一直守着我?"

百界轻轻笑道:"若是烦了我这老太婆,那以后,我不守着你了,可好?"

男孩想了一会儿,摇头:"你守着我吧,没关系。"

"歇一会儿吧。"百界的声音慢慢低了下去,"这么多年了,且让我歇一歇,再换个模样来看你。"

世界黑了下去。

不过幸好,天地仁慈,了了她最后的愿望。

百年后。

百解一身是血,跑入罗浮山中,一路向山上艰难地走着,终于到了山顶,她看见老榕树下有一间破旧的木屋。她的心蓦地一动,竟有一种莫名其妙的熟悉感。

她身后追杀的人不知什么时候不见了踪影。百解有些好奇地走进木篱笆围起来的院子里，每行一步，熟悉感愈甚，走到木屋前，还没推开门，身后忽然传来一个男子的声音：

"你回来了。"

百解一惊，转过身去，看见一袭白衣的男子不知什么时候站在了她身后。山风一吹，榕树的叶子相击发出"沙沙"的响声，像是有精灵躲在上面笑。

百解戒备地看着他，却见他温柔笑道："没事，我护着你。"

春日暖阳明媚了他的眼眸，百解恍然失神，竟鬼使神差地将手放在了他的掌心。

手被紧紧握住，百解只觉身子一轻便被拉进了一个温暖的怀抱里，男子在她耳边轻声叹息："终于等到你了……"

她不知为何，被这一句话轻易敲动了心房，像是积攒了几世的遗憾终于得到弥补了一般。她慢慢地伸出手也将男子抱住："嗯。"

终于等到你了……

微风拂过脸颊，适时阳光正好。

番外·《百界歌》特别篇

2012年8月31日，农历七月十五，中元节，又称……鬼节。

夜幕已经慢慢落了下来，下了一整天淅沥沥小雨的城市逐渐亮起华灯。

倒霉九埋头疾行于人行道上，她缩着脖子，面色青白，不知为何，在尚有二十七八度的天气中冻得浑身颤抖。忽然，她包里的手机振动起来，是母亲打来的电话："明天你就该返校了，现在还在哪里鬼混？还不回来收拾东西？"

"就……就回来了。"她的声音极小，颤抖着应了一句就马上挂了电话。

马路上的汽车呼啸而过，橙黄的车灯照出了她眼下沉沉的青紫色。

"哎呀，你就要回家了啊，不能再陪我玩了。"一个二十来岁的男人声音猛然自她背后传出来，然而此时她的身边并没有人，"可是一个人好孤单啊，不然，你带我去你家好不好，让你的父母家人陪我一起玩。"

倒霉九腿一软，哭了："大哥，您放过小的吧，我都背着你走了这么长一段路了，够意思了，你去找别人吧，你再玩下去就把我玩死了。"又是一辆汽车呼啸而过，车灯打在她身上，隐约能看见一个苍白的影子搭在倒霉九的背上，她微弯的背，竟是被那个东西给压的。

"不要，我等了这么多年，好不容易才等到一个蠢蛋摔倒在我的坟地上，埋了这么久，我得在外面多飘一会儿。"白色影子的脑袋撒娇一般在倒霉九的脖子上蹭了蹭，蹭出了她一脸的冷汗。

倒霉九哭着咆哮："我怎么知道那是你的坟！那明明就只是一条大马路上摆了一块"小心地滑"的黄色标牌！你生前的名字叫"小心地滑"吗！叫吗！"

"你摔倒的那块地皮，在一千四百多年前曾是我的坟。"

倒霉九抹了一把泪，她不想理会这到底是一个死了多久的鬼，只想将他赶走："现在那里已经不是了。"

"我是被强拆的。"白影甚为忧伤地道，"你们太不尊重我那把老骨头了。"

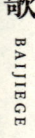

"老人家,你那是几块化石吧!"

白影一声喟叹:"随你说吧,反正今天我是要和你回家的。"

倒霉九停住脚步,索性坐到路边花坛旁只顾着抹泪,心想着自己断不能这样回去害了母亲大人。她嘤嘤地哭着,脑海里想着各种各样的猜测,越想越害怕,到最后都觉得自己会命丧于此了。

白色影子被她哭得心烦,道:"我又没害你性命,只是让你背着我四处走走玩玩,你何以哭成如此没出息的模样,罢了罢了……"

听他这样一叹气,倒霉九喜上眉梢:"你愿意放过我了!"

"待会儿你回家时,我不让你的母亲察觉到我便是,我只缠着你一人可好?"

倒霉九跺着脚,哭得上气不接下气的号:"没法儿活了,没法儿活了!"

"呃……这位小姐,你怎么了?"人行道边路过一个四十来岁的中年妇女,她停下来看着倒霉九,关心地问道。

倒霉九一直摇头摆手让她走,但是看见她手中提着的东西时,倒霉九一下就止住了哭泣:"阿姨,您这提的是?"

"这个?"阿姨把手里的东西举起来给倒霉九看,"这个是剥了皮的大蒜。"

倒霉九一把抢过她手里的大蒜,不由分说地抓了一把塞进嘴里,刺鼻的气味冲得倒霉九满脸通红,而趴在她背后的白影也痛苦地慢慢离开了她的身子。

阿姨看不见白影,倒是看着倒霉九一阵惊呼:"哎哟,我的倒霉孩子,这又不是安眠药,吞了又死不了人……"她话音没落,便看见倒霉九指着空无一人的方向跺脚大笑:"哈哈哈,去你的鬼大爷,老娘不伺候了,你爱哪儿待着就去哪儿待着去吧!"

说完拔腿就跑,一会儿就没了人影。

阿姨不解地看了看远方又回头打量了自己提着的剥了皮的大蒜,心疼得直嘀咕:"蒜贵啊老天爷,没这么糟践的。"

她没看见,在花坛的一边,白色的影子目光幽幽地盯着倒霉九消失的方向,然后咧嘴嘻嘻笑了出来:"被鬼大爷缠住了,你以为是这么容易就跑得掉的吗?"

"小丫头，咱们来日方长。"

翌日，倒霉九按照火车票上写的座位号找到了自己的座位。

她刚一坐下，身边的一个女子便冲她奇怪地笑了笑："小丫头，去上学堂啊？"

倒霉九心底一凉，一丝不妙的预感闪过，她还没来得及想到什么，身边那个女子头往边上一偏，呼呼睡去。倒霉九眨了眨眼，正觉得自己想太多，忽然，左手边又坐下一个人来，是个中年妇女，她笑道："说好了陪我玩，你昨天居然吃了大蒜就跑，真是不乖呢。"

倒霉九惊骇地望着阴森森笑着的中年妇女。可是下一秒，中年女子打了个哈欠，脸上的黑气转瞬不见。

迎面走来的列车员在倒霉九身前站住，弯腰抽过她的车票，一边检查一边笑嘻嘻地说："带我一起去吧，让我去见识见识你的学堂。"

倒霉九只觉眼前一黑。

火车慢慢启动，她霎时觉得自己的前途一片渺茫……

图书在版编目（CIP）数据

百界歌 / 九鹭非香著. -- 南京：江苏凤凰文艺出版社, 2020.4
ISBN 978-7-5594-4595-7

Ⅰ. ①百… Ⅱ. ①九… Ⅲ. ①长篇小说 – 中国 – 当代 Ⅳ. ① I247.5

中国版本图书馆 CIP 数据核字 (2020) 第 030579 号

百界歌

九鹭非香 著

责任编辑	王昕宁
特约编辑	薛天舒　苗玉佳
装帧设计	曾六六
责任印制	刘　巍
出版发行	江苏凤凰文艺出版社
	南京市中央路 165 号，邮编：210009
网　　址	http://www.jswenyi.com
印　　刷	北京永顺兴望印刷厂
开　　本	880 毫米 × 1230 毫米 1/32
印　　张	10
字　　数	300 千字
版　　次	2020 年 4 月第 1 版　2020 年 4 月第 1 次印刷
书　　号	978-7-5594-4595-7
定　　价	38.00 元

江苏凤凰文艺版图书凡印刷、装订错误可随时向承印厂调换